ハヤカワ・ミステリ文庫

〈HM(471)-2〉

生物学探偵セオ・クレイ

街の狩人

アンドリュー・メイン

唐木田みゆき訳

早川書房

8466

LOOKING GLASS

by

Andrew Mayne

Translated by
Miyuki Karakida
First published 2020 in Japan by
HAYAKAWA PUBLISHING, INC.
This book is published in Japan by
arrangement with
TRIDENT MEDIA GROUP, LLC
through THE ENGLISH AGENCY (JAPAN) LTD.

生物学探偵セオ・クレイ　街の狩人

登場人物

セオ・クレイ……………………生物情報工学者。〈オープンンスカイＡＩ〉の社員
ケリー・サンダース……………セオの同僚。人類学者
エミリー・バーケット…………国防情報局《DIA》の渉外担当者
ブルース・カヴァノー…………同担当責任者
トレヴァー・パーク……………〈オープンンスカイＡＩ〉のＣＥＯ
ウィリアム・ボストロム………ロサンゼルスの会計士
クリストファー（クリス）……ウィリアムの失踪した息子
ジャスティス・マティス………企業家。ウィリアムの知人
テッド・コーマン………………ロサンゼルス市警察《LAPD》の刑事
シェリル・チェン………………同主任刑事
サンジェイ・シブプリ…………同科学捜査研究所の分析官
アーティス・アイザックス……強盗犯
ロバート…………………………霊能者の仲介人
ジリアン…………………………セオの友人。ウェイトレス
ジュリアン・スタイン…………ベンチャー投資家。セオの友人

プロローグ　野良犬

チコは空気が抜けたサッカーボールを小道の先へ蹴り、声をあげて笑った。耳のちぎれかけた黄土色の子犬マウマウが、ボールを追って水たまりへ突っこみ、前肢《まえあし》で盛大に泥を跳ね飛ばしたからだ。

この犬が大好きだった。自分の犬ではないけれど、村に居つき、食べるものがないときは残飯を探しまわったり、ネズミを追いかけたりしている犬だ。それでもチコの親友だった。

この子犬同様はみ出し者のチコは、三歳になっても白い皮膚と赤い瞳のままなので、母親に見限られていた。

母親はチコのために祈り、治療師と言われる隣村の女にお祓《はら》いまでしてもらった。でも、効果はなかった。

魔物を産んだ女として村人からさげすまれるようになると、母親はチコをいままでより長い時間外へほうり出し、しかたなく食事を与えるにしても外で食べさせ、時間のかかる用事を言いつけて息子が帰ってこなくても気にしなくなった。

四歳のとき、チコは母親がよその女にこう話しているのを聞いた。あれはほんとうの息子ではなく、じつは友達のかわいそうな子供で、自分が面倒を見ているのだ、と。

そうじゃないのはわかりきっていたけれど、チコは恨《うら》まなかった。自分が人とちがっているせいで母親の心が休まらないのを知っていたからだ。

母親は新しい子を身ごもると、玄関前の踏み段に立ち、近所じゅうの人の前でチコを蹴り出した。チコを捨て、自分の子ではないと宣言した。

その日以来、チコは二度と家に入れてもらえなかった。夜は踏み段でお腹が空《す》いたと泣き叫べば、食べ物をもらえることもある。でも男が来ているときは、こんな子は知らないとばかりに、あっちへ行けと怒鳴られた。

チコは、だれの邪魔もせずに人の情けを頼りに生き延びるすべを身につけた。ただし、情けをかけてもらえるのは、だれにも見られていないときだけだった。

息子のいない老婦人がいて、友達が余分に料理を作ったときなど、豆のケーキの半分とか米料理をいくらかめぐんでくれた。修理工場を経営しているミスター・イナルという人がいて、そこの裏庭は錆《さ》びた車の部品でいっぱいだった。ミスター・イナルのおかげでチコは夜そこで眠り、よその子供たちに追いかけられたときは、柵をすり抜けて隠れることができた。

子供たちはチコをしょっちゅう追いまわした。つかまえたときは殴って髪を引っ張り、チコを魔物とののしった。

チコがマウマウをとても好きなのは、犬がチコを毛嫌いせず、じっと我慢もしなかったからだ。犬はチコの顔をなめ、雨の日や寒いときはぴったり寄り添った。

チコは膝をついてマウマウをぽんぽんと叩き、サッカーボールを拾いあげながら、ミスター・イナルがボールを修繕して空気を入れてくれるだろうかと考えた。もちろん、直してもほかの子たちに奪われるのは時間の問題だとわかっている。

ボールを見つめるうちに、チコは水たまりに映る人影に気づいた。男の人が――すごく背の高い人だ――微笑《ほほえ》んでいる。

チコはそのやさしそうな男を見あげた。黒いズボンに白いシャツという身なりで、村の男たちが仕事に行くか、自分をえらそうに見せるときの格好だ。

「チコかい」何を訊《き》かれても〝うん〟と言いたくなるような、力強くあたたかい声だ。でも、チコはどぎまぎしてしまい、うなずくのが精一杯だった。

男の大きな手がチコの顎《あご》をつかみ、チコの顔を左右に動かす。その眼差しに嫌悪感はなく、チコがマウマウを見るときと同じだ。

「きみはとてもいい子だね。わたしのトラックに乗ってひとっ走りしないか」

チコはトラックに乗ったことが一度もないけれど、銃を持った男たちを乗せたトラックが村を通ってどこか遠い場所へ向かうのは見たことがあり、送り返された男たちがベッドに横たわって目を閉じていたり、出血している腹や手足を押さえて苦痛で悲鳴をあげているのも、ときどき目にしていた。

チコはうなずいた。トラックに乗るなんてなんだかわくわくする。こういう人といっしょならなおさらだ。

その男はチコの手を取り、小道の逆方向のどん詰まり、緑色のトラックがある場所へと案内した。

チコが振り向いてマウマウを見やると、子犬は水たまりのへりにすわっていて、どういうことかと首をかしげているが、幼い犬の頭では理解できないようだ。

チコはバイバイと手を振った。ほんの一瞬だが、道端でこちらをうかがう母親の顔が、たしかに見えた気がする。けれども、もう一度振り返ったときにはいなくなっていた。

男はトラックのドアをあけ、チコは座席へのぼった。トラックに乗っているのを見たほかの子たちがどんなにうらやましがるだろうと思い、顔じゅうに笑みが広がった。

けれども、男は村のなかを通らなかった。わずか二、三軒の小屋が建つもっと細い道を抜けてすぐに村を出ると、雑木林の奥深くへつづく、ほかの集落からも遠く離れた道へとはいった。

汚れたバックミラーのなかで小さくなっていく自分の村を見ながら、チコは目の端である異変に気づいた。親切そうな男の笑みが消えている。

水たまりに映っていた人とちがう。

こんな人のトラックならぜったいに乗らなかった。

これは、ほかの子たちがからかい半分に言ってた男だ。魔物をさらい、さらわれた魔物は二度と帰らない。

1　仮想空間

ほんとうに人が殺されるかもしれないビデオゲームに、わたしは取り組んでいる。そんな言い方はあまりしないが、バーチャル・タクティカル・フィールド・シアターとはまさにそういうものだ。それはすべての壁にビデオ映像が映るひとつながりの部屋で、そこに作り出される仮想空間は、世界のどこかにある現実の場所の完璧なレプリカとなる。

たったいまこのバーチャル・シアターは、パリ北方の郊外ウイユにあるアパートメントだ。部屋の住人はヨセフ・アミールといい、フランスの銀行でIT関係の業務についている。現在、姉のバースデイパーティーで街の外へ出かけている。ヨセフの留守中に、フランスの本物のアパートメントのほうにふたりの人間を潜入させてある。ひとりは高解像度カメラで室内をスキャンし、シアターの壁に映るブロックノイズがある画像を、見ただけではちがいがわからないほどきれいなものに変える。もうひとりは――カメラにはアパートメント内を動きまわった軌跡しか映らないので、かすみ人間《ブラーリ・マン》と呼ばれているが――懐中電灯に似た小さな装置で、シャワールームの髪の毛や、家具についた繊維や、靴底やドアマットの塵《ちり》を採取している。

ブラーリ・マンは数分おきに採取装置からカートリッジをはずし、アパートメントと外の宅配便トラックのあいだをいそがしく往復する三番目の男へそれを手渡す。宅配便トラックにはおよそ二千万ドル相当の、どこの大学の研究室にも負けない設備がある。それを使ってリアルタイムでデータが送られ、DNA情報が解読され、一致するものが探され、ヨセフが接触したすべての人間のモデルが作られる。とんでもない量のデータだ。さいわい、そのデータを分類して目的をとげるためのソフトウェアがあるので、二十四時間以内にサッカースタジアムが爆破されるかどうかを知ることができる。

ヨセフの名は、イエメンとフランスにいるISIS工作員の電話を盗聴した際に浮上した。ふつうなら、当局がヨセフを呼んで事情を訊いたうえで知人全員に当たるのだが、最近はその手法が問題になっている。テロ集団が通信に無辜《むこ》の市民の名を使うため、報道で伝えられるよりはるかに多くの人々が取り調べを受けて生活に支障をきたしているあいだに、本物のテロリストは地下へもぐってしまうからだ。

「クレイ博士、サンダース博士」エミリー・バーケットが声をかける。彼女は国防情報局《DIA》から派遣された渉外担当者だ。三十代後半、栗色の髪をポニーテールにまとめた元空軍将校のバーケットは、あらゆる諜報機関のなかで最も得体の知れない職場へ転職した。

ケリー・サンダースとわたしは民間人だ。サンダースは人類学者でわたしと同じ三十代前半、数年間フェイスブックでユーザーのソーシャルグラフ——だれと知り合いでどういう関係かを示す相関図——の把握に尽力したのち、〈オープンスカイAI〉で職を得た。外から見れば、〈オープンスカイAI〉はテキサス州オースティンのテクノロジー系企業と大差なく、ビデオゲームや医療関係の会社が集まるありきたりのオフィス地区に社屋を構えている。

しかしその実態はDIAの請負業者だ。膨大な数のデータポイントを選り分け、知っていることを吐かせるには、つまり、国家の安全にとって明らかに差し迫った危険をもたらす犯罪を事前に察知するには、だれを秘密収容所へ送るべきか、それを決める手助けをしている。

ヨセフのアパートメントにあった写真の全員の顔を正方形の枠におさめたものを、サンダースが見ている。「顔認証が一致しないわね」

「セオ?」もう一度バーケットが呼ぶが、こんどは少し苛立《いらだ》った声だ。「ヨセフがもどってくる。チームを引きあげさせてもいい?」

わたしはアパートメントのなかを——まあ、バーチャル版だが——歩きまわりながら、開かれた食器棚やクローゼットに目を凝らし、見えないものを見ようとするけれども、心の奥では、いったいなぜこんなことに巻きこまれたのかと考えてもいる。

「彼はシロじゃないかしら」サンダースが言う。

その意見に賛成したい。イエメンのろくでなしにグーグル検索で名前を見つけて使われたせいで、人生が一変するような試練をヨセフが受ける、そう考えると気が重い。しかし、気が重いからといって、時間前に切りあげていいことにはならない。

　キッチンへもどる。冷蔵庫に写真がところ狭しと貼られている。ほとんどが本人とガールフレンド、または友人たちと撮った写真で、カメラに向かって微笑んだり、飲み物がたくさん置かれたテーブルで笑っている。いかにもミレニアル世代のパリジャンらしい。オンライン上の本人については調査ずみだ。フェイスブックでのすべての投稿、すべての〝いいね！〟、彼の投稿に〝いいね！〟をしたすべての友人。全部こちらのシステムに通してある。

　危険信号はまったくなかった。関連性がなかったわけではない。三、四人あいだを置けば、だれでも恐ろしい人物とつながっているものだ。ヨセフの叔父がカタールにいて、ＩＳＩＳの構成員と同じモスクに通っていたが、互いにつながり合うこの世界でその程度は希薄な関係だ。

　デジタルな世界での追跡で困るのは、テロリストたちが以前より賢くなったことだ。彼らは自分を分割する方法を心得ている。ヨセフを追っても、本人が分身を持っていて、ふたりの自分をぜったいにつなげない程度の賢さがあれば、つかまえるのは不可能に近い。さいわい、ほとんどの者がどこかでへまをする。あいにく、へまをしない者はわれわれの追跡システムより頭がいい。作った罠のせいで、さらに賢いネズミが増えたわけだ。

「クレイ」バーケットが言う。「撤収するわよ」

「だめだ」わたしは思ったより強めの口調になる。

「何かわかったの」バーケットが訊く。

「ちょっと待って……」

「何かピンと来た？」

「科学者だからね。直感に頼らない訓練は積んでるよ。もう二、三分ほしい」

「全部手に入れたんだから」とサンダース。「チームを撤収させてから、じっくり調べればいいじゃない」

「そういうわけには……」この点について、わたしは何度も繰り返し説明してきた。本物のデータに基づいていても、シミュレーションは所詮シミュレーションだ。カウンターにピーナッツバターの瓶があると知っていても、だれかにたしかめてもらうまでは、中身がほんとうにピーナッツバターかどうかはわからない。プラスチック爆薬C-4かもしれないではないか。まさかそれはないだろうが、たとえて言えばそういうことだ。

うわべに関して——そもそもうわべしか見えないので——この手の非侵襲性の法医学検査とやらは役に立つが、それでも実験室での手堅い検査にはかなわない。

「どうしてもと言うなら、地下鉄の駅をおりたところでヨセフを足止めさせる。でも、とにかく説明してくれないと」バーケットが言う。

わたしは膝をつき、冷蔵庫に貼られた写真をもっと間近でながめる。ほとんどがプリントアウトしたものだ。

サンダースが後ろに立っている。「写真は全部受け取ったわよ。画像認識システムに通した。それでもつながりはなかった」

　わたしは一枚つかもうとして手を伸ばす。シミュレーションであるのを忘れていた。「これ。もっと近くで見たいとブラーリ・マンに言ってくれ」

　ヨセフがカメラに向かって微笑む隣に、緑色の目をした若くてきれいな中東の女性がいる。二十代前半に見える――はっとするほど魅力的だ。

「彼女は何者だ」わたしは尋ねる。

「こちらのデータベースにはないわね。範囲を広げれば名前がわかると思う。でも、わたしたちのフィルターには引っかかってない」

　ブラーリ・マンがその写真を裏返す。裏側には三月の日付印と、最も特別な行事の名称がある。

「つかまえてくれ」わたしはバーケットに呼びかける。

　バーケットがヘッドホンで何やら指令を出す。「いま取り押さえてる」

「彼女は何者なの」サンダースがわたしの質問を繰り返す。

「知るもんか。写真だよ。使い捨てカメラで撮ったものだ。結婚式で撮ったらフィルムを現像に出し、現像したものをスキャンしてメールで送ったりするやつだ」

「ヨセフのグラフに結婚式はないけど」サンダースが言う。

　わたしは立ちあがり、彼女とバーケットのほうを向く。「そこが問題だ。こういう写真ではふつう画像データを渡す。ヨセフがこの写真を画像データからプリントしなかったのは明らかだ。電子的な痕跡を残さないように、アナログを選んだ」わたしは視覚化装置の担当者へ呼びかける。「モシン・カシルのアパートメントを映してくれ」

一瞬にして、四日前に現場のチームが調べたイエメンのアパートメントへテレポートする。モシンの部屋の壁、机の上のほうには、数十枚の写真がかかっている。

「彼女はどの写真にも写ってないわ」サンダースが言う。「写っていればコンピューターが知らせたはず」

わたしは老いた女といっしょにいるモシンの写真を指差す。老女は同じ緑色の目をしている。「これはだれかな」

サンダースがタブレットで調べる。「大叔母よ。写真の裏は確認してある？」

わたしは首を横に振る。「いや。でも、サイズとレンズのゆがみがもうひとつの写真と同じだ」

「モシンのいとこが三月に結婚。ヨセフはバーレーンにいたことになってる。でもたぶんイエメンね」

「わかったわ」バーケットが言う。「よくやったわね、クレイ。ヨセフをバンに乗せたところよ。すぐに突き止めるから。現像を取り扱った業者にも当たってみる。ほかにも意外なものが見つかるかも」

バーケットの顔が輝いている。ヨセフの件がうまくいけば、全費用を出させた上司連にも申しわけが立つ。

「見つけた写真は全部裏側を確認しなくちゃだめね」サンダースがそう言ってメモを取る。大事なのはそこじゃないんだと言いたいが、どうせ無駄だ。相関関係がわかっただけなのに、すっかりよろこんでいる。

わたしはオフィスを出て、テキサスの太陽が照りつけるアスファルトの駐車場へ行き、これでよかったんだと自分に言い聞かせるが、この装置と方式では、益よりも害のほうが大きいのではないかと心配になる。少なくともこれは、より賢明なことをするよりよい人々の手にゆだねられるべきだ。

自宅のアパートメントへ車を走らせながら、数々の死体をたどってここにいたった経緯を思い返してみる。

2 勧善懲悪

一年前、わたしは生物情報工学を研究する大学教授だった。周囲の世界の予測モデルを作ろうとしていた。研究は面白く、感染病の流行からネアンデルタール人の絶滅理由まで、広範囲の分野とつながっていた。そしてあるとき、ジョー・ヴィクという連続殺人鬼に出くわし、すべてが変わった。

教え子だった女性ジュニパー・パーソンズが殺害されたのだ。ほんのいっときわたしに疑いがかかったのは、たまたまモンタナ州の同じ地域で彼女もフィールドワーク中だったから――地元当局にはあまりにも奇妙な偶然に見えたのだろう。

容疑が晴れたあと、当局はジュニパーの死が熊の襲撃によるものと判断した。ジョーが狙ったとおりの展開で、やつが犯行にその手の偽装を使うのはこれがはじめてではなかった。ジュニパーの死の真相を探るうちに、犠牲者がさらに見つかり、目の前に示されたものを理解できない警察官もさらに増えた。結局ジョーが発見されるまでに、かなりの死体が積みあがった。

最後はジョーの猛攻により、本人の家族と七人の警察官の命が奪われた。わたしもあと少しで殺されるところだった。

グリズリー・キラーを突き止め、その始末にひと役買ったという理由で、わたしを英雄だと考える人々もいる。法執行機関では賛否両論の意見がある。ともかく、夜ベッドにはいったとき、自分がとっていればよかった手段が際限なく思い浮かぶのはたしかだ。それができていたら、何人もの善良な人々はまだ生きているだろう。

やっかいなのは、自分に罪の意識がまるでないことで、それがあるはずのところに空っぽの小部屋しかない。似通った感情があるべきたくさんの小部屋も空っぽらしい。

ジリアンが――わたしの命を救い、じつはジョーを仕留めた女性――一週間前に訪ねてきた。自分たちのあいだにさらに募る思いがあるのか、わたしたちはたしかめようとしていた。困ったことに、ジリアンと書かれた小部屋ははっきり見えるのに、それが彼女の居場所かどうかがわからない——だれかの居場所かどうかも。

ジョーと出くわす前から、わたしはこういうややこしい男だったから、これは殺人犯のせいではない。そのせいで問題が表面化しただけだ。それに、ほかの人間を責めるようにジョーを責めるべきかどうかさえわからない。

つらい体験のあと、延々とつづく事情聴取に応じて、まだ疑っている当局に死体の発見方法を説明する合間に、わたしはジョーのDNAを調べ、自分なりの答を探した。

答はAPOE‐e4に関係する、いわゆる危険遺伝子だった。ジョーはわたしが見たことのない、変わった因子の持ち主だった。簡単に言うなら、また、ぜったい記録に残したり同僚に聞かれたりしない場で言うなら、ジョーは危険に立ち向かうように生まれついているばかりか、一種の強迫的行動をとる傾向があり、それは偉大なプロゴルファーや卓越した神経外科医が持つ要素と似ていなくもない。ジョーが極度の危険を冒すときの興奮は、チェスの名人がみごとな先制攻撃をしたときに感じるものと同じだった。計算、そのあとの陶酔。

規則違反がばれずにすんだとき、ふつうの人間ならやましい気持ちになるが（というより、そうあるべきだが）、ジョーはうれしくなってもっとやろうとする。悪事を働くのはいい気分で、しかもつかまらないように工夫することに張り合いを感じる。

ジョーの殺害パターンはホホジロザメのそれと似ていた。わたしはジョーのDNAを覗《のぞ》いたとき、こうした相関関係が場を超えて成立することに気づいた。サメを突き動かすのと同じ捕食性のアルゴリズムが、ネットワークを乗っ取るソフトウェア・システムや的確な獲物を見つける殺人者を突き動かす。

バーケットはわたしを勧誘したとき、第二、第三のジョーをつかまえられると約束した。約束は生半可のまま終わった。テロとの戦いは依然として緊急課題だが——そして、爆弾を積んだトラックで雑踏へ突っこんだり、先天的な障害のあるティーンエイジャーをそそのかして爆弾つきベストを着せたりする輩《やから》を断固阻止するべきだ、という思いは以前にも増して強いが——わたしはここのやり方に確信が持てないときがある。

わたしのひと言で、ヨセフ・アミールは道端からバンへ引きずりこまれて、どこか秘密の施設へ連行され、そこでフランスやアメリカの諜報部員、ひょっとしたら第三国から来た取調官から自白を強要されるだろう。

何をどうやって吐かせるかは教えてもらえない。とはいえ、最近わたしが知ったところでは、向精神薬と言語体系の研究に使われる収容施設があるらしい。また、アメリカ国家安全保障局《NSA》、CIA、アメリカ国家偵察局《NRO》及びそれらの民間請負企業が思い切った人員拡大をはかって、超高度の暗号解読にたずさわる人間を片っ端から採用していることが、量子計算の研究論文の低迷ぶりからうかがえるが、それと同様に、この狭い薬学分野での出版物不足は、一連の情報機関において、いわゆる自白薬のほかに人を協力的にさせる薬の開発が飛躍的に進んだことを物語っている。

わたしのような人間や、〈オープンスカイAI〉のような会社や、この会社のバーチャル・タクティカル・フィールド・シアターは、過分の称賛を受けている。わたしは結果を出しているが、それは自分の方式がすぐれているせいか、いままでのやり方があまりにもだめだったせいかは、いまひとつわからない。

携帯電話が振動する。キッチンカウンターにある中華料理の空容器のそばにビールを置き、ジリアンの返信かもしれないメールをチェックする。

バーケットだ。**七点勝ち。**

これは隠語だ――ヨセフから七人の共謀者が見つかった。建て前では、わたしが知るべきことではない。わたしは民間の業務請負人であり、機密情報へのアクセスをある程度制限されているのだが、バーケットはわたしをよろこばせるのが――少なくとも、わたしがよろこぶと思うことをするのが好きだ。

さらにメールを送ってくる。**ボスと九時にミーティング。**

ボスのブルース・カヴァノーは〈オープンスカイAI〉の社長ではなく、DIAの担当責任者で、予算を与える権限を持っているが、わたしはこの男がこわい。五十代前半の温厚な人物。感謝祭には教会のボランティア活動でホームレスに食べ物を配り、見知らぬ人の車がパンクすればタイヤ交換を手伝う、そういう男だ。

わたしが恐れているのは、この男が持っている力だ。〈オープンスカイAI〉で仕事をはじめて二、三週間が過ぎ、はじめてカヴァノーと面談をしたとき、わたしは会社のプロファイリング方式で心配な点をいくつかあげた。

ではきみならどうするかと問われたので、ジョー・ヴィクのことを思い起こし、テロリストになりそうな連中のなかから、危険要素のある遺伝子を探すという考えを述べた。

「九十万ドルあればできるかね」彼は訊いた。

「何をですか」わたしは訊き返した。

「われわれに協力してその技術を実現してもらいたい。それ以上の金額には許可が要る。それでも、そういう研究所の設立ならいますぐゴーサインを出せる。五カ月以内に現場用キットがほしい」

こちらからひとつ意見を出しただけで、カヴァノーは百万ドル近い金を出すと言い、テロ行為と相関関係がありそうなDNAマーカーを特定するために、なんらかの道具を作らせようとする。

権力。因果関係と相関関係は、しばしば同じ領域に住むが、同じものではない。曖昧《あいまい》な疑似科学の道具が、自分の勘を正当化する方便を探しているCIAやDIAのスパイの手に渡ると考えて、わたしは肝をつぶした。〝巻き添えの犠牲者〟から採取したDNAが、犯人のおおよその確定に使われるところを想像した。テロとの戦いで民間人の死を軽視する政府が使う言いわけが、またひとつ増える。

カヴァノーはその点にまったく気づいていない。悪い連中をつかまえたいだけだ。ほんとうに危険なのは、アトランティック誌の記事やニューヨーク・タイムズ紙の論説が人々に吹きこむことがらではない。いい人間が悪い人間になることだ。

ほんとうの危険は、いい人間がまちがったことをまちがっているとは気づかずにやみくもにつづけることだ。貧しい者や飢えた者を助けるのに苦労をいとわない人々が、遺伝子組み換え食品反対運動をするのはそのためだ。そうした食品が何百万人の子供たちを失明や飢餓《きが》から救うことができるというのに。中東に民主主義を望む人々が、学校や病院の代わりに軍事基地を造ってしまうのも同じだ。

ブルース・カヴァノーのような男たちがわたしごときに果てしなく予算を与えて道具やプログラムを作らせれば、時間も金も無駄になってますます多くの命が犠牲になるかもしれない。そもそも、ほんとうの解決策は見栄えがせず、上院議員の目を引くとはとても思えない。以来わたしは、カヴァノーのそばでは口を閉じていることにしている。残念ながら、バーケットが持ちあげるせいで、わたしはカヴァノーから分析の天才か何かだと思われている。ジョー・ヴィクの一件のせいで、わたしは学界から背を向けられたも同然だが、DIAの関係筋からは〝闇の騎士《ダークナイト》〟のような存在、鉄槌《てっつい》をくだす科学者だと思われているらしい。

ジリアンは気にしすぎだと言うが、じつは彼女がまるで知らないことがいくつかある。たとえば、無人機によるイエメン爆撃が今夜のニュースで知れ渡ったが、あれはわたしがきょうの早い時間に言ったことが発端だ。

また、アラブのメディアに広く配信された犠牲者の写真のひとつに、ヨセフの冷蔵庫で見たのと同じ、緑の目をした女性が写っている。

巻き添え被害。

3 プレドックス

ブルース・カヴァノーの満面の笑みに迎えられ、会議室へはいる。カヴァノーが〈オープンスカイＡＩ〉滞在中に陣取っている部屋だ。カヴァノーの向かい側にバーケットが、その隣に会社の創立者でＣＥＯのトレヴァー・パークがすわっている。

政府へテクノロジーを売りはじめる前、パークはビデオゲームと画像化の事業をしていた。噂によると、バーチャル《V》・タクティカル《T》・フィールド《F》・シアター《T》——つまりＶＴＦＴ——が生まれたのは、現地の情報収集を担う情報機関の職員たちが、もっと〝無人機《ドローン》方式〟にしたほうがいいと言い出したからだ。ドローンを使えば、司令官はネヴァダ州の真ん中の空調が効いた部屋で、遠隔操作航空機の操作係の後ろから観察すればよく、攻撃予定地がどこであろうと近くまで行く必要がない。

わたしは諜報の専門家とはまったく畑ちがいの人間だが、自分のなかの科学者がこう告げる。なるべくデータの近くまで行ったほうがいい。まだ気づいていない疑問こそ、物事を一変させるのだから。

結婚式の写真を裏返せたことが、世の中に大きな影響を与えた——いいか悪いかはともかく。それでもつい最近まで、ＤＩＡはわたしのような身分の低いアナリストにはＶＴＦＴを使わせず、局の幹部に名誉ある役目としてまかせていた。

その方針が変わったのは、わたしが最初にざっと説明を受けたあとでこう指摘したときだった。現地担当者が有益なサンプルを集めなかった場所がじつに四十カ所もあるうえに、イメージセンサーでは書棚の本が表紙どおりの中身かまでは確認できないではないか、と。テロリストかもしれない人間の書棚にあった本に関するデータを引き出し、内容に急進化傾向があるか、また、ほかの容疑者も持っていたかを知りたい場合、VTFTはすばらしいソフトウェアだ。VTFTが教えてくれないのは、本がくりぬかれ、そこにわたしたちの知らないプリペイド式携帯電話が隠されているかどうか、ということだ。

一同が上機嫌でいるのを横目に、わたしは腰かける。バーケットがカヴァノーを見て、何を言うか待ち構えている。

カヴァノーは〝極秘〟と大きく書かれた封筒をわたしのほうへ押し出す。「フランスの国《D》内《G》治《S》安総《I》局が送ってよこした。きみにも成果を知らせておきたくてね」

イエメンの爆撃を撮ったものだろうと思い、わたしは何枚かの写真をそっと抜き出す。ところが、出てきたのは観客でいっぱいのサッカースタジアムの写真だ。百人ぐらいの人間を手書きの線で丸く囲んである。

「それがニースで発見された爆弾の爆発影響範囲だ。上着の布地に縫いこまれていて、上着の持ち主はヨセフ・アミールの同僚だった。ヨセフは試合のチケットを買っていて、座席はそのあたりだった。この写真は昨夜本人のアパートメントへ踏みこんだあとで撮られたものだ」

わたしは仲間の顔をまじまじと見てから、起こった悲劇の筋書きを考えている間に別のタイムラインが生じていたことに突然気づき、八秒間がっくりしたあと、もっといいほうへ考えようと脳内をクリックして気持ちを切り替える……ケリー・サンダースから影響を受けた思考パターンだ。

写真を置く。「イエメンのほうは?」

「と言うと?」カヴァノーが言う。

パークが神経をとがらせているのがわかる。わたしの物怖《ものお》じしない態度が気に入らないのだろうが、ひと言指示が出れば、わたしが専用の研究所と予算をもらえることも知っている。

「イエメン爆撃のニュースがありました。ISISの指揮官数名を排除したようですが、家族や手伝いの者もいたはずです。そのあたりはどうなんですか」

「あそこでは一年以上紛争がつづいている。こういうことは年中だ。何を言いたいのかわからないな」

「爆撃したのは、イエメン政府でも反政府勢力でもありません。これにはフランスか合衆国のスパイがかかわっています」

カヴァノーがパークへ顔を向ける。「クレイ博士と話があるので、きみとバーケットは少しはずしてくれないか」

ふたりはぎこちなく部屋を出ていく。パークは振り返ってわたしをちらりと見るが、自社の会議室から追い出されてむっとしている。

カヴァノーはドアが閉まるまで待つ。「クレイ博士、きみの頭のなかがどうなっているのかわたしには考えも及ばないが、それはともかく、象牙《ぞうげ》の塔からながめるときの問題点は、地上での物事の仕組みを理解していないことだよ」

その意見に同意したいところだが、話はさえぎりたくない。

「あの攻撃はきのうわれわれが発見した事実と関係があるのかって？　正直に言うが、わたしにはわからない。わかっているのは、ゲームのルールはきみがなじんでいるものとちがうということだ。彼らが自国の紛争をわれわれの国土にまで押し広げようとするなら、そのために送りこまれたろくでなしどもを相手にしても埒《らち》があかない。ボスなり首謀者なりを突き止める必要がある。そして、やられてから何週間も何カ月間もほうっておいてはだめだ。きついパンチを返さなくてはならない」

「正しい相手にパンチしたんですか。あの女性はどうなんです」

「あの女性？」

「アラブ世界のいたるところでニュースになっています。わたしがヨセフの冷蔵庫で見つけた写真の女性ですよ」

カヴァノーがうなずく。「あれか。民間人だろうな。彼女のために祈っているよ。わが国の爆撃で被害を受けたすべての子供たちのためにも祈っている。できればあんな手は使いたくなかった」そして、スタジアムの群衆の写真を指差す。「百人の人々が死なずにすんだ。半ダースの人間が死んだ。数を見ればわかるだろう」

わかるものか。知っていることと知らないことをどうやって比較検討するのか。できるわけがない。結局は、どの統計値を選んで納得するかだ。

「クレイ博士、じつは願ってもない対処法がある。きみに予算を与えると言っただろう。あのテロ遺伝子のアイディアについてはすでに手を打ってある。そのための研究所を手に入れた」

「テロ遺伝子？」思わずわたしは訊き返す。「いったいなんの話ですか」

「過激化を誘発する遺伝的な危険因子について、きみが述べた考えだよ。そっちが話を進めたがらないので、該当遺伝子データと現場用キットの作成にいつでも取りかかれるように、こちらで設備を整えておいた」

わたしはどうにか平静な声を保つ。「ばかばかしい。遺伝子と行動に相関関係があるかどうかも不明なのに。仮に関係があったとしても、遺伝子のスイッチがオンかオフかはわからない。ほかの要素も限りなくある。遺伝子型を根拠に、集団全体を安易に犯罪者扱いするわけにはいかないんですよ」

「テロ関連の死の大半は、人口の五分の一を占める宗教の信者が引き起こしたものだ。これはたまたまかな」

「そして、昨年度アメリカ合衆国の殺人発生率が増加した原因の五十パーセントは、シカゴの殺人事件なんですよ。これはシカゴ風ディープディッシュ・ピザのせいでしょうか。それとも、掃きだめのような街になったからでしょうか」

　これを聞いてカヴァノーが忍び笑いを漏らす。「きみのその頭脳だよ。そんな比較がふと浮かんだんだろうが、その辺に転がってる思いつきじゃない。そういったものがもっとほしい。きょうここへ来たのは、百人の命を救ったことを祝い、もっといい方法があるなら実現してもらいたいと伝えるためだ。先日きみは、グリズリー・キラーをつかまえるのに使ったという、例のＡＩソフトウェアの新バージョンのことを言ってたね。なんといったかな。プレドックス？　できあがるのが楽しみだ。少しははかどっているのかな」

「いいえ。技術上の問題にぶつかって、ここに来たときに製作をやめました」

「それは残念だ」カヴァノーが言う。「連続殺人犯の行動パターンを見つけるために開発したソフトをテロリスト狩りにも使えたら、世の中はもっとよくなる」

　そうなればいいとわたしも思うが、いつの間にか暗いものの中心へどんどん引きこまれて倫理の羅針盤《らしんばん》さえ見えないのだから、倫理にかなう方向などわかるはずもない。大勢の民間人が爆弾で吹き飛ばされる前にテロリストをつかまえるのはけっこうだが、無実かもしれない人々への鉄槌を正当化するために自分の成功が利用されるとあれば、話がちがってくる。だからこそわたしは、悪人になりそうな相手を正確に見分ける道具を持ったとき、カヴァノーのような男たちがするであろうことを恐れるのだ。

「考えておいてくれないか」カヴァノーが言う。「それから、とにかくもう一度教壇に立ってみないか」

「大学で？」

「いや。軍と諜報機関で。きみの知性をほかの者にも少しは擦《す》りこめるかもしれない」

「考えておきますよ」

自分の研究所を持てるうえにもう一度教鞭《きょうべん》を執ることができる。それがどれほど心を揺さぶる誘惑か、カヴァノーは知らない。

いや、知っているのかもしれない。その見返りにわたしが妥協するものはなんだろう。自分にどんな嘘をつくのだろう。

4 ファンクラブ

史上有数の連続大量殺人犯をつかまえた場合、人生は予想だにしない展開を迎えるものだ。まずはじめに、野放しの殺人犯の存在など信じなかった法執行機関の役人たちが、当局は以前から犯人を追跡中で逮捕まであと一歩だったという、何から何まで新しい話を急ごしらえした。それはかまわない——特殊部隊を投入して、いまにも犯人を取り押さえるところだったと、勝手に報道陣に語ればいい。

そのほかにも意外だったのは、人がろくに耳を貸さない話を風に向かって叫ぶただの男がある程度有名になると、こんどは問い合わせや要望が殺到し、その量たるや人間らしい対処の限界を超えてしまう、ということだ。

わたしの受信トレイは行方不明者の家族からの訴えや陰謀説であふれているほか、最低でも二、三週間おきに頭のおかしい輩が現れ、われこそが真のグリズリー・キラーで、もうじき訪ねてやると教えてくれる。

わたしはその手のメールを一括してＦＢＩへ送り、出かける先々で銃の携帯許可証を提示することにしている。

騒がしい雑音に混じって、必死に訴えてくる声も多い。だれかを失った人々、帰らない者を待つ人々の声だ。行方不明の子供の母親、失踪した妻を捜す夫、そのほか、思いつくかぎりのありとあらゆる消息不明。

わたしはほぼ全員に返信し、全国失踪者捜索支援協会へ行くように勧め、適切な法執行機関の連絡先を教えたものだ。

やがてある日、返事を出すのをやめた。返信作業に何時間も費やし、自分の時間が足りなくなってしまったからだ。

困ったことに、だれもが自分の場合は特別だと考える。有名人を追うサイン収集家さながら、自分は別格だと思いこむ。アイドルが自分にとって特別な存在なら、同じく自分もアイドルにとって特別な人間だと勘違いする。

合衆国には常時九万人の行方不明者がいる。しかも、それは届が出された人数だ。グリズリー・キラー事件の調査では、行方知れずでも届出がなくて見落とされていた人々が一定数いたことがわかった。したがって、ジョー・ヴィクが殺害したほんとうの人数は数百人、あるいはもっと多いかもしれない。

わたしに連絡してくる全員が自分の場合は特別だと感じていて、それが九万件のうちの一件にすぎないということは理解できない。もうひとりの連続殺人鬼、ヨシフ・スターリンのことばを不適切に引用すれば、それは〝単なる統計上の数字〟にすぎない。

きょう自宅に着いたとき、封筒をかかえた男が玄関ポーチに腰かけているのを見て、わたしは早くも事情を察する。

右往左往しながらせかせかとタバコを吸っていたら、この男はおそらく陰謀論者だ。ジョー・ヴィクはＣＩＡのまわし者であり、ちなみに地球は平らだ、と教えにきたのだろう。

こうした手合いへの心構えはできている。まちがっているとわからせるためには、どれほど多くの証拠が必要なことか。

九・一一を米国政府の陰謀だと信じる。月面着陸をインチキだと主張する。右派であれ左派であれ極論へ走る。その人たちへの対処法は簡単だ。何もしない。

相手の世界観がまちがっていそうな証拠をいくら示しても説得できないとき、わたしたちは理性の王国を出て、宗教の領域へはいっている。だからわたしは、信仰と科学の調和という考えを笑い飛ばす。科学は、現実の真の特質をとらえられるのは論理と理性だという前提に立っている。宗教は、現実に対する固定観念と折り合わない論理と理性はまちがっているという考えで成り立っている。

こんど政治談議に参加したとき、自分の考えを変える証拠がどれだけあるか、立ち止まって自問するといい。ひとつもなければ、参加しているのはじつは宗教談義、狂信者同士の論争だ。

フェイスブックをやめたことは言っただろうか。

ソーシャル・メディアとはとっくにおさらばした。仲間の科学者たちが経験主義の概念を蹴って感情的な議論と論争へ走ったあげく、ぎょっとするほど論理を飛躍させて、理性よりも情緒でつかんだ説を支持する様子を目《ま》の当たりにしたからだ。

ソーシャル・メディアなら遮断できるし、陰謀論者たちをほかのだれかのところへ追っ払うこともできる。けれども一番やっかいなのは、愛する者を失った人々だ。その悲しみは本物だ。彼らの現実はわたしのそれより確固たるものだ。

車をおりればつぎにどうなるかは予測できた。ブレザーと青いセーターを着た、このアフリカ系アメリカ人の中年男性は、フォルダーから写真を抜いてわたしに見せる。妻か、娘か、息子だろう。行方不明になっている。警察は助けにならない。ネットでわたしを見かけた。わたしだけが頼りだ。

わたしはイグニッションキーをまわしてエンジンをかけ、駐車場をあとにする。写真をまったく見なければ、かかわりあいにはならない。顔を見せてはだめだ。男が立ち去るのを待とう。向こうがあきらめなかったら警官を呼べばいい。

これぐらいはしてもいいだろう。

わたしはアパートメントの敷地の出口へ向かう。どこかでビールを一杯、それからステーキでも食べてやましい気分を晴らそう、ポーチの男は見なかったことにしよう、と自分に言い聞かせる。

人に求められる以上の難業をやりとげたんだ。

世間に知れ渡っているのは、セオ・クレイのほんの一部分だ。

それなら、セオ・クレイとは何者だ。どの部分が残っている？　気にしない部分か？

わたしが救急車のなかで縮こまり、ジョー・ヴィクの襲撃をジリアンと待ち構えていたとき、外でわたしたちを守ろうとしたのはグレン刑事だった。

たしかに、わたしは勇気を奮い起こした。ジリアンもそうした……なんといってもジリアンはすごい。でも、グレンははじめから勇敢だった。そして死んだ。わたしたちは生き残った。

グレンなら、背を向けてあの男を玄関前にほうっておくだろうか。悲嘆に暮れているあの男を。

ちくしょう。

Uターンして自分の駐車スペースへもどる。深呼吸をし、対応を考える。少なくとも辛抱強く話を聞いて慰め、場合によっては、本人が多少の平安を得たり、すでにわかっていることを受け入れたりする手助けをする。あの封筒のなかの人物は死んでいる。二度ともどってこない。そして、殺されたのなら、何週間も何カ月も経っているのなら、犯人は見つからない。

なぜわかるかって？　望みがなきにしもあらずなら、玄関前でわたしを待っていたりしないからだ。わたしは簡単な問題、たとえば〝やったのは前科者の便利屋だった〟みたいな事件には手を出さない。引き受けるのは証拠がまったく残されていないものだ。手がかりゼロ。死体すらない。残されているのは、ある人間がかつて存在した空っぽの場所だけ。

　わたしはその場所を何かで満たすことはできない。自分の頭のなかにある感情の小部屋を、親しいと思われる人たちで満たすことさえできない。

「クレイ博士ですか」歩道を歩いていくわたしに気づくなり、その男が声をかける。

「一時間空いてます。それしか時間がありません」

　男は早くも封筒から写真を出しているところだ。

もうだめだ。つかまった。その少年の目は緑色だ。イエメンのあの若い女性とまさに同じ。偶然だろう。いままで行方不明者の写真を数えきれないほど見せられてきた。緑の目の人間はいくらでもいる。

　しかし、こんな日にかぎってこれだ。

　一時間では到底終わらない予感がする。

5　会　計　士

「クレイ博士、時間を割いてくださってありがとう。あなたの活躍を心から称賛している者です」

闇の仕置き人がファンをかかえていいのかどうかわからないが、とりあえず褒《ほ》めことばは受け取っておく。「ではビールでも飲みながら、ええと……」

「クリストファー。息子の名前はクリストファーです。わたしはウィリアムといいます。ウィリアム・ボストロム」

顔のつぎに名前まで知らされてクリストファーがいよいよ現実味を帯び、ただの封筒として目をそらすわけにいかなくなっている。

ウィリアムを部屋へ招き入れ、キッチンテーブルの椅子を勧める。ウィリアムが封筒を置いて室内を見まわす。テレビとソファ以外たいしたものはない。

「引っ越したばかりなんですか」ウィリアムが尋ねる。

「六カ月ほど前に」

「ひとり住まいですか」

「初対面にしては怪《あや》しい質問ですね」

ウィリアムが小さく笑う。「ええ。そうだと思います。わたしはちょっと頭がおかしいのかもしれない。そういう輩が大勢やってくるんでしょうね」

「そんなところです」わたしは冷蔵庫からビールをふたつ取り出し、キャップをひねる。

「どうぞ」

「あー、これはどうも」ウィリアムがほんの少ししか口をつけず、酒を飲めないらしいとわかる。元アルコール依存症患者ということも考えられる。

わたしは自分のほうへビールを引き寄せる。「ダイエット・コーラがあるんです。代わりにいかがですか」

「いただきます。ありがとう。手を差し伸べてくれて、あらためて感謝しますよ」

できることは何もないから帰ってくれと言われたとき、この男がどこまで感謝するかはわからない。

ウィリアムに飲み物を持ってきてからふたたびすわる。「お話をうかがう前にはっきりさせておきますが、わたしが評判になったのは、モンタナのいくつかの地域では、死体が埋められてまもない場所で植物が特殊な育ち方をすることに気づいたから、それだけなんですよ」

「わかってます。移行帯だったかな。そうですよね。それぞれほかの種類を駆逐《くちく》しようとしながら、さまざまな植物が生えている場所でしょう。それに、浸食で死体が露出しないように、ジョー・ヴィクは殺害現場付近の最も低い場所に被害者を埋めた」

ウィリアムは予習をしていた。チャールズ・マンソンやテッド・バンディを語るように、他人がジョー・ヴィクの名をさらりと出すのを聞くと、いまだに妙な感じがする。

「だいたいそんなところです。現在FBIはわたしの手法を採用しています。地方の法執行機関でも、法医学検査の項目に加えはじめました」

「そのおかげでたくさんの家族に平安がもたらされるんでしょうね」

そして、悲しみもだ。愛する者が生還する望みを捨てていない家族は多い。こうした事件では、そこが一番つらい点だ。彼らは望みがあると言ってもらいたがる。わたしは望みを持っていない。

「クリスはいい子でした。ほんとうに。残された親がみんなそう言うのは知っています。と
にかく、学校の成績はよかった。揉め事を起こしたことはなかった。わたしが帰宅するとい
つも家が片付いている。そんな子でした。ふたりで玩具店へ行くと、息子は小遣いを救世軍
に募金したものです」

勘弁してくれ、ウィリアム。薬物依存症で家出した話のほうがましだった。しかし、クリ
スの写真にそんな気配はない。九歳ぐらいに見える。ふっくらした頬。屈託のない笑み。と
ても誠実そうな子だ。

「何があったんですか」わたしは訊く。

「クリスは家に帰ってこなかった」

「この写真を撮ってから、どれくらい経っていなくなったんですか」

「ひと月ほどで」

「それで、警察は？」

ウィリアムが肩をすくめる。「するべきことはしてくれましたよ。近所への聞きこみ。ビ
ラの掲示。クリスの写真はニュースにも載った。その後、なんの進展もありません。刑事た

ちに電話をかけても、なかなか出てくれなくなった。ビラがはがされ、ニュースではほかの事件を取りあげるようになった。コロラドの白人の女の子のこととか」いま言ったことばに気づき、口をつぐむ。

わたしはうなずく。わたしたちはだれでも、白人の事件と黒人の事件に対して、それぞれ別の見方をする。原因は複雑で、偏見のせいもたしかにあるが、そのほかに、人は自分が所属する集団かどうかで物事をとらえるという、さらに根の深い問題もある。白人は都市部の黒人居住地区の死亡者数に無関心だが、教会で九人のキリスト教徒が射殺された場合、被害者がたまたま全員黒人であっても、だれにも負けないほど憤激する。突然、被害者が無関係な人間だと思えなくなるからだ。

「何か手がかりは？」

ウィリアムが首を横に振る。「何ひとつ。少なくとも警察はそう言いました」

「それで、場所はどこですか」

はっきりした間《ま》がある。「ウィローブルック。ロサンゼルス近郊です」

「ロサンゼルスの南ですね」

ウィリアムがうなずく。

その地域について多少の知識はある。ロサンゼルス中南部ともいう。コンプトンの近く。ギャングの縄張り――少なくとも映画で見たかぎりでは。それ以外は何も知らない。それでも、ウィリアムがためらうのもわかる。殺人発生率が極端に高いエリアだ。

「クリスはいい子でしたよ」かたくなな口調になるのは、わたしが偏見に満ちた結論へ飛びつくと思っているからだろう。

「信じますよ。では、誘拐とか。そういったものでしょうか」

「ええ。ただ、身代金要求の手紙は来なかった。脅迫状なんかも。息子はただいなくなったんです」

身代金要求の手紙と聞いてピンとくる。薬物関連の誘拐は日に何百件もあると聞く。家族のだれかが拉致《らち》されて人質になるのは、ある一派がほかの一派から何かを要求するためだ。息子が誘拐されても被害者の家族がなかなか警察に通報しないのは、父親がコカインがらみの借金を返せずにいたりするからだ。

「あの、残念ながら、わたしの出る幕ではなさそうです。その地域のことをまるで知らないんですよ。お力にはなりたいのですが。奥様はまだごいっしょに？」

「亡くなりました。それに、ちがうんです。妻の一族がクリスを連れ去ったわけじゃない」

子供の親権争いが原因と思われかねないので、そう付け加えたのだろう。

「それで、それがわかる理由とは……？」

「なぜなら、クリスは死んでいるからです」

「なぜ言い切れるんですか」話が妙な方向へ向かっている。

「クリスは九年前にいなくなったからです。帰ってこないのはわかってます」

「九年？」足跡が消えているどころではない。道そのものが上から舗装されてしまった。

「統計値を見ればわかりますよ、クレイ博士。わたしは会計士です。計算は得意だ。クリスは家出をしたのでも、迷子になったのでもない。だれかにさらわれて殺された。ほかにどんな目に遭《あ》ったかは神のみぞ……」ウィリアムがわたしの前のビールへ目を注ぐ。ウィリアムのほうへ押しやるべきか、シンクへ捨てにいくべきか、よくわからない。

「では十年近く経ってから、わたしに何をしてほしいのですか」

「殺したやつをつかまえたい。息子をさらった男を」

「とっくに死んでいるかもしれませんよ」

「あるいは近所の人間かもしれない。毎日すれちがっている男とか。目と鼻の先にいるのかも。ロニー・フランクリンのように」

ロニー・フランクリンはまたの名を〝眠れる残虐犯《グリム・スリーパー》〟といい、ロサンゼルス中南部で二十年余りにわたって犯行を重ねた連続殺人犯だ。被害者はおもに薬物依存症の売春婦で、社会の底辺で見過ごされている人たちだった。事件は薬物関連の殺人と見なされ、被害者にも非があるとして冷たく扱われた。もともと日陰者だった何十人もの女性たちは、警察のすぐそばやフランクリンの隣近所にいながら無視されていた。

「だれか怪しい人間がいるんですか」

「いません。歩道という歩道を歩き、ドアというドアを叩いてまわりましたよ。うさんくさい光景にも出くわしましたがね。しかし、息子の身に起こったことについてはなんの痕跡も見つからなかった。指をさしてこいつだと言えるようなのはひとりもいない。息子の学校の教師と話をしました。息子と接点があったと思われる大人とは全員。成果はゼロでした」

　わたしはビールを少し飲み、どう返答しようかと考える。「わたしに何かできるとは思えませんね」データセットが小さすぎると言うのは差し控える。「その地域では、ほかにも子供の行方不明が報告されてますか」

「ええ、少しは。警察が言うには、ひとつのパターンを見つけられるほどの件数ではないらしい。もちろん連中は、フランクリン事件の被害者の家族にも、連続殺人鬼の犯行だと決めつけるだけの根拠がないと言いましたがね」わたしのことばを制するように片手をあげる。

「クリスもそうだと言ってるわけじゃない。しかし、子供にそんなことをするやつが、たった一度でやめるでしょうか」

「警察は子供を狙った前科者の名前を調べてあるはずですが」わたしは言う。

「そいつらのところにも行きましたよ」椅子にもたれてかぶりを振る。「変質者は大勢いましたがね。そのなかのだれもクリスを連れ去らなかったのはたしかです」

「わたしはこの事件を本格的に調べるだけの道具も手段も持っていないんですよ、ミスター・ボストロム」

「モンタナでは持っていたんですか。何が必要かわかっていたんですか」

「ＤＮＡがありました。わたしは生物学者です。血液と体毛があった。調べを進める手立ても」

「でも、あなたは数学も得意だ」ウィリアムが言う。「コンピューター科学者でしょう。ほかの者には見えないものをデータを通して見る方法を知っている」

「わたしは超能力者ではありませんよ。質問するという方法しか知りません」

ウィリアムが立ちあがる。「話を聞いてもらったご親切に感謝します。ささやかなお願いですが、だれも思いつかないような質問が浮かんだときは知らせてもらえませんか」

ウィリアムが空港まで乗っていくウーバーが到着するのを、わたしたちは表で待つ。彼はクリスが大好きだった映画をわたしに伝える。クリスが父親のために電子レンジでバースデーケーキを作ろうとしたときのことも伝える。クリスが取り組んだ計画や、宇宙飛行士になるという大志について、なんとも誇らしげに伝える。

その子は科学者になりたかった。発明をしたかった。人々の役に立ちたかった。

ウィリアムを乗せたウーバーが夜の闇へ走り去るや、この輝かしい小さな光を消した男がまだどこかをうろついていると思い、背筋が寒くなる。

統計に基づけば、クリスは唯一の被害者でも最後の被害者でもないだろう。統計に基づけば、クリス殺しの犯人が見つかるより、生きたアル・カポネがシカゴでつかまる見こみのほうが高いだろう。

6 はずれ者

ケリー・サンダースがオフィスの仕切りから身を乗り出してわたしをながめる。頭のなかの現実から周囲の現実へ移るとき、わたしが少しだけ時間を要するのを彼女は知っている。

「何をしてるの」

「ちょっと計算してるだけさ。なんだい」

「ちょっと忠告よ。パークがあなたにカンカンなの。あなたがクライアントと意見交換したことで、さっきぎゃあぎゃあ言ってた」

「クライアント？」わたしは言う。「ここは広告代理店じゃない。引き金を引く理由を探している連中から強大な力を与えられた準合法的コンサルティング・グループだ。カヴァノーはこっちが大騒ぎするような意見はぜったい言わないよ。大騒ぎを恐れているならね」

サンダースは椅子に腰かけてから、椅子ごとわたしの隣へ滑りこむ。「あなたがカヴァノーの申し出に応じるんじゃないかと、パークはひやひやしてるのよ。今回の成果があなたのおかげだとＤＩＡは知っている、ということをパークは知っている」

「きみのソーシャルグラフは役に立ってるよ」

サンダースがうめき声を出す。「わたしが行き着いたのはこういうくだらない芸よ。シリコンバレーとおさらばしたあと、週八十時間労働をするはめにならないためにね。あなたのプレドックス・システムにはだれもが興奮してる。十億ドルのチケットになるかも」

「なんのためのチケットかな」

サンダースがおどけた顔で言う。「あなたってほんとうに変わってる」

「パークみたいなペテン師になりたがらないからかい。ここで仕事をするのはけっこう骨が折れる」

「自分だけの仕事場を持てばそうでもなくなるわよ。バーケットがすぐにでも後押しするでしょうね。わたしもついていく」

「ばかなことを。テロ防止の予算を掻《か》き集めてこちらへよこせとカヴァノーに言えとでも？　そうすれば転職できるし、それに、人命が危険にさらされていると知りながら正しいことをする緊張感を感じられるから？」

「もっといい場所に駐車したいしね」

「わたしはパークが心配するような人間じゃない。少し口を慎んだほうがいいんじゃないか」

「全員があなたに注目しているときはだいじょうぶよ」サンダースはウィンクをしてから、自分の仕切りへもどる。

たしかに気持ちは動くが、まだ倫理の羅針盤を捨てる気にはなれない。たとえ方角がわからなくてもだ。

数分後、社長室へ来てくれというパークからのインスタント・メッセージが届く。

「なんでしょう」わたしは部屋の入り口で尋ねる。

「ドアを閉めてかけたまえ」

ここが諜報機関の下請け会社のきわめて重要な部屋だとわかるのは、一番広いのに窓がひとつもないからだ。

壁には十台以上のスクリーンがあり、全部つまらない統計表のたぐいが映っている。政府のまわし者がやってきて自分たちの金がどこへ使われたか知りたがったときにいい印象を与えるためだ。まわし者には知られていないが、パークはだれも見ていないと思うときにスイッチを切り替え、対戦型ゲーム〈オーバーウォッチ〉で遊ぶことができる。

パークが椅子にもたれて目をこする。「きみをどう扱えばいいものやら」

「専用の部屋をもらうのはどうでしょう。そうすればわたしもこっそりゲームができます」

きつい視線が返ってくる。まちがったボタンを押したにちがいない。

パークがわたしへ指を突きつける。「そこがだめなんだ。そんなことではどこの大学もきみを雇うまい」

「たしかに、以前もこんな調子でした。雇ってもらえないのは、わたしといっしょでは大学という安全地帯にいるぐうたら者が少し不安になるからです。なにしろ死体を盗んだのに無罪となり、平然と人を撃ったことで非難もされた教授ですからね」ジョー・ヴィク事件の込み入った顚末《てんまつ》はもう言っただろうか。ジョーを撃ったのはジリアンだったが、わたしがやったことにした。保守的な土地柄の片田舎で女性版闇のヒーローなどありえないと思ったからだが、そのおかげで、想像以上のひどい騒動に彼女を巻きこまずにすんだ。

パークの立場は微妙だ。ＤＩＡが自分よりわたしのほうを大事にしているのを知っている。自分の企画は、優秀なプレイヤーが集まらないようなビデオゲームだけだ。バーケットに言われてしぶしぶわたしを雇った。いまでは、事業継続のためにわたしと離れられなくなっている。

わたしとしては、パークがどのように不満をぶちまけてくるか見守るしかない。相手が使える手は限られている。どうすればきみの悪ぶった態度をやめさせられるのか、そのツッパリを何か有意義なことに向けるにはどうしたらいいのかと尋ねるのが賢明な対処法だろう。パークがぜったいにとらない方法だ。なぜなら、自分がわたしより賢いと勘違いしているからだ。

すぐれた頭脳は一種の二進法だということを、パークはわかっていない。持っているか持っていないかのどちらかだ。持っていて、それの活用法を知っているかぎり、IQが百三十でも百七十でもたいしたちがいはない。

わたしが私淑する最も偉大な物理学者リチャード・ファインマンは、陸軍の知能テストではIQ百三十に満たなかった。高IQ団体メンサにはいれる点数ではない。その一方、IQ最高得点の記録を持ちながら、ナイトクラブの用心棒をつとめ、余暇にファンタジー小説を読む男もいる。そんな男が、スティーヴン・ホーキングの科学論文の誤りを正した物理学者よりも頭がいいと言えるだろうか。

「いやなら、いつ辞めてもらってもかまわない」パークが言う。

「それを真に受けてすぐ出ていったら、どれぐらいであなたからメールが来るんでしょうね。正面入り口まで行けるかな。車までかな」わたしはくだらない意地の張り合いはしないほうだが、さっきから気が立っている。

「ここでわたしがどんな力をふるえるか知らないんだな」パークがとげとげしく返す。

わたしはパークのゲーム用スクリーンへ目を走らせる。「はあ？　ビデオゲームの同盟でもあるんですか」

「カヴァノーはきみを気に入ってるんだろうが、きみは連中のやり口を知らない。やつらのクソリストに載っていないはずれ者なんだよ、きみは。連中の顔をきみがつぶしたら、事態はいっそう悪くなるだろうな。わたしの顔をつぶしたら、わたしがどんな落とし前をつけるか、きみにはまったくわかってない。こっちは知ってるんだぞ。バーケットがきみといちゃつきたがるから雇ったわけじゃないんだ。いろいろ調べたよ。例の連続殺人の事件では、明るみになっていない失態がまだある。きみと親しい人間に関係したことだ」

パークはジリアンのことを言っている。引き金を引いたのは彼女だと知っているのか。ほかにも何か知っているのか。

この男の端末にどんな情報がはいっているのかは想像するしかない。その情報がまぎれのない真実というわけではないだろうが――パークはわたしにいろいろな特権を知らずに与えてくれたのだが――だからといって、実際にわたしが探りまわったことは一度もない。

たしかなのは、わたしを脅《おど》すのはいいが、ジリアンを持ち出されたらまったく話がちがってくるということ。わたしは彼女に対して、自分の命よりも重い借りがある。

ジャンキー娘と二人の男からひどい仕打ちを受けたときに、ダイナーの駐車場で助けてもらって以来、彼女はわたしの人生を明るく照らす灯台だった。その明かりをどうすればいいかよくわからなくてもだ。

席を立つ。パークの目が丸くなる。わたしは業務用の携帯電話をポケットから取り出すと——セキュリティ対策が施された、わたしの車よりも値の張る電話だ——パークの壁掛けテレビへ投げつけ、プラズマ画像スクリーンを砕いて小さな火花のシャワーを噴き出させる。

それから、パークの机にこぶしをついて身を乗り出し、顔を突き合わせる。

「最近、わたしの大事な人をこわがらせた男がいたんですよ。致死量の薬剤入りの注射器を首に突き立ててやりました」

その瞬間、悟ったことがふたつある。ひとつ目についてはうすうす気づいていた。わたしはジョー・ヴィクを捜しに森へ行ったときと同じ人間ではない。ふたつ目、わたしはパークをちびらせただけだった。

「逮捕してもらうからな！」パークの怒鳴り声を背に、ドアへ向かう。

「それなら、カヴァノーに言って保釈してもらい、あしたまでにあなたをここから蹴り出してもらいますよ」

言ってみただけだが、それはわたしに寝こみを襲われるつぎにパークが恐れている事態だ。

家へ帰る途中、バーケットが私用電話へかけてくる。

「いったいパークに何を言ったの。彼はあなたを勾留《こうりゅう》するべきだってカヴァノーに電話でわめいたのよ」

「向こうが脅したんだ」

「どんな脅し？　あなたをクビにするとか？」

「ちがう。わたしが懇意にしている人間に関する極秘情報を持ってると言った」

長い沈黙がある。「あらまあ。ちょっとまずいわね。調べてみる。あなたは少し職場を離れたほうがいいかも」

「そう思うかい」わたしは皮肉をこめて言う。「もうもどるつもりはないんだけどね。それに、たぶんパークはわたしを逮捕させるだろう」

バーケットが笑い声をあげる。「そんなことにはならないわよ。パークが自分のちっぽけなプロジェクトをかかえていられるのは、わたしがあなたを手に入れたからよ……DIAのために。なんであれ、あなたの奥の手をほしがってるのはカヴァノーだけじゃない」

「奥の手なんてないさ」

「あの人たちにそれを聞かせたらだめ。たわ言もね。とにかく、あとはわたしがなんとかするから、しばらく町から出なさいよ」

「それについてはもう考えてある」

「どこに行くか決めたの？」

「ああ、今回のことを忘れられる街、コンプトンだ」

「めちゃくちゃ笑える」わたしの笑い声が聞こえないのにバーケットが気づく。「ほんとにもう……変わったくそったれだわね」

怒ったくそったれでもある。あの空っぽの小部屋全部がそれほど空っぽではないとわかった。わたしはこの怒りを、パークのような下衆《げす》男以外の何かに向ける必要がある。殺人犯をつかまえる必要がある。

グリズリー・キラー事件のあとで気づいたことがあった。面倒を引き起こし、危険に立ち向かう遺伝子を持っているのは、ジョー・ヴィクだけではなかった。もとからわかっていたことを、自分のDNAが教えてくれた。ジョー・ヴィクに劣らず、わたしも尋常ではない。細かい点ではちがうかもしれないが、それでも、この惑星の大半の人間と異なっている。ジョー・ヴィクと同じで、わたしも狩りをしなくてはならない。

7　近隣の調査

ウィリアム・ボストロムが大きな笑みを浮かべ、玄関でわたしを出迎える。ウィローブルックのなかでも、労働者が住む地域にウィリアムの家はある。それぞれ私道に停められた車は全部が新しいわけではないが、庭はきちんと手入れされ、多くの人がロサンゼルス中南部にいだくイメージからはほど遠い。ギャングの縄張りから一キロ弱しか離れていなくても、車が燃やされて発砲事件が絶え間ない都会のディストピアとはちがう。

「はじめに言っておきますが、まちがった希望は持ってもらいたくありません」わたしは釘を刺す。

「わかりました」ウィリアムはわたしをダイニングのテーブルへと案内する。そこには積み重なったフォルダーが整然と並んでいて、まさに会計士の仕事ぶりを思わせた。「この辺で手にはいる行方不明者の記録は全部そろえてあります。記録に載っているすべての性犯罪者のフォルダーはこちらです」そして、赤い×印でいっぱいの地図を指差す。「ここに示してあるのは、クリスが歩いて帰った家までの道、行った可能性がある場所全部、それから、×印は犯罪者が出没した場所です」

「×印が多いですね」わたしはそう言いながら、椅子にすわる。

「大半は売春婦を餌食《えじき》にした連中です。でも、何か取っかかりがほしかったので」

わたしは資料の山をながめた。「ふだんは電子データで作業するのが好みでしてね。こうして分類するにはそのほうが簡単ですから。二十四時間営業でスキャン代行サービスをやってるところを知ってますよ」

「それはもうやりました。自分のデータベースを作ったんです」テーブルの隅にあるノートパソコンをウィリアムが指差す。「クリストファーがいなくなってから二、三週間後に取りかかりました。ファイルをメールで送ってもいいですよ」

「お願いします」わたしはバッグを置き、自分のパソコンを出す。「まずはじめに、行方不明者全員のデータからなんらかの特異性を見つけましょう」

「たとえばどんな」

「この地域で行方不明になる子供は、比較可能な層がある都市にくらべて多いんでしょうか。たとえばアトランタなどとくらべて」

「ここが黒人居住地域という意味ですか」

「まあ、そうですね。白人が被害に遭ったときのほうがニュースになるし、扱われ方もちがう。少なくともそう感じています」

「それに、黒人は何かあっても警察に言わない」ウィリアムがしばし考えこむ。「どうやって特異性を見つけるんですか」

「ソフトウェアを持ってます」

「MAATですか。ジョー・ヴィクをつかまえるのに使ったという」

「MAATの改良版といったところですね。捕食者のパターンを見つけるように設計されています。わたしはプレドックスと呼んでますよ」プレドックスの実在を明かした相手は、ジリアンを除けばウィリアムがはじめてだ。よくも悪くも軍事目的で使うための生半可な道具にカヴァノーが異様なほど興味を示すのを見てから、わたしはプレドックスが完成したことをだれにも言うまいと決めた。

包み隠さずに言えば、今回の件をウィリアムが持ちこんできたとき、プレドックスの実地試験をするときが来た、と頭のどこかで考えはじめたのも事実だ。

「MAATについてのあなたの論文は読みましたけど、その改良版についてわかりやすく説明してください」ウィリアムが言う。

「あのチェスの達人ガルリ・カスパロフにコンピューターがどうやって勝ったかご存じですか」

「生の数値データを駆使《くし》したとか？」

「ちょっとちがうんです。チェスの場合、五手先までの指し方だけでも、宇宙の粒子を全部集めたより多い。だからこそ、勝率がわずかでも、チェスの達人たちはコンピューターに挑戦するのをやめないんですよ。

カスパロフに勝ったコンピューター、ディープ・ブルーは、戦略を考え出すように設計されていました。そして、すべての可能な指し手ではなく――カスパロフを負かす手だけを算出した。当日の対戦相手が別の達人で、ディープ・ブルーがその人に勝てるようにプログラムされていなかったら、結果はちがっていたかもしれません」

「では、人間にもまだチャンスはあるんですね」ウィリアムが言う。

「いいえ、勝ち目はありません。コンピューターは人間よりもチェスや囲碁や、ほかにも多くの物事で腕をあげてきています。最新情報を取り入れて、まだまだ進歩しています。わたしたちはせめてコンピューターの扱い方を心得て、よく交わって友達でいてもらうしかない。

わたしがプレドックスに教えたのは、科学者の思考法です。ひとまとまりのデータを与えると、プレドックスは相関関係に基づいてひとつの仮説を立てる。赤毛の人間は全員アイルランド人だ、と。そのあと、プレドックスはその仮説をほかのデータのまとまりと照合してたしかめる。確証をつかんだら、仮説を持論へ変えるけれど、あとからレバノン人の赤毛の女性が現れたら、持論を修正する」

「ベイズ統計みたいなものですか」一日じゅう数字に接しているウィリアムが問う。

「そのとおり。プレドックスがすごいのは、データを理解するのがだんだんうまくなるところです。ひとつの映像を受け取っておそらく女性だろうと判断すると、それが不確かな映像でも、ある程度はっきりした推測をはじめる。カメラを渡した知らない人間に撮られた写真か、友人に撮ってもらったものか、高い確率で見分けることができる。写真のアングルから、撮った人間の背丈までわかる。顔の表情を読み取れるのは言うまでもない」

「それを売ろうと考えたことは？」ウィリアムが尋ねる。

「ほかの道具が出まわってますから」申し出があったことも、それを一番恐れていることも、わたしは言わない。「プレドックスは本来の目的に使われたときこそ、最強の力を発揮します」

「悪い連中を見つけてくれるんですね」

「いいえ。わたしが考えるのを助けてくれるんです」

「プレドックスはあなたなんだ」

ウィリアムに不意を突かれる。わたしはそんなふうに考えたことがなかった。万能の調査用装置を作ろうとしたのに、実際は、問題解決のために自分がたどる道筋を、コンピューターがついてくるようにプログラミングしていた。

「どうかしたんですか、クレイ博士」

「いえ、セオと呼んでください。セオでいいです。だいじょうぶ。なんでもありません」だまりこんでいたのは、プレドックスがわたしの考え方で考えるだけではないかもしれないと気づいたからだ。なんらかの形で、わたしの偏見も踏襲しているのではないか。自分の知らないもっといい解決法があるのかもしれない。それを心に刻んでおく必要があった。

その後の数時間、わたしたちは司法省の統計データベースやFBIの凶悪犯逮捕プログラムのデータセットから得た情報を入力し、プレドックスを立ちあげて相関関係と特異性を探した。統計ノイズを越えてたちまち目を引くものは何もなかった。

わたしが心配している事態になった。モンタナの人口はここよりはるかに少ないので、目のつけどころさえ知っていれば、連続殺人は腫《は》れた親指同然に目立つ。

ロサンゼルスの人口はモンタナの二十倍だ。つまり、ここには二十人のジョー・ヴィクか、そこまで程度がひどくない百人の連続殺人犯が隠れているかもしれない。

クリストファーを誘拐した者が常習犯でなければ、わたしのシステムで検知するのは不可能だ。

さらに数時間、わたしはデータをうまく操作して、失踪人報告書から大部分の情報を抜く。写真にも目を通して、プレドックスが見落としたものを探す。

ついに、科学者として最も恐れる事態となる。何もない。根拠が薄くて調整を必要とする結論すらない。あるのは空っぽのデータセットだけだ。

気づけば虚空をにらんでいて、視界がぼやける。ウィリアムがわたしの肩に手を置く。

「いいんですよ。きょうはもう休んで、明朝クリスの通学路へ案内します。思い当たることが何もなければ、そのときは空港まで送りましょう」

この男はずいぶん昔に喪失を受け入れ、いまは、すべてを終わりにしてもいいのだと納得したいだけだ。

わたしにできることがもうひとつある。いよいよまずいことになるだろうが、どうせもう〝やけっぱち〟ゾーンへ突っこんでいる。

賭《か》けてもいいが、パークはわたしの機密情報取扱許可をまだ取り消していない。ということは、記録文書の検索ができるうえに、ロサンゼルス市警察《LAPD》とFBIに要請して、クリストファー及び他の誘拐事件の全関連情報を送ってもらうこともできる。規則を曲げることになるし、法にふれるかもしれないが、知ったことか。

データ取得要請システムにログインし、リクエストを書きこむ。

あしたになれば、要望が通ったのか監獄行きとなるのか、はっきりするだろう。

8　鍵っ子

「クリスはいつも自分で起きて、朝食を作ってから学校へ行きました」私道に立つウィリアムが言う。けさのロサンゼルスは涼しく、自転車通学にはぴったりだ。

「歩いてですか。それとも自転車で？」わたしは尋ねる。

「自転車でした。だいたいは」ウィリアムはガレージの鍵をあけ、シャッターをあけて中を見せる。

壁沿いに金庫が並んでいる。それを見るわたしの視線にウィリアムが気づく。「会計簿ですよ」

「保管サービスを利用しないんですか」

「ほとんどは預けてます。しかし、クライアントによってはすぐに持ち出さなくてはいけない場合もあるのでね」ウィリアムは重ねたファイルボックスに立てかけた自転車のほうへ歩いていく。

トランスフォーマーのステッカーがついたBMXの自転車だ。「誘拐された場所で発見されました」深々と息をつく。「道のはずれに捨てられていた」

わたしは携帯電話で自転車の写真を撮る。どこにも妙なところはないが、それでも、異常は正常のなかに隠れたがるものだ。

「それにしても、だれも何も見なかったんですか」ガレージを施錠するウィリアムに訊く。

「警察はそう言いました。わたしが聞きまわった結果も同じです。なんとかして警察のファイルが手にはいらないでしょうか」

「申請しておきました。結果はきょうじゅうに出るでしょう」

わたしたちはクリスが通っていた小学校を目指して歩道を歩きはじめる。〈百三十四番通り小学校〉という、あまりぱっとしない名前の学校だ。

ほうぼうで車が動きだしているが、これからロサンゼルスの渋滞を縫って職場へ行くのだろう。ウィリアムの近隣住民はほとんどが黒人かヒスパニックだが、年配の白人も少しは見かける。

「クリスにはいっしょに登下校する友達がいましたか」

「いつもいっしょの友達というのはいなかった。あの年ごろは遊び相手がしょっちゅう変わります。それに、クリスは孤立しがちなところがあった。黒人のオタク少年というのは最近なら受け入れられるが……あのころはそうでもなかったでしょう」

わたしは父が亡くなる前から殻に閉じこもりがちな子供だった。父の死で頭のなかへ引きこもる言いわけがひとつ増え、さらに極端な内向型人間になったにすぎない。

歩道を歩きながらあちこちの家のあいた窓へ目を走らせると、非常に太い格子と防犯カメラがあるのに気づく。

広々と開《ひら》けた場所へ着く。そこは送電塔のための緑地帯で、発電所とつながる高い送電塔がいくつも連なり、曲がりくねったコースでロサンゼルスを貫いている。ウィリアムが歩道近くの雑草が茂る一角を指で示す。「自転車が発見された場所です」

交通量はかなりあるが、家はあまり多くない。ドライバーが速度を落として自転車に乗った少年と話していても、それを見かけた午後の通勤者はもちろんなんとも思わないだろう。

「クリスは知らない人と気軽に話す子でしたか」わたしは訊く。

「分別はありました。でも、人なつこい子でしたよ。だれとでも話しますが、他人の車にはぜったい乗らなかった」

ということは、クリスは自転車に乗っているところを引きずりこまれたのかもしれない。しかし、ここで真昼間にそうされたら、それなりに目立つだろう。子供が車のドライバーと話すのを人が見過ごしても、車に引きずりこまれるのを見たらさすがに通報するのではないか。

クリスの誘拐犯はその日大きな幸運に恵まれたか、バンのような車に乗っていて、ほかのドライバーたちから犯行を見られにくくしたのだろう。

しかし、バンやほかの周到な手段を使って子供をさらったということは、これが事前に計画された犯行であり、単発の事件ではないというウィリアムの懸念を裏付けている。それについてはもっと多くのデータを入手するまでわかるまい。

わたしたちはようやくクリスの小学校に着く。子供たちが外の遊び場やコートで走りまわったり、赤いボールを蹴りながら大声をあげたり、大人になると忘れてしまう、あらゆる楽しげな音を立てている。

ウィリアムが背をフェンスに預ける。ここにいるのがつらそうだ。どんな気持ちかは神のみぞ知る。

わたしはフェンス越しに学校の写真を撮り、箱形の檻《おり》のような建物へ向かう。

「以前は自転車置き場でした」ウィリアムが言う。「最近は自転車通学が禁止されています」

「クリスの事件があったからですか」

「いいえ。危険なドライバーのせいです。それに、子供の自転車はしょっちゅう盗まれますからね」

後ろで女性の声がする。「どうされましたか」

振り向くと校舎のほうから、ロサンゼルス市警の制服を着た頑健そうなアフリカ系アメリカ人の女が、学校とわたしたちを隔てるフェンスのほうへつかつかと歩いてくる。

ウィリアムはフェンスにもたれたままだ。わたしは誠実に対応することにする――少なくとも、そのふりをする。

「セオ・クレイといいます」連邦政府発行の身分証明書をポケットから出して見せる。政府機関に出入りする特定の民間人関係者に与えられるものだ。「クリス・ボストロム誘拐事件について、いくつか補足的な調査をしているところです」

女が身分証をちらりと見る。「そうですか。学校の敷地へはいりたければ、エバンズ校長に言ってください」

わたしは、いま立っているのは公共の場所だと指摘するのはやめておく。言い争いに勝っても、それが戦いの火種になったら元も子もない。「だいじょうぶです。もう帰りますから」

女はウィリアムの顔をすばやく見る。「それから、この人がいますぐ立ち去らない場合は警察へ連行します」

　これには驚かされる。それはなぜかと聞きそうになるが、ウィリアムがわたしの袖をつかむ。「行きましょう」

　女の警官はわたしたちが道の角へ着くのを見届け、それから校内へ引き返す。わたしは交差点で立ち止まる。「あれはいったいどういうことでしょう」

　ウィリアムは目を合わせようとしない。「クリスがさらわれたあとわたしは……何度かこへ来て、クリスを教えていた数人の教師を怒鳴りつけた。警察から警告された」

　ああ。なるほど。それはもっともだ。「そうでしたか」

「もうもどりましょう」ウィリアムはそう言うと、明らかに動揺した様子で道路を渡りだす。

「ちょっと待って。あっちのほうが近道じゃないですか」わたしはブロックが終わっているあたりを指差す。

「そうですよ。でも、クリスが帰るときに通ったのはこっちです。もう一度ごらんになりたいかと思いましてね」

「クリスが通ったのがこっちだとどうして決めつけるんですか」

「自転車が見つかったのがこっちだからです」そう言いながら、ウィリアムの目の奥で何かが目覚めるのが見て取れる。「いや待てよ……」目が近道のほうへ向く。「もしかして」

　ウィリアムにとっては、長年調べまわり、聞きまわった労苦が、まちがった場所へ向けられていたことになる。

「わかりませんけどね。でも、とりあえず自転車があった道がクリスの通り道とはかぎらないと仮定しましょう。ちょっと近道のほうも行ってみませんか」

ウィリアムがうなずいたので、わたしたちはそちらのブロックから彼の家へと向かう。

クリスが通ったかもしれないもうひとつの道をたどりながら、ウィリアムはあらたな疑いの目で一軒一軒の家を、薄れた恨みを掻き集めるようにして、出会う人間ひとりひとりを見つめる。このなかのひとりが事件を目撃したかもしれない。クリスを誘拐した犯人ということもありうる。

わたしは写真を撮り、あちこちの家のなかを覗けるときは覗く。同時に、心のなかでゲームをする。ジョー・ヴィクを追うときに体得したゲームで、以来、それが〈オープンスカイAI〉の仕事に役立つことがわかった。それは〝捕食者の立場で考える〟ゲームだ。

ウィリアムがたぶんしているように、自分がクリスだったらどうするかと考えるのではなく、自分はクリスをさらっても犯行がばれない最適の場所を探している誘拐犯だと想像してみる。

もし、自転車が実際の誘拐地点から離れた場所に捨てられたのなら、犯人は何かから注意をそらしていたということだ。この道沿いにまだある何かから。

9 仮説

ウィリアムの家へ帰り着くまでに、わたしは考えられる説を三つ展開する。それぞれの説には、クリスの誘拐に対応する変数がある。

最初の説は、クリスをさらった犯人はたまたま無防備な少年を見かけて出来心を起こしたというもの。自転車が発見されたまさにその場所でクリスを車へ引きずりこんだ。

二番目の説は、犯人は地元の人間ではなく、何日かクリスのあとをつけていたというもの。犯人は頃合いを見計らってクリスをつかまえたのち、人相風体を見られていた場合にそなえて、偵察場所の情報を攪乱《かくらん》するために自転車を動かした。

三番目の説は、犯人が道沿いに住んでいるというもの。その道は、クリスが通ったと最初にわたしたちが思った道か、近道のほうのどちらかだ。この場合、犯人は自分自身と自分の住居に注意を向けさせないために、クリスの自転車を動かした。

既知の知識に基づく並び替えはほかにも十通り以上あり、核となる前提のいくつかが不正確ならば、その数は無限だ。とはいえ、当面取り組むべき三つの見解がここにあり、それぞれが弱点をかかえている。

最初の説では、何かデータを加えないと捜査がほとんど不可能だ。

二番目の説では、十年ほど前の特定の日に見たものを覚えている目撃者をあてにするしかない。この一帯がしらみつぶしに調べられたことを考えれば、大きな突破口が残っているとは思えない。もっと詳細な事実——たとえば警察の報告書にある、怪しげな緑色のバンがセブン-イレブン付近に停まっていたことなども、役に立つ場合もあるだろうが、わたしは望みをいだいていない。

最後の、おそらく最も背筋を凍らせる説は、誘拐犯を近隣の住人とするものだ。警察がドアを叩いて聞きこみをしているとき、クリスはたった数メートル離れた場所で、まだ無傷のまま生きていたのかもしれない。

「何を考えてるんですか」玄関前に着いたとき、ウィリアムが尋ねる。

「クリスはあそこを近道にしていたような気がします。わたしが子供だったらあっちを通ったでしょう。あのバプティスト教会の周辺は人目につかない。百十七番通りの角には、通りに面した家がない。そういう場所を、わたしなら率先して選びますね」

「いまさらあそこで何かが見つかるとは思えない」

「写真は撮りました。ずいぶん昔の事件ですから、それくらいしかできません。警察の報告書が手にはいれば、それに引っかかるものを探せるんですが」

ウィリアムがうなずく。

「もうひとつ、ここからあそこまでの通り沿いに住む全住人の身元調査も可能です」

「家の登記簿のようなもので？」

「それも警察の記録でわかるんですよ。わたしたちは住所のリストを作るだけでいい」

わたしが政府機関にアクセスできれば、恐ろしい量の個人情報が好きなだけ手にはいるが、いま探しているような情報は、もっぱら金融会社や、将来の雇用主へ情報提供をする民間企業から比較的安価に買うことができる。

政府機関の記録がだいたいいつも不正確なのは知っている。ただし、金銭がからめば別だ。国税庁《IRA》や債権者が警察より人を追うのが速いのはそのためだ。

ウィリアムが調べる家のリストを作るそばで、わたしはメールをチェックし、警察記録の要請に返信が来ているとわかる。

いい知らせは、要望したものを提供してもらえること。悪い知らせは、その情報を集めるのに四週間から六週間かかること。

ウィリアムは、キッチンテーブルに広げた地図へ身を乗り出し、すべての家の住所を書き取っている。「あの子がここにいたかもしれないと思うと、平気ではいられない……」

「そうですよね。困ったことになりました。記録はもらえるんですが、最低でも一カ月はかかるらしい」ほぼ十年経っているのだから一カ月ぐらいたいした問題ではない、とわたしは内心受け入れている。

ウィリアムは身を起こして腕を組む。「一カ月？」

わたしは地図を指差す。「家を調べて当時だれが住んでいたのかを確認する手はまだありますよ」

ウィリアムはうなずき、人生で負うことになったさらなる失望を受け入れる。

わたしはポケットへ手を突っこみ、硬いプラスチックの身分証を指でふれる。ウィリアムは少し時間をかけて状況を理解したあと、メモを取って住所録にまとめる作業へともどる。

「まあいいか」わたしは言う。まだつながっているクビもこれで飛びそうだ。刑務所行きになるかもしれない。身分証をかかげる。「LAPDへ行けばちょっと見せてもらえるかもしれない」

「そんなことできるんですか」ウィリアムが尋ねる。

「だれかに止められるまではね」DIAの研究プロジェクトに取り組んでいるとかなんとか、適当な理由をでっちあげるぐらいできるだろう。実際、だれも騒ぎ立てなければそれを持ち逃げするのも可能だ。一方、だれかを怒らせたりすればやっかいだ。だから……これからすることをパークには知られないほうがいい。「スキャナーは持ってますか」わたしは尋ねる。

「文書用のですか。仕事部屋に小型のがあります。待っててください」

ウィリアムが廊下を歩いていきながら鍵を取り出し、一番奥のドアを解錠する。わたしは機密情報の世界で働くようになってから、家のなかに機密保護のための部屋を持っている人間に何人か出会ったことがある。おそらく会計士も同じだろう。クライアントはほかのだれにも帳簿を覗かれないようにしておきたいはずだ。

「これです」ドアを閉めると同時にウィリアムが言う。「ICカードを使って文書をPDF形式で格納します。これでいいですか」

特別長い棒パンぐらいのサイズだった。「申し分ありません」携帯電話を使ってもいいが、専用のスキャナーを持っていたほうが簡単なうえに、記録保管係にうさんくさい目で見られずにすむ――ドアを通過できればの話だが。

10　未解決事件

　これが史上初のばかばかしいほど簡単な窃盗《せっとう》となるわけだが、わたしは記録保管室の受付の女性に身分証を提示してから厳重なドアを通り抜け、ロサンゼルス市の地下トンネル及び地下保管室の迷宮地図を渡され、少しも怪しまれず、注目すらされず、勝手に歩きまわることになった。

　頭に刻んだことがふたつある。ひとつは、この身分証で閲覧できるのは、情報公開法が認める記録だけだということ。ＬＡＰＤで現在捜査中の事件のファイルは覗けないし、まだ法廷で審理中のものも、駐車違反のチケットを切るみたいに簡単にはアクセスできない――少なくとも地図といっしょに渡されたパンフレットにはそう書いてある。

　けれども、現行捜査記録と書かれた部屋の前を通ったとき、ここは自主管理システムになっていて、進行中の捜査状況を覗かれるのを防ぐバリアはないという印象を受けた。

　クリストファー・ボストロム事件への道が簡単に開いたのに気をよくしたわたしは、行方不明事件のファイルがしまわれた部屋と、よく言えば〝適所へ身を引いた〟まったくやる気のない事務員を見つけた。

　事務員は不愛想な声で、クリストファー事件のファイルをしまってあるキャビネットの列を教えた。これだけなのか、とわたしは念を押して聞かなくてはならなかった。そのファイルが、自宅のアパートメント契約で提出した書類よりも薄かったからだ。

警察の捜査はずさんには見えなかった。最初の報告書は簡潔だ。近隣住民と教師たちのほか、さまざまな人間に聞きこみがおこなわれたのには驚いたが、警察官の立場で考えれば納得がいく。たとえば、クリストファーがいなくなった付近を通る路線バスのドライバー、郵便配達人、水道、ガス、電気の作業員。担当刑事のテッド・コーマンは、目撃情報を探して宅配便のフェデックスやUPSのドライバーにまで捜査の手を伸ばしていた。

コーマン刑事は、だれかが何かを見たかもしれないという、堅実で常識的な考えを持っていた。

科学捜査に関しては収穫がなかった。クリスの自転車の写真が一枚あるきりだ。ファイルを調べるが、自転車の指紋採取がおこなわれた形跡さえない。わたしは警察官ではないが、これはひどい手落ちだと思った。

車へ引きこまれたクリスが自転車を倒したのなら犯人はそれにさわりもしなかった、と警察は考えたのだろうが、その憶測には根拠がない。ウィリアムへメールを送り、自転車にさわらないようにと伝える。

自転車が警察車両からウィリアム宅のガレージへ直接届けられて、ウィリアムがあまりふれていないのを願うばかりだ。九年後にまともな指紋が採取できるとも思えないが、誘拐犯が自転車の潤滑油《じゅんかつゆ》に少しでもふれていたら、望みは大きい。遠い道のりでも、見こみはある。

その手の指紋採取は州のしかるべき研究所かFBIに託すことになるだろう――そのとき、ファイルの奇妙な特徴にあらためて気づく。FBIとの電話のやりとりが二回しかない。ふつうなら通常の誘拐事件はFBIの管轄でないが、LAPDとロサンゼルスFBI支局は頻繁《ひんぱん》に情報交換をしているはずだ。このような事件では、捜査官が現場へ出向いて管轄外かどうかをチェックすることもめずらしくない。

コーマンの報告によれば、FBIから電話があり――あちらから手を差し伸べてきたわけだ――それからコーマンが電話をし、捜査に関するLAPDの最新情報を伝えた。といっても何もなかったが。

報告書を読んで腑《ふ》に落ちないことがあと一点、ふたつの機関に問い合わせたとある。ひとつはFBI、もうひとつの機関名が書かれていない。

あえて勝手な推測をするなら、ウィリアムは会計士だから、国税庁かもしれない。家庭内のいざこざが原因の失踪かどうかを判断するために、警察は性格証人を求めたのだろうか。

最後に目についた興味深い情報は、クリスの失踪が午後十一時まで通報されなかったという事実だ。クリスは下校後に誘拐されたとウィリアムから聞いたが、教師が最後にクリスを見かけてからウィリアムが警察へ通報するまで、八時間の開きがあった。

通報時のやりとりは、ドラマの〈ドラグネット〉さながら淡々としたものだった。

911：こちら911、どうされましたか。

W・ボストロム：息子が、きょう学校から帰っていないんです。
911：息子さんの年齢は？
W・ボストロム：八歳。いや、九歳だ。息子は九歳です。
911：友達か別の肉親の家にいるということは？
W・ボストロム：それはない。母親はもう亡くなりました。わたしが帰宅したとき、息子はいなかった。家にいるはずなのに。
911：わかりました。パトロールカーを向かわせます。住所はソーントン一四七三でまちがいないですか。
W・ボストロム：ええ、そうです。
911：了解しました。警官にわかるように表に立っていてください。
W・ボストロム：ありがとう。

パトロールカーは八分後に到着した。コーマン刑事が現場へ着いたのはおよそ二時間後だ。対応した警官の報告によれば、警察はクリスのクラスメートの親へ電話をし、臨時にパトロールカーを出して捜索した。クリスの自転車は、その夜懐中電灯を手に捜していた警官が発見した。

通報まで時間がかかったこと以外に、ウィリアムは変わった行動をひとつだけとった。制服警官が本人から聞いた話では、ウィリアムはマティスという人物に電話をかけ、何か知らないかと尋ねたらしい。

報告書を見るかぎり、コーマンはその線を追わなかったが、ほかにするべきことはすべてした。誘拐事件速報を流し、他の警察署と連携し、クリストファーの事件を適切なデータベースへ入れた。ファイルにそれ以上の情報はあまりなかった。

生物学では、集団の絆《きずな》の強さは危険への反応の度合いでわかる。群れの動物は子供たちのまわりに集まる。近くにシャチがいるとき、クジラは遠い血縁の子クジラでも守ろうとする。ほかの、おもに哺乳類《ほにゅうるい》以外の生物は絆に無関心だ。子供が捕食者につかまれば、進化論的計算をする脳が、自分は餌食にならなくてよかったと判断し、命がつづいていく。クリスの誘拐に対する対応を見ると、群れの強い反応が――少なくともリーダーの反応が――示された印象はあまり受けない。

けれども、これは人間の事件であり、また、かかわった警察官の多くは黒人だから、単純に人種問題のせいにはできない――多少はあるだろうが。わたしは何かを見落としている。

クリストファーは、家出したように見えたのだろうか。家庭ではあまり幸せではなかったとか？　ウィリアムに不審な点があったが、報告書に書けるほどたしかな裏付けがなかったのでは？
それに、だれも気にしていないように見えるのはなぜだろう。

11　不審人物

姿勢や目つきからそこそこの確率で人の職業を当てるコンピューター・プロファイルを、わたしは作成できると思う。医者は若い牝牛を品定めする農場主のような目で人をながめまわす。科学者は話し相手のそばの虚空を見つめながら、言われたことについて、というよりだいたいは自分の貴重な見解について考えている。警官は真っ直ぐに人を見る。見返されても目をそらさない。尊大な目つきをやめないのは、銃を携帯しているうえに、人をこわがらせる許可を社会からもらっているからだ。にらみ返して優位な立場をおびやかしたところで、一回の無線連絡で銃をたずさえた仲間がぞくぞくとやってくる寸法だ。

デジタル・ファイルを手に入れ、貴重な見解で頭をいっぱいにして記録保管室から出てくるなり、わたしはひとりの警官の尊大な視線に迎えられる。警官だらけの建物にいるのだから驚くことでもないが、その男はわたしをもろににらんでいる。

中年、薄毛、白いものが交じる黒っぽい口ひげ、LAPDの黒いポロシャツを着て腰の片側にバッジをつけ、もう片側に銃をさげている。これ以上ないくらい警官らしい警官だ。ほんの一瞬、警察学校合格の決め手はこうした外見なのかと思う。

「探し物は見つかったかな、ミスター・クレイ」男が尋ねる。

この手の出会いが以前は大の苦手だった。森でいろいろあった前のことだ。いまならだれより要領がいいとは言わないが、ぽかんと口をあけて突っ立っているのは卒業した。

わたしは顔いっぱいに笑みを浮かべ、握手を求めて手を差し出す。「しばらくですね」

男は思わずわたしの手を握る。態度がわずかに変わる。目はわたしを見据えたままだが、どう反応すべきかを伝えずに、こちらの意図を読み取ろうとしている。

「すみませんが、お名前を思い出せなくて」知り合いのふりをしておく。「サンディエゴのテロ対策会議でお会いしましたっけ？」これは自分たちが同じフィールドにいるという信号だ。「わたしの発表を聞いていたとか」上司でなければ同僚だと、これで伝えたことになる。

男は落ち着きを取りもどす。「いや、初対面だよ」少し間《ま》を置く。「わかっているはずだ」

わたしの社会的エンジニアリング能力は底をつき、残された道はただひとつ、この出会いの真の目的を探ることだ。セオ・クレイ博士でいるしかないだろう。「そうですね。質問の答はノーです。探し物は見つかりませんでした。ところで、そう言うあなたは何を探しているんですか」

男は表情をやわらげる。「ちょっとおしゃべりをしたくてね。おれの仕事場は通りの向こうだ。そっちへ行かないか」

「弁護士に相談すべき話し合いでしょうか」

「人と話をするのにふつうは弁護士が要るのか?」

「前回警察官がわたしを驚かせて話をしたいと言ったときに何が起こったか、それを考えれば、世情が変わってきたのかもしれませんよ」

「なるほど。言っておくが、やっかいなことにはならない。まずいことにならないように手を貸したいんだよ」

「なんだかいやな予感がしますね」

「親切で言ってるんだ。嘘じゃない」

法執行機関の監視にさらされた短い経験のなかで、わたしはほとんどの警官が非常に困難な仕事をしている善良な人たちだということを学んだ。わたしが対処せざるをえなかったひどい警官も、ほかの人間には目配りをしていたものだ。残念ながら、彼らはわたしを脅威と見なした。

あとひとつ、ジリアンとわたしのために命を投げ出した故グレン刑事から学んだことだが、ほんとうに優秀な警官は二層式で仕事をする。

シェイクスピアを百万回暗唱し、実際の舞台では夕食に何を食べようかと考えている俳優や、患者が眠っている間に傷口を縫合し、そのあいだ自分はゴルフ場にいる夢を見ている外科医のように、熟練した警官は質問を投げかけて相手に語らせておくが、その裏で相手を操っている。たぶん、ちっぽけな手がかりを見つけるためでも、相手をはめるためでもない。

それは、相手のことを見きわめ、何かを隠しているのか、そして、どのように隠しているのかを判断するためであることが多い。

科学者と同じく、警官もデータ点を集める。そして、自分がすでに答を知っている問いを相手に投げかける。答えづらい質問をする。小さな嘘をつく機会を相手に与え、もっと大きな嘘にどう対応するかを見る。

警官に話しかけられたら口を閉じていろと弁護士が言うのには、それなりの理由がある。運がよければ、警官とことばを交わすのは一度きりだ。会話がなごやかでもつっけんどんでも。ところが警官のほうは、毎日それをこなしている。千人の嘘つきと会い、百万個の嘘を聞かされる。だから、こちらが嘘をついてもうまくいかないのである。警官は、おまえの言うことはでたらめだ、とは言わない。勝手にしゃべらせ、山ほど嘘をつかせ、それを頭のなかに書き留めているのに、当の本人は、地球上で人を丸めこむのが一番うまいのは自分だと思っている。警官が望むのは、相手がしてやったりと思って立ち去ること。あるいはパニックに陥って目の前で大失態を演じること。相手をどう読むか、すべてはそこにかかっている。

その警官のあとについてオフィスへ向かうとき、わたしははっと思い当たる。呼び止められたときに気づくべきだった。これはコーマン刑事だ。報告書を書いた本人だ。

これにはびっくりする。なぜなら、記録保管室の受付の女性がコーマンに電話して、どこかの男が十年ほど前の事件を掘り返しているわよ、と教えるはずがぜったいにないからだ。わたしがあの建物へ足を踏み入れる前から、コーマンはすでに気づいていた。たぶん、わたしがここへ来ようと決める前から。そう考えて、頭のなかが目まぐるしく回転する。

12　共謀者たち

コーマンはわたしの前に水のボトルを出し、会議室用テーブルにフォルダーの束を置いてから、向かい側にすわる。ガラスの向こうでは、制服や私服の警官が電話をかけたりコンピューターのキーボードを叩いたりして仕事中だ。そのそばで、職員たちが仕切りから仕切りへと歩きまわり、メッセージを届けながら無駄話をしている。制服を着ていなければ、そして、引き締まった前腕と口ひげ率の高さを別にすれば、ほかの職場とだいたい同じかもしれない。

「あんたのモンタナでの活躍だがね。新聞で読んだ。どえらい目に遭ったそうじゃないか」コーマンが言う。

「ええ、ほんとうに」わたしは淡々と答える。

「ウィリアム・ボストロムのことはどれくらい知ってるんだ」そう尋ねてくるからには、わたしの知らないことを教えてくれるにちがいない。

「悲嘆に暮れる父親、妻を亡くした男、会計士。いい人ですよ」

「たしかに善人面《づら》だな。連中の大半もだ」

「連中？」

「最大のクライアントがだれか、本人から聞いていないのか」

「仕事のことは話題にしてません」わたしは言う。

「最大のクライアントはジャスティス・マティスという男だ。ロサンゼルス周辺にコインランドリーを十軒以上、小切手換金店を三軒、中古車販売店も何軒か持っている」

「たいした企業家のようですね」会計士ひとりでは足りなさそうだ、と付け加えるのはやめておく。

「ああ、そうとも。昔のマティスは別の名で呼ばれていたものだ。マスター・キルってな。ストリートギャング〈クリップス〉の分派〈ナインティ‐ナイナーズ〉のリーダーだった。ナインティ‐ナインというのは、クリップスとブラッズのリーダーがムショ送りになったあと、縄張り争いで連中が殺したと言っている敵のギャングの人数だ。

　マティスは毛色が変わっていて、このあたりで育ったのに、完全に染まってるわけじゃない。父親は法律家だった。マティスは〝南カリフォルニア大学《USC》〟でフットボールをやり、ほかの武骨者より多少頭がよかった。裏街道での生き方は心得ているが、考え方はビジネスマンだ。

　だから、悪党仲間に金を渡す代わりに、学があって前科のない連中を集め、そいつらを使って不動産投資や商売に金を注ぎこんだ。しょっちゅう人目を引くような真似は避けたのさ」

「で、何を言いたいんですか」わたしは尋ねる。

「ウィリアムは悪党のもとで働いている悪党だ。危険人物だ。殺しに加担する男だ」

「それなら、なぜ逮捕しないんですか」鍵のかかったボストラムの仕事部屋や封印された金庫の意味が、少しわかりはじめる。しかし、だからといって……

「まあ、おれはその部署にいないからな。そういうことには時間がかかる」

コーマンがこんな話をするのは、ウィリアムを監視中に、よそから来た白人の男にファイルを抜かれたからではないか。

「それはまたずいぶんと……物騒な話ですが、ウィリアムがどうやって生計を立てているか、だれのところで働いているか、わたしはあまり気にしていません。ここへ来たのは、息子さんの身に起こったことを少しでも解明するためです」

「なるほどね」コーマンはフォルダーの束のなかから封筒を抜き、わたしのほうへ押しやる。この前警官がこうしたとき、中身は死体の写真だった。

「被害者はだれですか」わたしは封筒にさわらずに訊く。

コーマンはかすかに笑みを浮かべながらうなずく。「警官相手に場数を踏んだと見える。ウィリアムの妻だよ。女房がどんな死に方をしたのか、やつは言わなかったのか」こちらを見つめ、わたしが返事をするのを、あるいは封筒をあけるのを待つ。

つとめて自制はしても、わたしのように好奇心の強い男がその写真を見ずにいられるわけがない。わたしは写真を取り出し、たちまち後悔する。頭部と胴体に銃弾を受け、血溜まりで横向きに倒れている、若い黒人女性だ。

「クリストファーがいなくなる一年前のことだ。写真の場所は、リンウッドにある清掃会社の控室、実際は帳場になっていた。新聞はライバルギャングによる強奪事件だと報道した」

「それで、あなたの見立ては？」わたしは餌に食いつく。

「その帳場がマティスが所有する部屋だったのはたしかだ。われわれの見解では、銃撃を命じて三人の人間を殺したのはマティスだった」

「どうしてそんなことを？」

「そいつらがマティスから盗んでいたからだ」

「ウィリアムの妻が、夫の最大のクライアントから盗みを働いていたんですか」

「ブレンダ。妻の名前だ。そして、答はイエスだ。銃撃にはウィリアムもかかわっていたとわれわれは踏んでいる」

わたしはこの薄汚い説を頭のなかで組み立てようとする。「でも、ウィリアムはまだマティスのところで働いてるんですよね」

「そうさ。写真の死体が自分であってもおかしくなかったとウィリアムは思っている。マティスを甘く見ていたら痛い目に遭った。なぜやつのもとで働きつづけるのかって？　恐ろしいからだろう。たぶんな。はっきりボスの命令だったとは考えてないのかもしれない。そもそも、ブレンダとは不仲だったんじゃないかな。当時はふたりとも薬をやっては浮気をしまくっていた。ひょっとして、引き金を引いたのは亭主じゃないか」コーマンはわたしの反応をうかがう。

　自分が手を差し伸べた男が冷血な殺人者だと、わたしには思えない。コーマンから判断材料を豊富に与えられたが、そのどれひとつを取っても、わたしがロサンゼルスへ来た理由とは関係がない。「それでも、ひとりの少年が行方不明のままです。あなたは、その少年もマティスから盗んだと思うんですか」皮肉をこめて訊く。

「親が大失態をやらかしたせいでいなくなったんじゃないか」

　ウィリアムが妻殺しに関与したという説をどう受け止めればいいのかわからないが、息子がボスに殺されたと思うのなら、マティスにくっついているはずがない。あの冷静な会計士の奥には、いつ怒りを爆発させてもおかしくない男がいる。一番大切なものを奪われてじっと耐える人間とは思えない。

「子供はいるかい」コーマンが尋ねる。

「いいえ」そういうことはまだ考えられない。

「そうか。親は自分の子供がやられたら、報復のためになんでもするもんだ。ただし、ひとつ例外がある。罪の意識。自分のせいでそうなったとわかっている場合だ。延々と自分の尻《しっ》尾《ぽ》を追いかけ、やましさから抜け出せない。ウィリアムは納得するまであらゆる場所を探す男だ。ただし、つつきたくない部分を残して。自分がやった部分をな」

「では、これにはギャングが関係していると言うんですか」わたしは訊く。

　コーマンはうなずく。「それが有力な説だ」

「それなら、この疑問はどうなるのかな……」

「言ってみろ」

「クリストファーの身にいったい何が起こったのか。〝ギャングの関与〟とか〝薬物犯罪〟とかのレッテルを貼っても事件は解決しません。現実は変わらない。だれかがその子を連れ去り、それがだれなのかわからない」

コーマンは動じない。およそ二十センチの高さに積んであるフォルダーのほうへすわったまま移動する。「自分で見るがいい」そう言って中ほどから一冊抜いて開くと、顔に手榴弾《しゅりゅうだん》のタトゥーを入れた人相の悪い若者の写真がある。「ディーナル・リトルなんてどうだ。わかってるだけでも三人は殺してるし、ここからラスベガスのあいだで十回以上は車から発砲してるぞ」別のフォルダーを抜く。「こいつはチェムチー・パークだ。いいやつでね。金魚の始末までしてくれる。それともジェイソン・カーヴァーは？　パーティーで十歳の子供をふたり撃った。このなかにはマティスの手下もいる。雇われたごろつきもいる。だれでもクリストファーを殺せた」

「それで、死体は？」

「ベイカーズフィールドでドラム缶に詰められたか、マティスの息のかかった解体屋で焼却炉の灰になってるだろうよ。その子の残骸はきれいさっぱり消えてるんじゃないか。いや、ひょっとしたらマティスのしわざじゃないのかもな。対抗相手の身近な人間に容赦なく襲いかかる敵が、やつには大勢いる。要するに――」

わたしはコーマンをさえぎる。「まったく、どうでもいいこじつけばかりだ。わかってます。あなたにとっては解決ずみなんですね——必要な捜査や有罪宣告ができないだけで」わたしは容疑者候補のフォルダーを手前に引き寄せ、顔写真に見入る。「もうひとつ質問があります。このなかで、ずば抜けて頭がよさそうなのがいますか」

「いるわけがない。どういう意味だ」

「自転車は通学路付近では発見されなかった」

コーマンは肩をすくめる。「クリストファーが消えたのは通報の八時間前だ。それだけ時間があればアナハイムまで行ける」

わたしはポケットの携帯電話を取り、クリストファーの自転車の写真を出す。はじめて見たときに何かが気になったのだが、その正体がいままでわからなかった。

「見てください」携帯電話を突き出す。

「自転車だ。それで？」

「指紋を採りましたか」

「行方不明になったのは自転車じゃない。子供だ」

「なるほど。わたしにはちょっとずさんに思えますがね。しかしまあ、あなたが決めることですから。わたしは一介の科学者です。でも、もう一度これを見てください」

コーマンはわたしをにらむ。「なんだって？」

「あなたがたは自転車を発見したが、何が見つからなかったか承知してるんでしょう？　そしておそらく、指紋を採取すべきだった理由も」

「おれの忍耐力を試しているのか」

「自転車用のロックです」わたしは携帯電話の映像を指差す。「ロックがついていない。ロサンゼルス中南部の子供がロックのない自転車に乗っているなんて考えられない」サドル下のシャフトの部分を拡大する。「チェーンロックでこすれた傷だって見えるのに」

「ひらめきの瞬間というほどじゃないな。映画じゃそうなるんだろうが」

「いや、そういうことじゃない。わたしにとって、これはあることに関する決定的な証拠なんです。あなたがたは半端な仕事をし、目の前の法医学的証拠をひとつ捨てた。あなたがいま投げてよこした容疑者のだれかが、前もって計画したり、自転車を動かして痕跡を隠す輩かどうか、わたしにはわからない。しかし、クリストファーは父親やマティスとはちがう。もっとまともな扱いを受けてしかるべきだ」

「わかったよ、凄腕《すごうで》君。仕事のやり方を講釈するのを楽しんでるんだろう。そう来ると思った」別のフォルダーの山をぴしゃりと叩く。「こっちも見るといい。ここ十年にわたる、百名以上の行方不明児童だ。だが、これをテキサスへ持ち帰り、ミスター・ボストロムには近づかないほうがいい。それから、きょうの話をぜひともやつに伝えてくれ」

コーマンがここまで惜しみなく情報提供するということは、警察がマティスとウィリアムを厳重に監視した結果、もうじきなんらかのヤマ場を迎えるのかもしれない。

話の大筋を疑うわけではないが、コーマン刑事は信じたいものしか見ていないようだ。もっと何かある。まだ気づいていない何かが。

　ウィリアムにいくつか訊きたいことがあるが、その前に、本人に関する情報を集めなくてはならない。

13　尾行

　ウィリアム・ボストロムとは何者か。悲嘆に暮れる父親か、それとも、麻薬王パブロ・エスコバルの中南部版ともいえる男を支える金庫番か。

　コーマンは考えるべき多くの課題だけでなく、どういうわけか、ほかの行方不明児童のフォルダーもひと山わたしに残していった。自分はお手あげだという姿勢を示したかったと解釈するしかない。わたしが何か発見したときの逃げ道を用意したとも受け取れる。本人がウィリアムについて暴露したことを考えれば、それはないような気もするが。

　そろそろ自分の足でウィリアムの情報を集める頃合いだ。

　わたしはレンタカーを借りると、ウィリアムの家から少し離れた場所に停めて電話をかけ、二、三時間後に行くと伝える。

　実験をするときは、観察者の影響をできるだけ消したほうがいい。アラスカで狼《おおかみ》の個体数を数えているときでも、ガリウムヒ素のグリッドを通る光子の動きをたどっているときでも、調査対象は観察者がいないものとして行動するのが望ましい。

電話の二十分後、ウィリアムが私道から車を出し、わたしがいる場所から遠ざかる。

コンプトンへの道中、わたしは尾行を気づかれないよう、間隔をなるべく一ブロックあける。ウィリアムが最初に立ち寄ったのは、コーマンが言っていたコインランドリーのひとつだ。

ウィリアムは中へはいり、十五分後に車へもどる。何かを持ちこんだり持ち出したりはしない。

八分後、別のコインランドリーへ到着する。ここも十五分で出てくる。

こうして二時間で十軒以上のコインランドリーに立ち寄る。ウィリアムが出たりはいったりするのを見ながら、わたしはこのうちの何軒がまともな店で、何軒が――もしそうだとすれば――ドラッグ商売の隠れ蓑《みの》だろうと考える。小額紙幣や硬貨を使うコインランドリーは、ドラッグで得た二十ドル札や百ドル札を隠すのに最適とは思えない。

もしかしたら、抜き打ちの会計検査かもしれない。コインランドリーはほぼ現金だけを扱う商売で、悪い従業員がレジから金をくすねるのは簡単だ。ウィリアムと雇い主のマティスは、抜かりなく店舗に隠しカメラを設置し、従業員が機械をリセットしたり手持ちのクーポンを換金したりといった小さなごまかしを監視する程度の策は講じているだろう。

コインランドリーをひととおりまわったあと、ウィリアムが向かったのは小切手換金店だ。入り口の外まで並んでいるのは大半がヒスパニックの人たちで、全員が小切手を担保に現金を借入れようと、つまり、つぎの給料日までしのぐ金を手に入れようと待っている。

　こうした経済の一現象がわたしの興味を引きつけてやまない。給料を担保に法外な金利をむさぼる低所得者向け消費者ローンの店を、政府は規制のターゲットにして閉め出そうとしてきた。弱者を守ろうとする意向はわかるが、合法の金融業から非合法の貸し手へ向かわせることが弱者にとって最善かどうかはわからない。けれども、わたしは生物学者であって、経済学者ではない。わかっているのは、ひとつのシステムが弱体化すれば、別のより獰猛《どうもう》なシステムがすばやく参入することだけだ。

　とにかく、その小切手換金店は繁盛《はんじょう》しているらしい。表の店構えはおおかたの銀行に劣らず清潔で手堅い印象を与え、裏稼業をいとなんでいるようには見えない。おそらく、そこが大事なポイントであり、警官でないわたしはそれを見抜けない。

　ウィリアムが車へもどり、一分後にメールが来る。**雑用にもう一時間かかる予定。電話に出られないのであしからず。**

　へえ、面白くなってきたぞ。まさかマッサージパーラーへ行くわけじゃないだろう。

　わたしは慎重に距離を保って尾行し、コンプトンの北の地域へはいる。ウィリアムの車は袋小路の行き止まりに着き、二階家の手前にある電動式ゲートを通過する。

　夕暮れ時だが、家には明かりが煌々《こうこう》と灯《とも》され、年嵩《としかさ》の黒人女性が二階の出窓の向こうを通るのが見える。洒落《しゃれ》たブラウス姿で、穿《は》いているのはわたしの母が好むようなカプリパンツのようだ。わたしは住人を知ろうと、携帯電話に住所を入れて検索する。不動産登記簿によれば、所有者は〈オーシャン・ドリーム・ホールディングス〉になっている。その会社を調べると、ロサンゼルスの法律事務所の名前が出てくる。

携帯電話を見つめていたせいで暗さに目が慣れず、銃を持った男が近づいてきても、窓ガラスを叩かれて懐中電灯で目を照らされ、外へ出ろと合図されるまで気づかない。

わたしはとっさに車を発進させようとするが、そのあとで、もうひとりの男が携帯電話を耳に当てて目の前に立ちはだかるのが見える。

車の外へ出るのは辞退して、窓をさげる。そのとき、窓ガラスを叩いた男が警備員の制服を着ているのに気づく。

「なんでしょう」できるだけ平静を装って尋ねる。

「ここで何をなさっているんですか」ていねいな口調で問われるが、わたしの顔に懐中電灯を当てたままだ。

一方、もうひとりの男はジーンズとぶかぶかのシャツというでたちで、携帯電話をわたしの前に突き出して写真を撮ると、離れた場所へ歩いていく。

わたしは警備員の制服をもう一度見て、民間の警備会社のものであることをたしかめる。

「自分の仕事をしているだけです。わたしの目を照らさないでもらえれば、警官を呼んであなたを暴行罪で訴えずにすみますよ」大口を叩いたものだが、ここは公道だ。

「窓からだれかが覗いているという苦情がありましてね」

「じゃあ、あなたがやめたらどうですか」わたしはその男に軽口を言いながら、もうひとりの男から目を離さない。ここで何かが起こっているのはたしかだ。「わたしはよろこんで立ち去りますよ」

警備員は窓から手を入れてハンドルをつかむ。「そう急ぐな」しまった。事を荒立てただけだった。

もうひとりが近づいて何かを耳打ちをし、よくわからないがこんなふうに聞こえる。「警官じゃないぞ」

そのとたん、頭に銃が突きつけられる。「車から出ろ!」

この男にとっては車内で撃ったほうが簡単だったはずだ。ということは、ただの勘違いという可能性もわずかだがある。わたしは楽天家だ。

警備員は車のドアをあけ、もうひとりが片方の手を後ろへやる。わたしが逃げようとしたら武器を取り出すつもりなのだろう。

わたしは後ろを向かされ、ポケットから財布を抜かれる。「こいつの正体を見てやろう」

連邦政府発行の身分証を持っているのがいいのか悪いのか、よくわからない。わたしの銃は鞄《かばん》のなかにあり、手を伸ばせば届きそうだが、背後の男が先に撃とうとした場合、こちらが形勢を変えられるほどの近さではない。

わたしは振り向かされ、懐中電灯の光がまた顔に当たる。「ここで何をしている、この白人野郎」

「武器を探せよ」もうひとりが言う。

「袖をまくれ！」警備員がわたしを怒鳴りつける。

わたしはつとめて平静を装う。「こんな仕打ちが許されるのかどうか知らないが……」そう言いながら、上着の袖を引きあげる。

警備員は懐中電灯で確認する。「ないぞ」もうひとりへ言う。

またもや目にライトが当てられる。「おまえ、FBIか」

「それはきみたちにとっていいニュースなのか、それとも悪いニュースなのか」

「こいつ、私立探偵のライセンスを持ってたか」もうひとりが訊く。

「いや」

「とにかく痛めつけてみようぜ」

「やめろ！」道の向こうからウィリアムが叫ぶ。「その人を放すんだ」

「この減らず口野郎を知ってるのかい」警備員が訊く。

「ああ。わたしの連れだ」

「マティスは知ってるのか」

ウィリアムが駆け寄ってくる。「そうさ。もちろんんだ。マティスはこの人と話をしたがっている。セオ、すまなかった。その……ここで落ち合う約束だったのにうっかりして」

ウィリアムは尾行されていたのを知っているが、警備の者にはそれを知られたくないらしい。

「さあこちらへ」とウィリアム。「中へはいってジャスティス・マティスに会いましょう」

14　社会の敵

コーマン刑事が言うところの社会の敵の最高峰が、コーヒーテーブルの向かい側でミネラルウォーターを飲んでいる。そのテーブルには現代美術家ジェームズ・タレルの作品集が置かれ、キッチンテーブルでは十代の娘とその祖母がいて、娘は飛び級生徒向けのヨーロッパ史の宿題に取り組んでいるところだ。

ぴったりした黒のセーターを着た男の体は引き締まり、裕福な弁護士か新進気鋭の政治家にも見える。これが、容赦なく人を殺してのしあがった中南部のギャングであり、わたしがさんざん聞かされた以上にその名を世間に知らしめている男とはとても思えない。

けれども、わたしは千分の一秒もそれを疑わない。マティスには知性と用心深さがあり、これほどカリスマ性のある人物とは滅多に会えるものではない。ビル・クリントンが部屋にはいってきたり、ブラッド・ピットが笑顔を振りまいたりするとき、人々がどれほど興奮するかは知ってのとおりだ。マティスにはそういう魅力がある。テッド・バンディもしかり。話を聞くかぎり、ジョー・ヴィクも同じだった。もっとも、やつとの対決は魅力的とは言えなかった。

クリスの行方不明にマティスが関与していると言うわけではない。しかし、マティスの絶大な権力を考えればそうなっても不思議ではなく、また、だからこそコーマン刑事は、この男が何百万ドルもする家にふんぞり返って娘にアイビーリーグへの進学準備をさせていることに我慢ならないのだろう。

「クレイ教授、まずはじめに、外にいるあの連中のことはどうか気にしないでくれ。けんかっ早かったころの敵がまだいるものでね」

いいいけんかっ早い。そう言ってすませるのか。「わたしがその敵に似ていなければいいんですがね」

「驚いただろう。なかには〈サンズ・オブ・アナーキー〉の見すぎで、余計なことを思いつく若造がいるんだよ」

たしか白人ギャングのバイカーが出てくるテレビドラマだったと思う。手下の歓迎委員どもはほんとうにわたしのことをそう思ったのだろうか。もしそうなら、マティスはけんかっ早い日々からとっくに卒業したわけではないらしい。

「そしてふたつ目」とマティス。「ウィリアムへの協力に感謝したい。彼はわたしにとって兄弟同然で、クリストファーがいなくなったのは……そう、自分の子供を失ったようなものだ」

そうだろうか。マティスは捜索にどれほど力を尽くしたのか。それとも、何もしなかったのか。

「わたしがどれほど役に立てるかはわかりません。けれどもウィリアムの……というより、クリストファーの状況がどうにも歯がゆい」

「たしかに」マティスが心配顔でうなずく。「ウィリアムから聞いたが、LAPDでクリス失踪に関する記録を調べてくれたとか。わかったことはあるのかな」

山ほどある。しかし、全部話さなくてもいいだろう。「ええ。いいかげんな捜査だったようです」わたしはウィリアムのほうを向く。「担当だった刑事と話までしましたよ」

「コーマンかな」

「そう。その男です」

「あの男は何年も前にわたしからの電話を受け付けなくなった」

「それはきっと捜査をやめたから……」わたしは何を言えばいいのか急にわからなくなる。

「わたしのことを非難していたかい」マティスが訊く。「クリスがああなったのは、父親が悪党と付き合ってるからだと」

まあ、そういうことだ。「遠まわしな言い方でしたが」

「ファイルを広げ、わたしをコンプトンのアル・カポネだと言ったか」

「パブロ・エスコバルも顔負けだと言わんばかりでしたね」

マティスはうなずいてから、ウィリアムを見る。「わたしたちは会計監査を何回受けたかな」

「九回です」ウィリアムが答える。「起訴にいたったことは一度もありません」

「強制捜索は何回だ」

「五回です」

「立件できたことはあったかな」

「ありました。一度」

マティスの顔つきが変わる。「なんだって」

「衛生上の違反です。あなたのいとこのステイシーが配膳台に生肉を置いてたんですよ。営業停止になりました」

マティスは抗議するかのように両手をあげる。「やれやれ、ではわたしが有罪なのは、店を仕切れないおバカないとこにハンバーガーショップをまかせたからだな」

わたしは笑みを浮かべる。けっこうな見世物だ。会員制サロン〈ソーホーハウス〉でこの話題があがったときに、政治家と著名人と金持ちの友人相手に披露《ひろう》したことがあるにちがいない。

いかに賢いかを見せつけられては、ますます無罪とは思えない。もちろん、ぼんくら連中の逮捕に慣れている警官が、マティスのような男を簡単につかまえるのは無理だろう。

マティスがやったにしろ、やらなかったにしろ、いまの時点では直接かかわっておらず、法にぜったいふれないようにしているのもたしかだ。

外のごろつきがわたしの写真を撮って警官じゃないと警備員に告げたとき、わたしは知るべきことをすべて把握した。警官の顔写真のデータベースを持つほど抜け目のない人間なら、とっくにその数段先まで情報を得ているはずだ。

けれども、そんなことはどうでもいい。わたしが知りたいのは、マティスがクリスの誘拐に関与したかどうかだ。コーマンとLAPDはほかのことをなんでも心配すればいい。

「じつは、少し調べているところでした」わたしはマティスに言う。「そして、ある統計値に出くわしました。それによると、大半の誘拐事件が通報されないのは、そこに薬物が関係しているからなんです。あなたの競合相手のひとりがクリストファーをさらったのかもしれないと、コーマンはほのめかしました。おそらくウィリアムを攻撃するため。あなたに揺さぶりをかけるためかもしれない」

マティスの声が低くなる。「わたしが揺さぶられるような男に見えるかな。ところでひとつ訊きたい。なぜきみはここにいる」わたしが答える前に大きな手をあげて制する。「ウィリアムを助けにきたことは置いておこう。つまり、きみはモンタナの奥地でじっとしている代わりに、なぜわたしと話をしているのかってことだ」

マティスがウィリアムから話を聞いているのは明らかだ。「ほんとうの理由ですか。あのろくでなしがわたしの大切な人をさらったからですよ」

「七人の警官を殺した二メートル強の凶暴な大男が、きみの愛する人を傷つけようとしたんだな。だから、そいつを仕留めた。わたしみたいないわゆる悪党が揺さぶりをかけられたり、親しい者をつけまわされたりしたら、どうするだろうか。翌日の新聞ネタになるとは思わないか」

「言いたいことはわかります。ただし、手をくだしたのがあなたなら話は別ですが」

「わたし？」信じられないという顔でウィリアムのほうを見つめる。「なぜわたしなんだ」

「クリスの母親はなぜいないんですか」

マティスの首の筋肉が強張り、ウィリアムが息を吸いこむのがわかる。

マティスはわたしをじっと見るが何も言わない。

「その件はマティスと無関係なんですよ」ウィリアムが弁護する。「ほんとうです。なぜそんなことを言い出すんですか。そんなことを言ってはいけない」

「下劣だよ、きみ。じつに下劣だ」マティスはようやく口を開く。

わたしは解体屋の焼却炉への片道旅行中なのかもしれないが、自説をたしかめるためにもうひとつ見たい反応がある。「彼女とほかの二名が殺された翌日、新聞になんと書かれたんでしょう。どの敵があなたに打撃を与えたんですか」

長く不穏な間《ま》がある。マティスはついに答える。「報復がおこなわれた」

あきれたな。マティスが彼女を殺し、ウィリアムはそれを知っている。ウィリアムが苦悩の表情を浮かべるのを、わたしは目の端でとらえる。

深々と息を吸う。「はっきりさせておきましょう。わたしは警官ではない。科学者です。パターンを見つけます。ウィリアムがわたしの玄関先に現れたのは、息子さんの身に起こったことを突き止めたかったからです。わたしが気にかけているのはそのことだけです。だれが子供をさらったのかを知りたい。さらった人間がまだ野放しなのかを知りたい」

マティスは目に力をこめ、わたしの表情を読む。うなずいてから、手を差し出して握手をする。「そいつを見つけてもらいたい」

15 父親

どう見ても白い顔はわたしひとりだが、それをだれが気にするでもないバーのブースで、ウィリアムがわたしの向かいにすわっている。

「ブレンダとわたしの仲は当時最悪でした。わたしは薬をやっていた。妻もそうだった。クリスがあんなにいい子だったのは奇跡だ。あの子は自分ひとりで育ったんだな。それなのに――」

わたしは片手をあげる。「気を悪くしないでほしいんですが、クリスの行方不明と関係がないなら、奥さんがどうなったかを知る必要も知る気もありませんね」

ウィリアムは傷ついた表情を浮かべる。わたしに何かを告白したがっている。なるべく理解してもらおうとしている。ただ、ひとつ問題がある。わたしが信じるストーリーで、この男が悪く見えない筋書きはありえない。

「ただ言いたかったのは、マティスが――」

わたしはさえぎる。「マティスは独特な反社会的人格の持ち主ですよ」

「あなたは彼を知らない。あれはたいした男です。コミュニティ・センターをいくつも設立した。持てるものを投げうってでも人助けを……」

「持てるものを人が奪わなければね。いいですか、自分はこれでいいと納得しても、あなたはあの男の正体を知っている。あいつは今年最高の父親として表彰された一分後にはだれかを孤児にしてるんですよ」

「このあたりで育つのがどういうことか、あなたはわかっていない」

「わかりません。でも、それはマティスも同じでしょう。彼は富裕層の出身だ。ここへやってきたのは、少しおおっぴらに悪いことをしても見逃してもらえるとわかったからです」

ウィリアムは首を振る。「何かにつけ批判ばかり――」

「わたしはだれも批判してません。まちがったことを言いましたか。マティスはあなたやわたしとはちがう。独特なソシオパスなんです。偉大な政治家になれるタイプですよ。自分の邪魔をしないかぎり、大事にしていると人に思いこませる。そうしておいて、ひどい目に遭わせたときは、本人のせいだと思いこませる」

「それは経験からわかったことですか」

「去年、その種の人たちの理解につとめるのにずいぶん時間をかけましたよ。カリスマ性と相関関係のある遺伝子さえあるんです。共感の欠如を埋め合わせようと過剰に反応する人もいます。彼らは、なんとも思っていない相手に、ほかのだれよりもかわいがられていると感じさせます」

「では、あなたにとっては遺伝子がすべてですか」

「いいえ、そうとはかぎりません。人は自分で自分を教えこむこともできるでしょうね」たとえば、妻を殺した男のもとで働きつづけてもいいのだと自分に言い聞かせるみたいに。

ウィリアムは小さくうなずく。「しかし、彼がクリスの件にかかわったとは考えていないでしょう？」

「かかわっていないでしょうね。直接は」

「どういう意味ですか」

「ジョー・ヴィクの事件では、被害者には一定のパターンがありました。多くは単独で行動し、薬物の問題をかかえていた」

「ロニー・フランクリンと似てますね。別名グリム・スリーパーですよね」

「ええ。狙いやすいのを獲物にするわけです」

ウィリアムは不安そうに腕組みをする。「わたしの息子が狙われやすい獲物だったと？」

ほかにどう言えばいいのか、わたしにはわからない。「クリストファーの父親は有名な麻薬王に仕え、その麻薬王はクリストファーの母親を報復のために殺したと噂されていた。警察から見れば、あなたがたは穢《けが》れていた。警察が最低限の捜査しかしなかったのは、クリスがすでにマティスの焼却炉の灰になっていると確信したからです。ぜったいに立証できないと知っていたから、あえて捜さなかった」

「あんたは薄情なくそったれだ。少なくとも、マティスは人をくそみたいな気分にはさせない」

「だから、ナイフが飛んでくるのが見えないんですよ。わたしはまやかしは言わない。息子さんに会ったことは一度もなかったけれど、あなたからいろいろ聞いて好ましい少年だと思う。わたしは自分が気づいている以上に近しかった人を失った。ジョー・ヴィクを追ったのは愛する人の命がおびやかされたからじゃない。もう知ることさえない人を奪われたからだ。やましい気持ちは理解できる。痛みも知っている。それをやわらげるには、残酷なほど正直になるしかない」

ウィリアムが口を開きかけるが、わたしは片手をあげて制する。

「嘘を言ってあなたがたの過去は重要ではないというふりはできる。でも、重要なんですよ。あなたがた夫婦が火遊びをしていたのを、あなたもわたしも承知している。起こったことについてはいっさい批判しません。許すとか、罪を自覚させるとか、そんなのはわたしの本分じゃない。わたしが関心を持っている怪物は、クリストファーをさらったやつだけです。そいつがやったからというより、いまもやっているかもしれないからです」

「いまだにうろつきまわっていると？」

わたしはうなずく。「やめるわけがない。そいつは警察を無関心にさせる方法を見つけた。わたしがつぎに着目するのはそこです。どういうわけか、コーマンは行方不明児童のフォルダーを一式わたしに預けました。何者かがうろついているのを知っているらしい。しかも、犯人がいまだにのさばっているのは、自分たち警官の盲点を見抜かれたせいだと思っているようです」

「うちのような家族が」

「そうです。相手にされない存在」

ウィリアムは一気にビールをあおり、わたしを見る。「まだわたしを批判してるんでしょうね」

「息子さんの消息を突き止める手伝いをしてるんです。わたしの考えはどうでもいいじゃないですか」

ウィリアムがかぶりを振る。「わたしが言いたいのは、マティスは賢明だということです。じつに賢明だ。彼なら助けてくれる。わたしたちは頼むだけでいい」

「わたしとしては、あの男からできるだけ離れていることにしますよ」

「魔力の正体はお見通しってわけですか」

「いいえ。ちがいます。だから困るんです。直感では彼が好きなんですよ。でも、脳の理性的な部分が、わかりきったことに着目しろと告げる。あなたのボスは悪党で、そして――」

「わたしも悪党だ」ウィリアムが言う。

「でも、子供を殺す人間じゃない」わたしはボトルをウィリアムのグラスへ傾ける。「飲んでしまったら、もう一本もらいましょう」

16　地域支援活動

コーマンのフォルダーは、行方不明児童の報告書をただむやみに集めたものではない。該当者が崩壊家庭の子供で証拠や証言が集めづらいという、扱いにくい事件ばかりだ。警察がもう一度聞き取りをするために訪れたら、家族があわてて引っ越したあとだった場合もある。少なくとも資料の半分は、不法入国者が大勢いる世帯の子供の事例だった。家族が当局を恐れるあまり、どれほど多くの児童誘拐事件が通報されずに終わるのかを考え、背筋が寒くなる。そんな状況になってもこわくて警察へ行けないというのがどれほどの悪夢か、わたしには見当もつかない。

プレドックスへデータを入れると、紫色の帯が市の地図を横切って伸び、捕食者が活動中かもしれない地域を示す。プリペイド式携帯電話と、メキシコや中南米へ長距離電話をかけるためのカードの購入記録を引き出せば、同じ図ができあがったかもしれない。

クリストファーが消えた場所に最も近い地点から、実地調査をはじめることにする。

一年前、ライアン・パーキンズの祖母から警察へ通報があった。学童保育を終えた孫がぜんぜん帰ってこないという。

報告書によれば、父親が逃亡中で、しかも親権問題で揉めていた。その後のコーマンの報告では、父親は子供の失踪時にはネヴァダ州ヘンダーソンの郡刑務所にいたとあり、事態はそれほど単純ではなさそうだと暗に伝えている。

コミュニティ・センターへ足を踏み入れると、感じのいい年配の黒人女性が挨拶《あいさつ》をする。

子供たちが来たときのためにテーブルに塗り絵用ノートを並べているところだ。

「いらっしゃい。何かご用ですか」

「こんにちは。セオ・クレイといいます。子供の行方不明事件の調査を手伝っている者です」

女性の顔が曇る。「まあ。ラトロイのことかしら」

「ラトロイ？」わたしはメモを見て名前をチェックする。「ラトロイってだれですか」

「三週間前にいなくなったんですよ。家に電話してもだれも出ませんでした。警察へ連絡したんですが、母親が逮捕されたとかで。でも、お祖母さんはラトロイの居場所をまったく知らなかったんです。児童福祉施設にでもいると思ってたらしいですよ」

ひどい。むちゃくちゃだ。「じつは、ライアン・パーキンズのことで来たんです」

「ライアン・パーキンズ？」

わたしはその少年の写真を見せる。遠景で撮られていて、目が赤く、顔の特徴はつかみづらい。

「ああ、そうね、あの子だわ。父親といっしょによそへ行ったんじゃなかったの」

「どうもちがうようです」

「まあ……」彼女は手を胸に当てる。「ここは出入りが多いものですから。行先まではなかなか把握できません」

冗談じゃない。恵まれない子供たちを対象とした学童保育の一ヵ所から、行方不明の子供が二名。自分に子供がいたら、ここに入れるよりは路上へほうり出したほうがましだと思うだろう。

　落ち着くんだ、セオ。こうした場所があるのは、なんといっても子供たちを翻弄《ほんろう》する崩壊家庭のせいだ。この婦人は安定した環境を与えようと最善を尽くしている。

「どちらの子でもいいから、何か教えてもらえませんか。そのふたりは知り合いでしたか」

「いえいえ。ラトロイ・エドマンズがここにいたのは一週間かそこらでしたから。才能のある子でしたけどね。すばらしい芸術家なんですよ。とても快活で」キャビネットへ歩いていき、鍵をあける。「これを残していったんです。妙だとは思いました。あの子が大切にしていた品ですから。安全な場所にしまっておいてほしいと言われました。母親が息子の持ち物をよく売ってしまうらしいんです」

　彼女はアイアンマンのアクション・フィギュアをわたしに手渡す。使い古されている。わたしは写真を数枚撮ってから、それを返す。

「ラトロイのことで、ほかに何か覚えていませんか。母親か祖母以外の者が迎えにきたことは？」

「いいえ。ここはだれでも自由に参加できる場なので、児童に対して学校と同じような管理体制はとってないんです」

「ライアン・パーキンズのほうはどうでしょう」

「やはり何かわかるとは思えませんね。これでも精一杯がんばって子供たちの消息を追ってるんですよ」

「そうでしょうね。あなたのようなかたに気を配ってもらえる子供たちは幸運だ」

わたしは色彩に富んだ室内を見まわし、子供たちの絵がいっぱい貼ってある後ろの壁へ目を向ける。歩いていって近くでながめる。

スーパーヒーローをたどたどしく描いたおなじみの絵だ。超人ハルクにはたくさんの緑色。ジャイアントロボ。犬や猫を愛情こめて表現したもの。絵の多くが、家族みんなが手をつないでいる理想の家庭生活を表している。

ひときわ目を引く一枚がある。黒ずくめの人物がおもちゃのはいった袋を持っている。一風変わったサンタクロースといったところだ。もっとよく見ようと身を乗り出す。

「あら、ラトロイの絵をご存じなんですか」彼女が言う。

「いまなんと？」

「それはラトロイが描いたんですよ。ちょっとした都市伝説。これってそう呼ばれてるんでしょうね」

「どんな都市伝説なんですか」

「おもちゃ男《トイ・マン》ですよ。大きなキャデラックを乗りまわしては、いい子たちにおもちゃをあげるんですって」

「ずいぶん楽しそうな伝説だ」

「ええ。そうですね。わたしはラトロイにほかの絵を貼らせませんでした」

「なぜですか」

「だって……なんだかこわい絵でしたから。トイ・マンが悪い子たちにすることが描かれていて」

わたしはいつまでも突っ立っていたことに気づかず、どうしたのかとしまいに訊かれる。

17　危険信号

ガーヴィン小学校の教頭がわたしを廊下の先へ案内し、図書室を指し示す。「わが校にはすばらしい個人指導プログラムがあります。ＵＣＬＡの学生が来て児童の勉強をみてくれるんですよ」

「それはすごい」わたしはそう言って図書室を覗き、興味があるふりをする。子供たちがテーブルを囲んですわっているそばで、教師が本の朗読をしている。

ミズ・ドーソンは颯爽《さっそう》とした女性で、自分の学校が困難な家庭環境の生徒たちに及ぼす力を誇りにしている。「お嬢さんは四年生だとおっしゃいましたね。年度の中ごろで転校するのは大変かもしれませんが、ここでは短期間しか在籍しない生徒も多く受け入れています。すぐにお友達ができますよ」

「そうだといいんですが。グレイシーにはちょっと困ったところがありましてね。行動障害とかじゃないですよ」

わたしのことばから想像上の娘が学習困難児だと理解し、ドーソンはうなずく。「わが校の達成者プログラムをお見せしましょう。生徒の迅速な学習を助け、通常のカリキュラムに追いつかせることができるんですよ」

わたしたちは別の廊下を進み、さらに多くの教室を通り過ぎる。わたしは廊下の窓から中を覗いて、精神的ケアの一環として描かれたような絵を探す。

ほとんどが学校の課題と思われ、前に見た自由な形式の絵とはまったくちがう。移民一世の子供たちの教育に力を入れ、学習困難児も受け入れている学校に行けば、トイ・マンの絵にもっと出遭えるかもしれない、とわたしは考えていた。

的中する見こみはかなり低いが、それでも、コーマンのフォルダーにすら載らなかったラトロイが、あれほど不気味な絵を描いていたという事実が好奇心を刺激する。

子供たちがまったく知らない人間に誘拐されたのでなければ、犯人は知り合いか、犯行前に交流のあった人物だとも考えられる。ターゲットに定めたということは、子供たちの家庭の事情をある程度知っていたのではないか。それを調べるには、まず訊いてみること。もうひとつは、子供たちの記録を手に入れること。そこから、犯人が学校や児童福祉の関係者だと発覚する可能性もある。

妄想じみた考えかもしれない。しかし、テッド・バンディは自殺防止ホットラインに勤務し、同僚の元警察官は、バンディのことを親切で思いやりがあると評した。ひと晩で五人の女性を襲い、そのうちのふたりを殺した男のことを。

　この学区では学校の生徒を餌食にする怪物が根絶されたことがない。恐ろしいことに、生徒に虐待や性的いたずらをした教師のうち何人かは、何十年も前から苦情の種となる問題をかかえている。一番卑劣なのは、こわくて何も言えない不法入国者の子供を手にかける教師だ。

　ガーヴィン小学校は潜在的な危険にさらされた子供たちを大勢かかえるばかりか、ラトロイが通っていた学校でもある。ほかのクラスメートもトイ・マンと接触したのかどうかを知りたい。

「ここが達成者クラスです」ドーソンが言う。「ミセス・バルデスが生徒を校庭へ連れていったようですね」

　教室の後ろの壁が絵で埋まっている。遠くてよく見えない。

「見せてもらっていいですか」

「ええ、どうぞ」ドーソンがわたしのためにドアをあけて押さえる。その目にかすかな疑念が浮かぶのがわかる。「会社名をなんとおっしゃいましたか、ミスター・グレイ」

「言ってませんよ。在宅で働いてます。ソフトウェアのアナリストです」

　学区の本部へ出向き、憂慮する市民として四年生にフレディ・クルーガー（映画〈エルム街の悪夢〉の殺人鬼）がいる証拠を学校へ行って探したい、と申し出るわけにもいかなかった。

「そうですか。奥様は何をなさってるんですか」

「ウェイトレスです」わたしはそう言いながら、小さな机と椅子を突っ切り、後ろの絵に近づく。これらもまた、動物や家族やテレビで見たものを描いた作品だ。丹念に絵を見ていくそばで、ドーソンがわたしの正体をはかりかねている。わたしが自称したとおりの人間ではないのではと、急に不安になったらしい。

「電話の応対をしなくてはいけないんです。いっしょに職員室へもどりましょう」

「いいですとも」わたしは動かない。子供たちのスケッチを理解しようとつとめているところだ。ややわかりづらい絵が並んでいる。

一番端に、痩《や》せた黒人の男がおもちゃの袋を持っている絵がある。わたしはそれをドーソンに示す。「これが何かわかりますか」下に書いてある名前はリコで、ラトロイではない。

ドーソンはよく見ようとしてかがみこむ。「黒人のサンタクロースでしょう」

「娘の友達がトイ・マンがどうのと言ってました。聞いたことありませんか」

「ありませんね。もどったほうがいいと思います」

「そうですね。友達の母親にメールで訊いてみます」わたしは携帯電話を出して写真を撮る。

「ミスター・グレイ。ここで撮影されるのは困ります」

「すみません」わたしは携帯電話を持った手をおろし、開いたまま机に置かれた指導計画帳に目を留める。「職員室へもどるとしましょう」

彼女がドアへ向かい、わたしは机へ真っ直ぐ進む。

「ミスター・グレイ？」

「口からガムを出さなくては」わたしは背を向けて、生徒全員の名前を撮影する。

「もうけっこう。校内警備員を呼びます」ドーソンはあっという間に腰から無線機を取って口元に当てる。

「そいつはすばらしい」わたしはにらみつける。「ラトロイがどうなったか訊いてみたらいい」

ドーソンは凍りつく。「なんのこと？」

「ラトロイ・エドマンズ。ひと月前にいなくなった」わたしは後ろの壁の例の絵を指差す。

「ラトロイもトイ・マンの絵を描いていた」

「なんのことかさっぱりわからない。帰らないと警察を呼ぶわよ」

わたしは両手をあげて降参する。「力になりたくて来たんです」

「だれかに頼まれたの」

「別の行方不明児童の父親に」

ドーソンはわたしの話をどう理解すればいいのか悩んでいるところだ。わたしはうさんくさいイカレ頭のようにふるまったが、その一方で、いなくなった子供たちや、その行方を捜している親のことを持ち出している。

ようやくドーソンは口を開く。「訊きたいことがあるなら、校長に訊くしかありませんね。とにかく、学校から出ていってもらえませんか」

ぴたりとわたしに付き添いながら、車まで緊張して歩き、校内をうろつくのを許した相手が危険人物なのか、それともただの奇人なのか決めかねている。
わたし自身にもよくわからないのだから、迷うのも無理はない。

18　緊急連絡先

トイ・マンの出どころをどこまでたどりたいのか、それは、一線を踏み越える覚悟がどこまであるのかということだ。いま手もとにあるのは二枚の絵だけ。一枚は行方不明の子供が、もう一枚は、まだ姿を消していないと思われる子供が描いたものだ。いまのところウィリアムには尋ねていない。すでに重圧を受けている精神を、これ以上袋小路へ追いこむような真似だけはしたくないからだ。

二枚目の絵の描き手、四年生のリコ・コールドウェルを追跡するのは、LAPDの記録を入手するよりむずかしいかもしれない。

小学校のミズ・ドーソンに電話をかけて、リコの住所を教えてもらえないかと訊くわけにはいかないだろう。授業が終わるころ学校の外に立ち、子供たちがスクールバスに乗りこむときを狙って〝リコ！〟と叫ぶのも、すばらしいアイディアとはいえない。

フィッシング用ソフトを使うというのも一法だ。学区のIT部門の人間を装い、学校の事務職員を誘導して何かをクリックさせる——恐ろしいほど成功率の高い違法な手口だ。問題は、それが連邦犯罪だということ。服役しないやり方を探したほうがよさそうだ。
もうひとつ策があり、危険はともなうが数時間以内に答を出すことができる。ただし、少しだけ体によくない。

諜報機関の助言役をつとめる役得のひとつは、あらゆるたぐいの興味深いセミナーに参加できることだ。社会的エンジニアリングのセミナーへ行ったのは、わたしにはその分野で生まれつき備わった技能が何もなかったからだ。極悪人が人を説得してウイルスソフトをロードさせたり、口先三寸で会社のトップにのしあがったりする典型的な方法をわたしは学んだのだが、それ以外にも、警備の厳しい建物に驚くほど簡単にはいりこむやり口を身につけた。

通りへ車を停めてから、ロサンゼルス統合学区の管理ビルの裏へ歩いていき、駐車場の端に最も脆弱《ぜいじゃく》性の高いエリアを見つける。人々がタバコを吸いにやってくる場所だ。

オフィス向きだがあまり堅苦しくない服装の女性ふたりと男性ひとりが見え、三人とも木の下ですぱすぱやっているが、カリフォルニア州の条例を守って建物から適切な距離を置いている。

腰につけた身分証を〝たまたま〟内側へ向けたわたしは、買ったばかりのキャメルのパックを出して一同に愛想よく会釈《えしゃく》をし、タバコに火をつけながら仲間に加わる。

「おや、新顔だね」男が言う。ヒスパニック、わたしと背丈がほぼ同じ、豊かな髪と陽気な顔。

「ここは不良がたむろする場所らしいね」

「わたしはコリーンよ」左の黒人女性がきちんと会釈する。「彼女はジャッキー、彼はラウル」もうひとりの黒人女性のほうだけ手で示す。「あなたはいったいだれ？」笑みを浮かべて尋ねる。

「ジェフです。知事室の職員で、ここへは会議で来たんだけど、はじまって二時間経つのに内容をいまだに把握できなくてね」

「サクラメントから来たの？」ジャッキーが訊く。

「ロサンゼルスからともいえる。そこから通勤してる」

「そんなことより」コリーンが言う。「独身？　異性愛者《ストレート》？　わたしたち、この界隈のY染色体不足に苦しんでるの」

「離婚したんだ。独身生活には順応してるよ」

女たちは顔を見合わせると、どちらも顔をほころばせて言う。「ポーリーンね」

「やれやれ」ラウルがため息をつく。「きみはいま何の策にはまったのか、見当もつかないだろうな」

きみたちもね。

もう十分のあいだ新しい友人たちと会話をつづけ、少し汚れた人間の気分を味わう。タバコの火を揉み消して中へはいるときは、わたしがコリーンとおしゃべりをはじめるそばでラウルが自分のバッジをセンサーに読み取らせ、全員を中へ入れる。

「行先を覚えてるかい」エレベーターの並びへ向かいながら、ラウルが訊く。

「全員が眠ってる会議室さ」

「二階だな。あとは適当に探してくれ」エレベーターへ乗りこみながらラウルが言う。

わたしがつぎの階でおりるとき、コリーンがわたしへ指をさして言う。「あとで四階へ来て。会わせたい人がいるの」

ラウルが天を仰ぐと同時にドアが閉まる。

そして、あれよあれよという間に、わたしは学区管理ビルへ侵入したうえに、デートまでしそうになっている。これもひとえに、特別な習慣のせいで阻害された集団へ向かって、自分は仲間だという合図を送ったからだ。タバコを吸うふりをするときに咳《せ》きこまずにいるのが一番むずかしかった。

記録がぎっしり詰まった建物にいるとはいえ、わたしの目的はコンピューターへのアクセスでもファイルの閲覧でもない。必要としているのは、じつは職場の固定電話だ。

廊下を歩きながらガラス越しに会議室を覗いていくと、使われてない小さな部屋がある。椅子に腰かけて持参したフォルダーの書類を広げ、自分の居場所のように見せる。だれからも蹴り出されないのをいいことに受話器を取ってガーヴィン小学校へかけ、ミズ・ドーソンが出ないことを願う。

「ガーヴィン小学校です。どちらへおつなぎしますか」

「もしもし、こちらは記録統合課のショーウォーターです。おたくの学校の生徒名から保護者緊急連絡先をたどれるように調整してるんですが、読み取れないものがありましてね。そちらのだれかに連絡先を教えてもらうわけにいきませんか」

「お教えできますよ。生徒の名前は?」

「リコ・コールドウェルです」

「わかりました。こうした情報を電話でお伝えするわけにはいかないのですが、お使いの端末で読みたいのなら、そこへ送ります」

それは予想していた。「残念ながら、画像がぼやけてるんですよ。でも、たしかめたければここの内線番号をお教えしましょう」

「そちらの電話番号が八一八-四三四ならつながりますが」

わたしは電話に記された番号を確認する。「そうですよ。内線は三八七四です。もしわたしが出なかったら、ショーウォーターにつないでくれと言ってください」

「一秒だけ待ってください」

実際は十二秒かかる。

「ショーウォーターです」わたしは応対する。

「お手数をかけてすみませんでした。生徒の情報が漏れていないかときどきチェックされるんですよ。リコのことで前にも電話があったわ。だいじょうぶなんですか」

「ええ、だいじょうぶだと思います。だれが電話したかご存じですか」

「三日前、かかりつけの小児科のオフィスから電話がありましたが、向こうは電話番号を言いませんでした」

ほう、それは興味深い。だれかがリコのまわりで動いているのだろうか。

「ペンの用意はいいですか」そう言って、電話の相手がリコの住所、母親の名前、連絡用紙に書かれたほかのすべてを伝える。

わたしは礼を述べたあと、なるべく急いでビルを出る。

四階へ行ってコリーンとその仲間に顔を見せたほうが、今後の出入りが楽になりそうだが、そうすれば知事室から来た男のことが分別のある人間に伝えられる危険も生じる。だれかが気にする可能性はゼロに近いが、ぜったいないわけではない。それよりも、リコが危険な目に遭っていないかたしかめなくてはいけない。

19 実地調査

リコが住んでいるのは、リンカーン・ガーデンズという共同住宅地だ。塗装がはげかかった二階建ての黄色いアパートメントが並び、緑色よりも茶色のほうが多い公園を取り囲んでいる。

黒人の子供たちがバスケットボールを弾《はず》ませ、十代のヒスパニックが緑のまばらな運動場でサッカーボールを追う。わたしの脳内に定着した型どおりのイメージが、さらに強くなる。

母親たちが外でゴシップを交換する一方、男たちは車にもたれ、スペイン語と英語でしゃべっている。

リコのアパートメントは共同住宅地の奥のほうにあり、わたしがそこへ向かっても、とりたてて注意を払う者はいない。

テレビの音が、二階のあいているドアからさかんに聞こえてくる。階段をのぼりきると、二歳か三歳だろう、小さな女の子が壊れた人形と鍋の蓋《ふた》で遊んでいる。

部屋のなかでは、十三歳ぐらいの少年ふたりがソファにもたれ、車が通りを疾走する映画を見ている。

わたしはあけっ放しのドアをノックする。「こんにちは」

少年たちはちらりとわたしを見て、それからテレビへ目をもどす。

「お母さんはいるかな」わたしは尋ねる。

ひとりが叫ぶ。「うせろ《ベテ》、イカレ野郎《グリンゴ・トント》！」

わたしは言い返す。「ソファからおりろよ《バハテ・デル・ソファ》、ぐうたらゴキブリ《クカラチャ・ペレソーサ》」これにははっとしたらしい。それでも中指を立ててるだけだ。

大人が気づいてくれないかと、わたしはもう一度ドアを叩く。

車が速度をあげていく音が聞き取れずに悪ガキが苛立ち、別の部屋に向かって怒鳴る。

「ばあちゃん《アブエラ》！　玄関におかまがいるよ《アイ・ウン・マリコン・エン・ラ・プエルタ》！」

背丈が百五十センチぐらいしかない老女が、部屋着姿でよたよたと現れる。「何？《ケ》」わたしを見あげて言う。

少しは信用のあかしになるかと、わたしは身分証を見せる。「リコはどこですか《ドンデ・エスタ・リコ》」老女が奥へ向かって声を張りあげる。「リコ！　リコ！」

小柄な少年がやってきて、怪訝《けげん》そうにわたしを見つめる。身につけているのは半ズボンだけで、年齢の割には少し痩せすぎだ。

「リコかい」わたしは尋ねる。

少年がうなずく。

「英語を話せる？《アブラス・イングレス》」

「話せるけど」

用心深い眼差しをわたしに向けたあと、一歩踏み出すが、祖母に守ってもらえる範囲からは出ない。目と目を合わせられるようにわたしがひざまずくと、足もとで遊んでいた小さな少女が屈託のない笑みをくれる。

わたしはプリントアウトしたリコの絵をポケットから出して広げる。「きみがこれを描いたの」

リコは一瞬それを凝視するが、まずいことになりそうだとは思っていないらしい。

「だいじょうぶだ。ちょっと知りたかっただけだよ」

ソファにいたふたりのティーンエイジャーが急に興味を示し、入り口付近のリコの後ろへやってくる。

「うん」リコが言う。

「これがだれか知ってるのかい」

うなずく。

「この人の名前は？」

突然、少年の目に恐怖が浮かぶ。こわいのは絵ではない。質問ではない。このわたしだ。

リコは一同のあいだを大急ぎですり抜け、奥へ引っこむ。ティーンエイジャーたちが笑いだす。

「おもちゃ男《オンブレ・デ・フゲテ》につかまるぞ！」ひとりが片言の英語でリコへ怒鳴る。

わたしは立ちあがる。「この人物を知ってるのか」

「うん《シ》」もうひとりが言う。「トイ・マンさ。みんな知ってるよ」

「見たことがあるのか」

「うん《シ》」少年はそう言って仲間に目配せをする。

「どこで」

「グズマン公園だよ。ずっとあそこにいる」

「白人かい」

「いいや」かぶりを振る。「黒人さ《エル・ネグロ》」

「いつそこにいるか知ってるかい」

「いまもいる」

友人の相槌《あいづち》さえ求めずにきっぱり告げる様子から、この少年には確信があるのだろう。それ以外はよくわからない。

リコからもっと聞き出したいとは思うが、わたしと話したい気分ではなさそうだ。トイ・マンのことを持ち出されて真っ青になっていた。年上の少年たちはジョークのつもりのようだが、居場所はしっかりつかんでいるらしい。

「どうもありがとう」わたしは当惑気味の老女へ微笑む。手を振る小さな女の子に見送られて階段をおりる。

立ち去りながら、二階の外廊下にいるティーンエイジャーたちの視線を感じる。何かある。けれども、それが何かよくわからない。

グズマン公園は車で二分のところにある。リンカーン・ガーデンズとリコの学校の中間に位置し、通学にバスを使わなければリコが毎日通ってもおかしくない場所だ。

車を停め、散歩に出てきたようなふりをして公園を歩きまわる。子供たちがバスケットボールのコートで遊ぶ横で、十代の少女たちがコンクリートのベンチにすわっておしゃべりに興じている。

ベビーカーを押したりよちよち歩きの子の手を引いたりしている家族が、少なくともふた組はいる。

気持ちのいい夕べで、だれもが楽しんでいるように見える。公園の片側に若い男たちがたむろしてマリファナを吸い、その近くの隅でほかの男ふたりが違法な商取引らしきことをしているが、だれもが無視している。

白いキャデラックも、おもちゃの袋を持った黒服の黒人も見当たらない。それほど期待はしていなかった。

公園の外周を歩き終えたので、内側へ向かう小道をたどり、ベンチが小さな円形に配された中心部へ着く。そこにすわり、怪しいものはないかと探す。

一杯食わされたと思いはじめたそのとき、草を踏む足音が背後で聞こえる。振り向くと、コーマン刑事が歩いてくるのが見える。

20　見落とし

「あんたが家族連れで移ってくるつもりだと聞いたんでね」コーマンが嫌味たっぷりに言いながら、わたしの隣に腰をおろす。

「そうしたいんですが、子供たちの行方がわからずじまいだという風評がありますからね」わたしは言い返す。

「いなくなったとわかったときに、かならずしも通報してこないのが問題でね」

「問題はそこですか」わたしは問いただす。「つまり、行方不明届が出されないという点が」

「言ってこないものは助けようがない」

「ラトロイ・エドマンズはどうなんです」

「だれだって?」

「学童保育にたずさわるある婦人の話では、その子がいなくなったそうです」

「親がだれにも告げずに子供を連れてメキシコのファアレスへ帰ったり、ネヴァダ州へ移住したとき、そのすべての子供について報告書を提出していたら、書類で国境の壁を築けるだろうな」

「ライアン・パーキンズは? 両親はメキシコへ向かってるんですか」

コーマンが肩をすくめる。「たぶんちがう。アトランタかもしれない。ヒューストンかもしれない。だれにわかる。行方をたどるのはむずかしい。世の中の連中は警察のない警察国家を望んでいる。ところで、ここへ何をしにきた。子供を遊ばせる場所でも探してるのか」

「あなたがくれたフォルダーを見ましたよ」

「テキサスへ帰る飛行機のなかで読んでもらいたかったよ」

「どちらかといえば、現場重視の研究者なものですから。それはともかく、わたしはある仮説を立てています。でも、これを考えたのはおそらくわたしが最初ではない」

「どんな仮説かな」コーマンが尋ねる。

「ロサンゼルス一帯には連続殺人鬼がいて、現在も犯行を重ねている」

「ほう、そいつはすごいな」コーマンが淡々と言う。

「具体的に言えば、犯人はあやうい環境下の子供を狙っている。動きまわっているが、あまり遠くへは行かず、二、三年ごとに四、五キロの範囲を転々として、パターンが一カ所に集中するのを避けている。犠牲者の人種や年齢に多少の変化があるかもしれないが、大きく変わることはない。犯人は幼い少年に焦点を当てている」

コーマンが腕を組んで首をかしげる。「面白い。あのフォルダーから全部拾ったのか」

「べつに、はっきり書いてあったわけじゃない。でも、LAPDの刑事がこの程度の事件でお手あげになるのがわかりましたよ。もちろん、問題はその刑事がすぐそこにあるものを見ようとしないことに尽きます。たぶん、彼はいくつかの事件で早まった結論を出して切り捨てたので、何年かのちに後悔の念を覚えている」

「なるほど、それは断じておれのことではないな」コーマンが言う。「あの資料をあんたにやったのは、何かが出てきそうな事件もあったからだ。だが、退屈にせよ痛ましいにせよ、大部分の事件にはわかりきった説明がつけられるに決まっている」

「そうかもしれない。でも、それらの事件がつながるかもしれない接点がひとつあるんです」わたしはライアン・パーキンズとリコが描いた絵のプリントアウトを差し出す。「行方不明になった子供がこれを描きました。それから、こっちはラトロイのクラスメートが描いたものです」

コーマンは絵を受け取り、一瞬見つめてから小さく笑う。「トイ・マンだ」

「その話を知ってるんですか」

「ああ。フレディ・クルーガーのコンプトン版——いや、うちの息子はなんと言ってたかな。

スレンダーマンだ」コーマンは絵を返す。「話は聞いたことがある。だからここに来たのか。都市伝説の怪物をつかまえようと張りこんでるんだな。こっちは退職警官を集めて架空人物撲滅隊でも作ろうか」

わたしは絵をポケットへしまう。「わかってます。ずいぶんばかげてる。でも、ただごとじゃない。インターネットでトイ・マンのことを調べました。ソーシャル・メディアをくわしく探るためのとても便利なツールを持ってるんですよ」

「何を見つけた」

「基本的には何も。いくつかの記載があっただけです」

コーマンがひらりと返した手を周囲の公園に向ける。「それなのに、ここへ出向いて頭のなかの登場人物を出し抜こうってのか」

「この張りこみは失敗かもしれないが、調査の結果、じつに面白いデータが現れました。トイ・マンについて言及があったのはこの地域だけなんです。そして、あなたから預かったフォルダーの事件は、すべてそのネット情報が発生した地域内で起こっています。妙じゃありませんか。ただの作り話なら、子供の行方不明事件がない地域でも耳にしてるはずでしょう」

「息子がトイ・マンを見たかどうか、ウィリアム・ボストロムに訊いたのか」コーマンが尋ねる。

「まだです。これが地元の伝説以上のものかをまずたしかめたかった」

「ずいぶん前から噂されてるのか」

「わかりません。いま言ったように、オンライン上の痕跡はほとんどない。小学校での噂話という面があるうえに、みんながツイッターを熱心にやってるわけじゃないから。とくにこの辺の子供たちは」

コーマンが立ちあがって腕時計を見る。「まあ、がんばれよ。飛行機で帰ったほうがいいと思うがな」

「保安官がわたしを町から追い出そうとしてるんですか」そう言ってわたしも立つ。

「保安官のことは知らないが、はっきり言っておこう。もし、また嘘をついて学校へもぐりこんでいるのが見つかったら、あんたはロサンゼルス郡拘置所で何人かの容疑者からじかに話を訊けるだろうよ」

「トイ・マンとの関連が気にならないんですか」

「ふたりの子供が、まあ、ひとりは実際に行方知れずなんだろうが、子取り鬼《ブギーマン》の絵を描いただと？　いいや。気にならんね。状況証拠にもならない」

「ジョン・バトコビッチの件を聞いたことがありますか。彼の両親は警察へ百回以上電話して、息子を殺したかもしれない男を調べてくれと言った」

「当ててみようか。その男が殺したんだな」

「そうです。わかっているだけでも三、四十人は殺しました。ジョン・ウェイン・ゲイシー本人さえ人数を把握していなかった」

コーマンがぶつぶつと言う。「そうだな、約束するよ。殺人ピエロがうろついているという通報があったら、そのときは真剣に考えよう」

「そうしてもらえますか」わたしはさっきの絵を取り出してかかげる。「電話の相手がこういう子供たちでも」

「さようなら、クレイ博士。家までよい旅を。トイ・マンに挨拶されたらあんたに伝えるよ」

わたしがコーマンの背後を見て目を剝《む》いたのは、ちょうどそのとき、いままで気づかなかったものを車のヘッドライトが照らしたからだ。それまでは公園内を観察するのにいそがしくて、そこにあるものに気づかなかった。

「どうかしたか」

わたしはコーマンの肩の向こうを指差す。「あの悪ガキたちは嘘をついてたんじゃなかった」

21　サイン

わたしが顔を押しつけているのはエアコン修理店の裏にある金属の柵で、その修理店は最後の氷河期がはじまったころから営業していないらしい。無数の共同製作者の手による落書きのコラージュが、壁いっぱいに広がっている。けれども、芸術性の発露にある程度の敬意が表されたらしく、壁の中央に描かれているのは、黒っぽいスーツを着て、顔があるはずの場所に赤い目と邪悪な笑みだけがある男の姿だ。その足もとには、子供たちの切断された手足が、血まみれの人形やアクション・フィギュアに混じって散らばっている。

男はまるで、壁から現実世界へと足を踏み出そうとしているかに見える。頭上には、トイ・マンが見ていると書かれている。

描き手にとってなんらかの意味があるにちがいない、不吉で恐ろしい絵だ。わたしが写真を何枚か撮るそばで、コーマンはつまらなそうにながめる。

「九歳の子がこれを描いたと思いますか」わたしは訊く。

「描かれたのは十年ほど前だろう。このくだらない絵がきっかけで、子供たちのあいだに噂が広まったとは思わないか」

「そうかもしれない」わたしは携帯電話を出してウィリアムへかける。

「やあ、セオ。どんな調子ですか」

「ちょっと訊きたいんですが」わたしはつとめてさりげなく言う。「クリスはトイ・マンとやらが出てくる都市伝説について何か言ってましたか」

「いいえ。それはないと思います。なぜですか」

手がかりが指のあいだからすり抜けていくようで、気が滅入る。「なんでもありません。少し気になったもので」

「申しわけない。わたしは映画をまったく見ないんですよ。だからわからないんでしょうね」

「映画？」わたしは訊き返す。

「ええ、トイ・マンは映画か何かじゃないんですか。それともテレビ番組かな」

「なぜそう思うんですか」

「クリスは都市伝説については何も言わなかったと思いますが、でも、そういえばトイ・マンに会ったとか言ってました。叔母さんに映画に連れていってもらったのかもしれない」

トイ・マンに会った……「それで、その映画のことをなんと言ってましたか」

「黒人のサンタクロースみたいなものらしいですよ。白いキャデラックに乗って、いい子にはプレゼントをくれる。子供が映画に夢中になって現実と区別がつかなくなるのはご存じでしょう」

そうか。そうだったのか。深呼吸しなければ考えがまとまらない。どこから話せばいいのだろう。トイ・マンは映画ではなく現実の人間であり、息子と話をしたかもしれず——息子を殺したかもしれない、ということを。

「あとで話しましょう。まだ調べることがあるので」

コーマンがフェンスにもたれて成り行きを見守っている。わたしの顔を見ればわかるらしい。

「じゃあ、クリス・ボストロムもトイ・マンの噂を聞いたんだな」

わたしはうなずく。「クリスは父親に、トイ・マンに会ったと言いました」

「へえ、あの父親はおれには一度も言わなかったよ」コーマンはやや弁解がましく言う。

「映画の話だと思ってたんです」

コーマンはかぶりを振って地面を見つめる。「クリスがいなくなったとき、父親がなぜ通報を遅らせたか知ってるか」

「もう山ほど理由を聞きましたよ」

「おれが会ったとき、あの男は目を真っ赤にして意気消沈していた。息子が何を考え、何を見たとか、だれと知り合いだとか、父親が少しでもわかっていたかどうかは疑問だ」

わたしは指を三本立てる。「子供が三人。トイ・マンは三回目撃されている」

「きっと三人とも、マグニートー（アメリカン・コミックスに登場するミュータント）の正体まで知ってるさ。事件とのつながりなんてない。薬の売人が弟や妹に言うことをきかせるときに話す、このあたりのおとぎ話だよ」コーマンは実在説を一蹴《いっしゅう》する。「そいつを見つけたら知らせてくれ。おれはあらゆる小道も脇道も調べ尽くしたんだ。そこいらで待ち伏せしているトイ・マンなんぞいるものか」

コーマンが立ち去ったあと、わたしは壁画に向かってベンチにすわり、携帯電話の画像を拡大する。

血にまみれた姿やにらんだ目つきが細部まで描き分けられている。ティーンエイジャーが悪ふざけをしてスプレー缶で描いたものとはちがう。自分にとりついたものへ立ち向かうために描いたものだ。

トイ・マンのことを人から聞いて描いたという印象は受けない。描き手はトイ・マンに出くわしたのであり、この落書きはセラピーの一種とも言えそうだ。

画像の右下のほうを拡大し、サインがあるのに気づく。D・レズ

この人物が何かを語ってくれるにちがいない。それは、十年前に仲間とともにクレージーな都市伝説を創りあげたいきさつかもしれない。または、わたしの直感が告げているものかもしれない。

直感……それを無視するわけにはいかない。まちがいだと証明するか、正しいと確認するか、どちらかしかない。

コーマンの携帯電話にかけるが、車に乗りこむ姿がここからまだ見える。

「なんだ」

「ギャング対策班のメンバーの電話番号を教えてもらえませんか。落書きにくわしい人ならだれでもいい」

憂鬱《ゆううつ》そうな声が返る。「それであんたが消えてくれるならな。マーカス・グルニエと話すがいい。LAPDの番号にかければつながる」

「ありがとう」

「ひとついいか。おれの紹介だってことは言わないでくれ」

十分後、電話を通してきびきびとした男の声が聞こえる。「グルニエです」

「落書きのことならあなたに電話すればいいと言われまして」

「落書き対策のオペレーション《O》・クリーン《C》・スウィープ《S》、OCSにご相談ください。落書きの除去についてはそちらで対応します」

「ちがうんです。落書きをした人間の身元を知りたいんですが」わたしは言う。

「あなたが画廊のかたなら、このいまいましい電話越しにパンチを見舞うところです。クソガキどもをいい気にさせることはない」

「もしわたしがライバルギャングの一員で、自分の落書きに勝手にサインをしたやつに制裁を加えたいのだとしたら？」

「それが大ぼらだとしても、いい考えですね。どこかのくそったれに壁を汚されたんですか」

「そんなところです」

「弁護士と相談して訴えるつもりなら名前を教えましょう。はは、そうだ。相手がしのごの言ってるなら、検察当局を紹介しますよ。どんなサインですか」

「D、ピリオド、レズ。つづりはR‐e‐z」

「ちょっと待ってください」キーボードを叩く音が電話の向こうから聞こえる。

「いいニュースと悪いニュース、どちらをお望みですか。じつは全部いいニュースです。アーティス・アイザックスは武装強盗の公判待ちで郡拘置所にいます。いい気分です。ハッピーエンドでした」

「事件番号を教えてもらえませんか」

「え？　まだ気がすまない？　こいつが重罪を犯すのはこれで三度目です。こんどばかりは仮釈放なしの実刑でしょう。かまいませんよ。ペンの用意はいいですか」

22　面　会

翌日、床にボルトで固定して最低のすわり心地を追求した金属スツールに、わたしはすわっている。ガラスの向こう側の、わたしから近い位置にいる白人の男が──首に彫った罵《のの》りことばのせいで、今後公職に立候補するのはむずかしいだろう──電話の送話口を手で覆い、内輪のことでガールフレンドを怒鳴りつけながらも、刑務官の怒りを煽《あお》るまいと努力している。気配りの行き届いた男と見える。

アーティスと会って何がわかるかは見当もつかない。それに、逮捕記録にはあまり元気づけられない。未成年時の記録は伏せられているが、はじめて成人扱いで起訴されたのが十六歳のときだから、キャビネットはファイルでいっぱいだろう。

刑務所を出たりはいったりの母親は、ポン引きからポン引きへと渡り歩いていたらしく、里親に育てられたアーティスはけっして幸先のいいスタートを切ったわけではなかった。成人としてはじめて郡刑務所でおつとめしたときの罪状は、販売目的での薬物所持だった。最近では、盗んだ携帯電話でウーバーを呼び、運転手から金品を奪おうとした。

逮捕記録を見て多少安心できるのは、人に危害を加えたことが一度もないという点だ。といっても、逮捕の原因がそれではないというだけのことだ。常習的犯罪者が逮捕されても、その罪状は実際に犯した罪の十パーセントにも満たないという、冷酷で厳然たる事実がある。

〝この男がしたことはただひとつ……〟というブログの見出しを読むたびに、わたしはその事実を思い出す。一方、この国の司法制度が土台とするのは、立証できる物事であり、疑いのある物事ではない。そして、警察国家を望む以外にもっといい方法があるのかどうか、わたしにはよくわからない。

わたしはアーティスとの面会を申請した。自分のことをレポーターだと伝え、巷《ちまた》でよく売っているスナックなどを買えるように、拘置所内の本人口座に五十ドル振り込むと約束してある。

アーティスが連れてこられたとき、まず気づいたのは、部屋の向こう端から見つめている目が銀色がかった灰色だということだ。アーティスはわずかに顎をあげ、一瞬歯を見せて笑う。

わたしの真向かいの席にすわるように、刑務官がうながす。アーティスは腰をおろし、受話器を取る。

「はじめまして！　アーティス更生基金へご寄付いただき、ありがたき幸せ」

「お役に立ててなによりだ」わたしは言う。「待合室で三時間待たされた分も含めて、税金で控除の対象になるだろうか」

「そいつは申しわけなかった。つぎはもっと早くお通しできるように手配しておくよ」

自分が何を期待しているのかはっきりしないとはいえ、目の前にいるのが運よく幸せに育った若者でないのはたしかだ。

「それはどうも」軽いおしゃべりをどこまでつづけていいものかわからない。わたしはそうした加減をつかむのが苦手だ。何回かのクリスマスを塀のなかで過ごすかどうかが決まるのを待っている人間が相手でなくても、やはり苦手だ。

「ところで、あんたはおれの言い分を聞きにきたのかい」

ウーバーの件で来たと思っているらしい。「いいや」

準備していた言いわけを繰り広げようとしたらしいが、興味がないと言われたのに気づくや表情が変わる。

「待ってくれ、あの事件のおれの言い分を取材したくて来たんじゃないのか」

「あれは嘘だ」わたしは答える。

「じゃあ、いったい何しに来た。あんたが検事なら、おれはこの裁判を取り消しにできるんだぜ」

「わたしは法律家ではない」わたしがアーティスが描いた壁画の写真をフォルダーから抜く。

「これについて訊きたいんだ」

アーティスは写真にほんの少し目を走らせてから、わたしを見る。「D・レズなんてやつは知らないな。でも、とっても才能豊かな若者らしい。そいつの作品の展覧会を開きたいんなら、おれが渡りをつけられないこともない」

「そうか。D・レズが質問に答えてくれるなら、彼の口座に五十ドル寄付しよう」

アーティスがじっくり考える。「あのさ。D・レズは手が空いてるかもしれないぜ。ちょっと待っててろ」わざとらしく立ってまたすわる。「ご用件はなんでしょう」

アーティスはおどけるのが大好きだ。家から家へ、施設から施設へと、たらいまわしにされるなかで覚えた処世術なのだろう。

「ええと、ではミスター・D・レズ、トイ・マンのことを話そう」

アーティスの顔から生気が抜ける。目尻に浮かんでいた笑みが消えていく。一瞬だが、おびえた子供がそこにいる。

「なんのことかわからないな」

わたしは壁画上部の〝トイ・マン〟の文字を指差す。「ここに書いてある。そして、わたしのまちがいでなければ、この絵を描いたのと同じ絵具が文字にも使われている」

アーティスは、わたしがなぜここへ来たのか考えている。

「何があったか知りたい」わたしは説明する。

「おれは何も知らない。ガキどもがよく噂してた。それだけだ」まるでロボットのような言い方だ。

「会ったことがあるのかい」

答えるのに時間がかかりすぎるので、会ったにちがいない。

「会っただと？　そんなやつはいないんだ。フレディ・クルーガーみたいなものさ。どうやって会うんだよ。俳優とかでもないのに」

「モンタナの殺人鬼のことを聞いてるだろう。殺人の新記録を立てたかもしれないやつだ」

アーティスがゆっくりとうなずく。「ニュースで見たかもな。でっかくて恐ろしい山男だろ」

「そうだ。わたしはやつに会った」

「どうなった」

「もう少しで殺されるところだった。話す気にはなれない」

「世間の人間はあんたを信じたのか」

さあ、いよいよだ……アーティスが話したがらないのはもっともだと思う。「最後はね。そんなやつがいるなんてだれも信じないから、はじめは困ったよ。死体を掘るしかなかった。たくさんの死体を」浅く埋められ腐敗していた若い女性たちの、青白い顔がいまだに目に浮かぶ。「わかるよ。だれも信じてくれないのがどんなものか」

アーティスは首を横に振る。「何を言ってるかわからないな。おれは不良グループに切りつけられたんだ」

まずい。予想外の反応だ。「きみはそう覚えてるのかい。それとも、セラピストにそう言われたのかい」

「セラピスト？　くたばれ、あんなやつら。人の頭にはいりこんで、何が現実で何が嘘かを吹きこみやがる。なんにもわかっちゃいないのに」

わたしは壁画の写真をもう一度かかげる。「これはだれだ。何をされた」

「こんなのは幽霊さ」

「どういう意味だ」

アーティスが虚空を見つめて考える。わたしはいっときの猶予《ゆうよ》を与える。これが本人の心の奥深くに埋められているのは明らかだ。

アーティスはあらためて写真へ目を走らせ、聞き取れないほどかすかな声で言う。「でっちあげだと言われた。嘘つき呼ばわりされた。おれはほんの子供だった。あんなひどい話を思いつく知恵なんてなかったさ」

「どれくらいひどいんだ」

23　白い車

アーティスが手を頭に当ててテーブルを見つめ、トイ・マンと出会った体験談をくわしく話す。わたしは口を閉じ、相手が語るにまかせる。彼がその惨事をことばにするのは大人になってはじめてではないか。曖昧な部分もあるだろうが、過ぎた年月が、実際にあったことへの理解を深める場合もある。

まず、アーティスの話がいつの出来事かはっきりしないことに気づく。トイ・マンと遭遇《そうぐう》した正確な日付はわかりようもないが、少し計算すれば、クリストファー・ボストロムが行方不明になってからだいたい半年から一年のあいだだと推測できる。

アーティスがつらそうな顔をしているので、その記憶は依然としてあざやかなのだろう。

「おれが会う前から、トイ・マンのことは子供同士でさかんに話題になっていた。でかくて白いキャデラックを乗りまわし、窓をさげて、おまえはいい子かって尋ねるんだそうだ。〝はい〟と言えば五ドルくれるし、アクション・フィギュアなんかのときもあるらしい。そして、内緒にしろと言う。ほかの子供たちがねたむといけないからって。

もちろん、子供のことだから、だれもがしゃべる。こっそりこう尋ねる。〝トイ・マンって聞いたことあるか〟会ったことがあるかまで訊く。話に参加したくて嘘をつくやつまでいる。

おれはすかんぴんだった。だから、トイ・マンが来てくれたらと考えて、どれほどわくわくしたことか。実際に歩道に立って、白い車が通るたびにトイ・マンじゃないかと目を凝らしたものだ。

そんなある日、百二十番通りを歩いていたら、でかくて白いキャデラックが現れた。〝やあ〟大声で呼ばれた。太い声だ。太くてくそいまいましい声だ。〝いい子にしてたか〟

〝もちろんです〟おれは言った。そうしたら案の定、トイ・マンは五ドル札をひらひらさせた。おれが車の窓まで行くと、やつは手を伸ばしておれの手を取った。やさしくしっかり握ってそばへ引き寄せた。目を合わせ、いい子だったかとまた訊いた。

おれは〝はい〟と言った。名前と住所を訊かれ、五ドルもらった。やつは内緒だぞと言ってから、車で去った。

五ドル持ってるなんて、生まれてはじめてだった。宝くじに当たったようなものだ。さっそく店の十セントキャンディの売り場へ行き、ひとつずつ買えるだけ買った。

ベンチにすわってキャンディを片っ端から口に入れ、人生最高の日だと思ったもんだ。大馬鹿野郎だったよ。やつはおれを五ドルで買ったんだ。

何日間か、おれはやつがもう一度現れるのを心待ちにしていた。とうとうやつはまた白いキャデラックでやってきて、いい子にしてたかと訊いた。おれは〝はい〟と答えた。そうしたらやつは、五ドルあげたことをほかの子たちに言ったそうじゃないかと言う。

おれは大声で泣きだし、最初のうちは、ほんとうはそうじゃない、あの子たちは嘘つきだと訴えた。そのあとで、じつはそのとおりだと白状し、二度とだれにも言わないと約束した。

そうだな、あのときやつは車を出しはじめたんだが、おれにはサンタクロースがうちに寄らずに飛んでいくように思えたよ。そのあと、突然ブレーキランプが点灯し、サンタは気を変えたらしかった。

助手席のドアがあき、おれに尋ねる声が聞こえた。〝おもちゃの国《トイ・ランド》へ行きたいか〟

それがどういう意味か、おれは何もわかっちゃいなかったが、行きたくてたまらないのはたしかだった。だからこう言った。〝はい、お願いします、ミスター・トイ・マン〟

そうしたらやつは、子供が行ってはいけないトイ・ランドへこっそり連れていくのだから、車の床にうずくまっていろと言った。

なにしろ九歳だしな。それもそうだと思った。行先を知られないようにするためだとは考えなかった。

数分だったかもしれない。数時間だったかもしれない。すごく興奮してたし、時間なんかどうでもよかった。とうとう、もう出てもいいと言われた。トイ・ランドへ着いたんだ。いまならガレージだとわかるが、あのころはそこが北極だと言われてもわからなかっただろうよ。壁にアクション・フィギュアやゲーム類がいっぱいあって、豪勢なおもちゃ店そのものだった。それに、風船が飾ってあって、音楽も聞こえる。

案内された別の部屋には大画面のテレビがアニメを流してた。さらに別の部屋にはビデオゲームがあった。好きなだけ遊んでいいと言われた。

ジュースをもらったら、少し変な気分になったのを覚えている。でも、トイ・ランドではそういう感じがするものなんだと思ってた」

アーティスはそこでひと息つく。「それで、おれはゲームをし、やつはそれをした。ゲームみたいにおれをつかんだ。おれは笑って楽しんでいた。その先どうなるかわかっていなかった」顔が苦しげにゆがむ。「ほんの子供だった。ほったらかしにされてたんだ」

わたしは胃がねじれる感覚を覚える。「悪かった。そんな話までさせて」

アーティスは妙な目でわたしを見る。「なんだよ。ほんとうにひどい話はそこじゃないぜ。その手のことは少年院のカウンセラーに相談したよ。あれからいろいろあって入所したんだ。おれのあそこを握ったりいろいろしたあと、やつはおれを車に乗せて床にうずくまらせ、拾った場所へ帰した。

こんどは別の子供が、トイ・マンに連れていかれていろいろされたと話した。ほかの子供たちがそいつをホモと呼んだので、おれはだれにも言わないことにした。

何日か経って、トイ・マンがまたおれを拾った。だれかに話したかと訊いてきた。おれは話してないと言った。こんどは信じてもらえた。もう一度トイ・ランドへ連れていくから、この前みたいにキャデラックの床に身を低くしていろと言われた。

例の場所へ着くと、赤いジュースをたっぷり出された。でも、この前それを飲むと〈スーパーマリオカート〉が全然うまくいかなかったから、飲むふりをして床に捨てた。

専用の椅子にすわってゲームをしていると、やつがやってきて、一番いい子だけがはいれる特別な部屋へ案内したいと言う。

そこには何があるのかと訊いた覚えがある。おれだけのために用意したびっくりするようなものだと言われた。

だから、当然おれはついていった。裏庭へ行くと、あのガレージがあった。中へはいったが真っ暗だ。おれはこわくなったが、ミスター・トイ・マンはだいじょうぶだと言った。音楽のスイッチを入れたようだが、すごく大きな音だった。

やつがこっそり歩きまわっているのがわかった。足もとに体操用のマットみたいなのが敷いてあって、動くたびに少しずれるんだ。

明かりがついたら……マジかよ」アーティスは目を閉じる。「目の前にミスター・トイ・マンが素っ裸で立ってたんだ。まず気づいたのは全身の傷跡だった。驚いたのなんの。それに、やつはナイフを持っていた。ばかでかい殺人用ナイフだ。でも、それよりやばかったのは、やつの顔つきだ。あんなぞっとするものは見たことがなかった。いつもにこにこ上機嫌なのに。そのときは悪魔が乗り移ったみたいだった。

おれは切りつけられてもはじめは気づかなかった」アーティスは、自分の胸を手で切るしぐさをする。「おさがりのだぶついた服を着てたから、あまり深くまで刃が届かなかった。でも、けっこうすぱっときたな。おれはドア目がけて走った。トイ・マンは鍵をかけたつもりだったのか、それとも酔ってたからすばやく動けなかったのか。わかんないな」

ことばが途切れ、呼吸が荒くなり、目がどこか遠くを見つめる。そして、アーティスは笑みを浮かべる。

「ふん、おれはドアから出て、火のついた猫みたいに裏庭を突っ走った。塀があったけど、よじ登るのはわけなかった。やつがサイみたいに塀へ体当たりした音を覚えてるよ。ドカーン！

やつは大声で言った。〝もどっておいで！　ただのゲームだよ〟ざけんなって。おれはそこまで阿呆《あほ》じゃない。走って走って走りまくって、ようやくバスの停留所へ着くと、メキシコ人のおばさんたちがおれを見て金切り声をあげだした。

　気づいたときは救急車にいて、何があったんだと警官に訊かれていた。トイ・ランドにいたらミスター・トイ・マンに怪物が乗り移った、とおれは伝えた。もちろん、どうかしてると思われた。
　二、三日経ってから、警察はおれを覆面パトカーに乗せてあちこちまわり、どの家でそんな目に遭ったのか教えろと言われた。でも、おれは言えなかった。逃げるときは逃げるだけだ。一度も後ろを振り返らなかった。
　これは非行少年グループの入団儀式のようなもので、おれが嘘をついている、とカウンセラーたちは決めつけた。九歳だぜ。あの辺には生まれながらの屑《くず》がいるが、当時そんなことをしでかす悪ガキはいなかった。でも、警察は信じたいものを信じた。最後はおれもそうした」

　わたしは数分間ぶりに口を開く。「思い出させてすまなかった。じゃあ、あの絵を描いたのは……？」

「子供たちに警告したかったんだろうな、きっと。でもほんとうはあまりよく覚えていなかった。何年も経ってから、ちょっとしたことをときどき思い出す……ガレージのにおいとか。あそこで死んだやつのにおいだ。それからほかにも——何かがはいった瓶が壁に並んでた。中身はわからないが、まちがってもピーナッツバターじゃなかった」長々と息を吐く。「これにて話は終了。アーティス対トイ・マンでした」

「なんとひどい」わたしはそれしかことばにできない。

「おれに同情してもしょうがない。気の毒なのは、行儀の悪いことをしてまで〈マリオカート〉を攻略しようと思わなかったちびどもだ」

「その家は二度と見つからなかったのかい」

そうだと言うようにアーティスが首を振る。「大人になってから、なんとか見つけようと車で走りまわり、銃を膝に置いて白いキャデラックを探した。でも、だめだった。あの夜どれくらい走ったのかわからないんだ。たいした距離じゃなかったのかもしれない。ひどく出血してたからな。それでも、警官が見つけられないぐらい遠かった」

「何か覚えてないか。どんな家があったかとか。目印になるものとか」

「少しは覚えてるさ。でも、全部ごたまぜなんだ」

「きみの足取りをたどり直す方法があったら?」

「どういうことだよ」

「いま聞いたとおりのガレージと塀がある家はそんなに多くない」

「あんたが写真を撮ってきたら見てやるよ」

わたしは少しのあいだ考える。「もっといい方法があるかもしれない」

24

シミュレーション

カリフォルニア州バーストーから北へ一時間行ったところに、アフガニスタンを思わせる街がある。市場、モスク、サッカースタジアムまでそろっていて、砂漠を背景にしてながめれば、中東のどの地域とまちがえてもおかしくない。

フォート・アーウィンにあるその街は、合衆国兵士の海外派遣訓練用に造られた。ほかの基地にも同様の訓練施設があり、なかでも、バージニア州にある約百二十ヘクタールの街は、都市テロ対策の戦術の演習に使われ、一部分だが地下鉄さえある。

テロとの戦いがはじまって以来、この国は数十億ドルを投じて、部隊派遣先となりそうな場所のまがい物を造ってきた。こうしたまがい物のなかには仮想空間もある。

〈オープンスカイAI〉に職を得たとき、わたしは都市型脅威の診断ツール――要は未来型グーグルアース――へアクセスする権限を与えられた。合衆国北東部の某所には、アメリカ全土の（同じく他国の国土の）縦横三十センチメートルごとの高解像度画像をおさめたサーバ・ファームがあり、見たい場所の3‐Dモデルを実際に造れるほど綿密なデータまで備わっている。

わたしはそれを自分の携帯電話で見ることができる。アーティスがくわしく語るそばで、わたしは話と一致するものを探すスクリプトを実行する。アーティスが発見されたバスの停留所はすでにわかっている。つぎは家の特定だ。

最も近いものを六つに絞り、アーティーのために大ざっぱな3‐D画像にする。当時は背が低くて下から見あげていたとはいえ、本人が見ればまちがいない。

携帯画面をガラスに押しつけ、候補の場所をつぎつぎ映す。はじめの四つはこれといった反応がない。アーティスの瞳孔が大きくなって大当たりの感触を得たのは五番目の画像だった。

「あのくそいまいましい家だ！」アーティスが叫んで刑務官の厳しい視線を浴び、面会が打ち切られそうになる。そこで声を忍ばせる。「くそっ。ここにはいってなかったら……」

ここにはいっていてよかったのかもしれない。その家の玄関ドアをあけた者にアーティスが何をするかわかったものではない。自分が同じ立場だったらどうするか、それもわかったものではない。

「アーティス」わたしはあらためて声をかける。「これがその家と決まったわけじゃない」

アーティスがわたしをにらむ。「やめてくれよ。あいつらみたいなことを言うな」

「念のために言ってるだけだ。年月が過ぎれば変わるものだ。トイ・マンはもうそこに住んでいないかもしれない」すべてがアーティスの捏造《ねつぞう》ということもある。その可能性を完全に除外するわけにはいかない。

怒る代わりに、アーティスはあっさりうなずく。「じゃあどうするんだ。警察に言うのか。あんたなら信じてもらえるだろうよ」

「わたしが警察にどの程度信用してもらえるか、きみは買いかぶってるな。警察へ電話して、郡拘置所に収容中の男の話からコンプトン版フレディ・クルーガーの居どころを突き止めた、と言うだけではだめだ」

アーティスは疲れ切ったようにため息をつく。「グリム・スリーパーが売春婦たちを片っ端から殺してたときと同じだな。そのうちのひとりが犯行場所を警官に教えたってのに」

「彼女は家を一軒まちがえたんだ」わたしはそこを指摘する。

「だから何もかもうまくいかなかったってか。じゃあ、あんたはどうする気だ。怒りのツイートを投稿するか。哀れな黒人を助けた話をリベラルな白人の友達に語るか」

「玄関のドアを叩いてみる」

アーティスはまばたきもせず、灰色の目で刺し貫くようにわたしを見る。「あんた、おかしいんじゃないか」

「九歳の子供ってわけじゃない。中へどうぞと言われたら辞退する。でも、本人はとっくにいないと思うよ」

「なぜそう思う」

「きみが逃げたからだ。頭がよければ、犯人はしばらくその家を離れ、二、三カ月後には引っ越したはずだ」

「どこへ」

「あまり遠くない、ふつうの場所にいるんじゃないかな」

「じゃあ、どうやって見つけるんだよ」

「不動産の登記簿。水道代や光熱費。そこがやつの家だったなら、痕跡が残ってるはずだ」

「そうか……」アーティスがしばし考える。「ほかにもひとつある。ガキのころはうまく言えなかったけど、いまになって、やっぱりそうだなって」

「何が？」

「しゃべり方が変だった。白人じゃないのに白人っぽいような。この土地の出じゃないみたいに」

「ニューヨーク訛《なま》りかな」

アーティスがかぶりを振る。「あのころは訛りなんて知らなかった。街のことばとテレビのことばがあった。どっちも身につけた。片方は友達としゃべるとき。もう片方はにらまれるとまずい施設の大人と話すとき」そこで口をつぐむ。「なあ、ひとりで行かないほうがいいんじゃないか。おれが出るまで待って、それからふたりで行こうぜ」

「いつ出られるのかな」

「おれがトイ・マンをつかまえるのに協力したってあんたが言ってくれればすぐさ。だれかが怪我《けが》をしたわけじゃない。まったくの誤解なんだから」

信じていいものかどうか、それはわたしが決めることではない。「とにかく何かをつかむしかない。証拠のようなものを。でないと埒《らち》があかないんだ」

「まあ、そうだな。あんたが何かをつかんだら、連中にこいつを見てもらおう」アーティスがシャツをめくり、肩から腰へ走る大きな傷跡を見せる。

「うわ、ひどいな」

「これではっきりわかっただろう」

「よく逃げ切れたものだ」

「恐怖だよ。恐怖。これが一番の友達さ」アーティスがいっとき思案する。「でも、あんたはそれを知ってる。そうだよな」

「わたしのはまたこんど見せるよ」

アーティスが首を横に振り、こっそり周囲へ目をやる。「ここでそんなこと言うな」

「おっと、すまない」

「結果を知らせてくれよ。もし知らせにこなかったら、トイ・マンにやられたと思うからな。何があっても赤いジュースだけは飲むな」アーティスがいつの間にか陽気な男にもどっているが、正気を保つにはそのほうがいいのだろう。「〈マリオカート〉のクッパをぜったい倒せなくなる」

「覚えとくよ」

「マジで言ってるんだ。気をつけろよ。モンスターを一匹かわしたから、つぎも平気だなんて思うな。おれが生きてるのは逃げたからだ。向かっていったからじゃない」

面会室を退出するアーティスを目で追いながら、わたしはその助言を胸に刻む。トイ・マンはわずか数日のあいだに、仮説に基づく好奇の的から、間近にいるかもしれない相手へと変わった。

リコの家にいた少年たちのように、アーティスがわたしをもてあそんでいる可能性もある。

人が聞きたいことを語ってみせる、ただの大嘘つきかもしれない。とはいえ、どう考えても本人が得をするのは、真実を伝えている場合だけだ。

トイ・マンの発見が功を奏して裁判がうまくいけば、無罪放免となるかもしれない。それが社会全体にとっていいことかどうかはわからないが、彼の人生が最初の段階であれほど最悪でなかったら、そもそもここにいないのではなかろうか。

25 証書

ウィンブルドン一七六五八の物件は、建てられてから所有者が何度か変わっている。一九八六年から二〇〇五年までは、ケヴィンとトルーディのハリソン夫妻。二〇〇五年から二〇一一年までは、ジェフリー・L・ワシントン——トイ・マンがいた時期だ。その後いっとき〈ニューカッスル不動産〉が管理していた。

ふつうは家の所有者の名前を見つければ快哉《かいさい》を叫ぶところだが、先日中南部の不動産登記簿を調べ、証書に載った名前が家の購入者の本名とはかぎらないのを知っている。所有者が幽霊会社か架空の人物か、あるいは自分の名前が使われているのをまったく知らない人間である場合はいくらでもある。

この家はジェフリー・L・ワシントンが全額現金で買い取った。ジェフリー・L・ワシントンについて調べたが、何もわからなかった。実在しないのはほぼ確実だ。その後ジェフリー・L・ワシントンなる人物がこの地域で家を買った記録は見当たらなかった。よその土地へ移ったのかもしれないが、どうせ偽名を使っているだろう。

それでも、けっして行き止まりではない。公共料金から電話代にいたるまで記録はいろいろあり、いまからでも探せば見つかるかもしれない。そうした記録がすぐには手にはいらなくても、アーティスとクリストファーをその家に結びつける強力な証拠をつかめば、コーマン刑事のような根性曲がりでもさすがに納得するだろう。でも、その線はあまり期待できそうにない。

つぎに考えたのは、近所への聞きこみだ。トイ・マンは街角からふたりさらったのだから、近くの住民が何か見たかもしれない。とはいえ、なんといっても中南部だから、ひと言も教えてもらえない可能性は高い。


その家の下調べを終えてから、ウィリアムへ電話をかける。ウィリアムがドアを蹴破ったり、へたをすれば容疑者が見つかったとマティスに教えかねないので、手がかりを追っているが、もっとわかってから伝えるとだけ言う。たぶんもうじきわかる。

「トイ・マンのことを言ってましたが、なんだったんですか」ウィリアムが訊く。

これくらいは言ってもいいだろう。「一部の子供たちが伝えている都市伝説なんですよ。数年ごとに出没するらしい」

「それがクリストファーと何か関係があるんですか」

「場合によってはね。実在の人間かもしれないんです」その男が人さらいの人殺しだと教えたくはないが、ウィリアムが言外の意味を取る。

「それで、そいつがクリスにちょっかいを出したかもしれないと？」ウィリアムが単調な声で言う。

「可能性はあります。そういった連中のなかには子供を手なずけたがる者がいる。そして、どの子と信頼関係を築けるか考える」

ウィリアムはただため息をつくが、しばらくして言う。「行き当たりばったりの犯行であってほしかった。流れ者がたまたま目をつけたとか」

「そうですね。その可能性もあります。これは単なる推測です」もっとくわしいことがわかるまで、アーティスの身の毛もよだつ話は差し控えることにする。

何かあったら知らせると約束して電話を切るが、これは厳密に言えば誠実な対応ではない。実際、彼の息子が殺されたであろう家から、わずか一ブロックの場所にいるのだから。何度か車でまわってその家を観察するうちに、あちこちの街灯がともり、あたりがおぼろげな明かりに包まれる。

ほかの家では庭にかならずフォトセンサーつきライトが設置されているのに、一七六五八にはそれがないらしい。平屋の正面の部屋にかけられた黄褐色のカーテンからわずかに光が漏れるほかは、漆黒《しっこく》の闇に包まれている。

奇妙なのはそれだけでない。わたしが見たかぎりでは、このあたりの塀は一番高くても二メートル弱だ。しかし、一七六五八の塀の高さは二メートル半近くあり、塀越しに覗くことはできない。しかも、家の正面からちらりと見える裏庭には、目隠し用の木がびっしりと植えられている。

郊外のど真ん中にありながら、なぜかその家は人里離れて厳重に守られている印象を与える。塀は両隣の敷地に達するまでどちらへも三メートルほど横に延びている。

上からながめたなら、この家の敷地は細長く、一番奥の向こうは狭い道だ。アーティスが恐ろしい目に遭ったと思われるガレージは奥の突き当たりにある。家のなかにある別のガレージは外から錠がかかっていて、頻繁に開け閉めしているようには見えない。

最大の謎は所有者の身元だ。家は二〇一一年にこの地域の相場の二十パーセント引きで売られた。ということは、個人間の売買だったのか——売り手が急いでいたとか、売り手と買い手が知り合い同士だったとか。それどころか、両者が同一人物だった可能性もある。

そう考えてうなじの毛が逆立つ。所有者はいまだにジェフリー・L・ワシントンかもしれない。まさにいま、あそこにいるのかも。

車からおりる前に、あまり多くはない代案をあれこれと考える。とにかく、空港へ車を飛ばし、コーマンに電話して知っていることを伝えてはどうか。

しかし、トイ・マンがナイフ片手に血まみれの真っ裸で玄関口に現れないかぎり、コーマンにできることはあまりなく、さらに広範囲の記録を漁《あさ》ってくるのが関の山だろう。

おそらくトイ・マンは、自分と殺人を関連づけるものをすべて消してあるはずだ——利口な男ならそうする。アーティスを逃がしたあとでは、それが分別というものだ。

もちろん、相手は連続殺人鬼だ。分別の意味がふつうとだいぶちがうかもしれない。

結局、思い切ってドアをノックするしかないと決心する。ホルスターにはいったグロックを、ジャケットに隠れたジーンズの後ろにねじこむ。

わたしはジョー・ヴィクと一戦交えたあとでも銃の扱いがあまりうまくないが、〈オープンスカイＡＩ〉が認める安全対策に国防総省が賢明な法解釈をしたおかげで、合衆国のどこでも銃の携帯を許されている——地方の判事なら認めないところだ。

問題は銃を使う覚悟があるかどうかだ。というより、使わざるをえない状況になるかどうかだ。

庭をもう一度見渡してから、一七六五八のドアまで行き、ノックする。

家のなかでテレビの音が消え、犬が吠えている。

よし、少なくともだれかいる……

26　犬

ドアが細く開き、家から小さな灰色の毛玉がもそもそ出てくると、わたしの足もとに根をおろして、即刻ここから立ち退《の》けとばかりに吠えたてる。

「エディ！」中で老女が叫ぶ。「ほっときなさい」

犬はさっさと中へはいり、自分の義務を果たして満足げだ。ドアが大きく開き、背の低い年配の黒人女性が大きな眼鏡でわたしを見あげている。

「はい？」老女が言う。

わたしはちらりと屋内を覗き、飛びかかろうと待ち構えている裸の連続殺人鬼がいないことを確認する——いるのはエディだけ。

「こんにちは、セオ・クレイといいます」身分証を出すと、彼女はそれをつかみ、間近でじっと見る。

「あまりよく撮れてないわね、ミスター・クレイ」そう言ってようやく返す。

「写真写りがいいほうじゃなくて」

「どうぞ。はいってちょうだい」老女がそう言ってドアを押さえてくれる。「お茶をいかが」

「ええと、いいですね」わたしは足を踏み入れるが、何かに出くわしそうな気がしてドアの裏側へこっそり目を向ける。

家具類はクリントン政権のころから変わっていないように思われる。居間の壁は羽目板張りだ。大きなソファの前に、トイ・マン時代から使われていそうな大画面テレビがある。

ドアが閉められるや、三つの錠前のほかに、室内から鍵を差すタイプの錠に気づく。脳内で警報が鳴る。これは人を閉じこめておくためのものだ。

わたしが観察するのを横目に、老女はキッチンへ行き、お茶をふたり分注ぐ。床には引っかき傷があり、カーペットがところどころ擦《す》り切れている。

「裏のテラスでひとやすみしようと思ってたところよ」老女がマグふたつを持ってわたしのそばをすり抜ける。

あとについてコンクリートの小さなテラスへ出ると、乾いたでこぼこの地面に雑草が生えた庭が見渡せる。老女がすわり、わたしには向かいの錆びついた椅子を手で示す。

「教会がだれかよこすって言ってたけど、あなたがそうなの？」

「あの、ちがうんですが……お名前はなんと」

「ミセス・グリーンよ」見ず知らずの他人を家に入れたとわかっても、彼女はまったく動じない。

エディはわたしの足もとを嗅いだあと、テラスから離れて乾いた草むらを探索し、何かに向かってうなる。ミスター・グリーンが首を絞めようとしているのではないかと、わたしは恐る恐る後ろを見る。

「ミスター・グリーンはご在宅ですか」

「うちの人は天に召されたわ。残念ながら」

「それはお気の毒です。ここにおふたりで住んでいたんですか」

「いいえ、そうじゃないの。あたしたちはリンウッドに住んでいた。あたしは夫が亡くなってすぐにここへ越してきたのよ」

わたしがなぜここへ来たのか彼女はまるで興味がないらしいが、質問をするには何か取っかかりが必要だ。「わたしは政府の仕事をしています。ある仕事に応募してきた人物の身上調査をしているところでして。以前ここに住んでいた男性について何かご存じじゃないでしょうか」

エディが新しい攻撃相手を見つけ、土の上で取っ組み合うが、やがて獲物をミセス・グリーンの足もとまで引きずってくる。彼女は手を伸ばして耳の後ろを掻いてやり、いやというほど時間が経ってから質問に答える。

「どんな人か知らないわ。不動産屋としか話さなかったから。ここを買ったときは前の人が引っ越したあとだった」

「そうですか。その人は何か置いていきましたか」

「テレビだけね」

「近所の人は何か言ってませんでしたか。その人物について気になるようなことを」

「覚えてないわ。ここには滅多にいなかったらしくて、あたしが越してきたときはみんな驚いてた」

それは面白い。トイ・マンはこの家を一種の隠れ家として使っていたのかもしれない――あくまでもここがやつの家だったとすれば。たぶん、獲物を連れこむための場所だ。

エディが飛びあがって庭へ駆けもどり、とても大事らしい何か別のものを追跡する。

「警察がここに来たことはありますか」

「なんのために？」

「以前住んでいた男のことを訊くためです」ジェフリー・L・ワシントン以外の名前をまだ知らない。

「いいえ。なかったと思う。その人がまずいことになってるの？」

「わたしもくわしい事情は知らされてないんですよ。この家で妙なことがありませんでしたか。何かふつうでないものを見たとか」

彼女が横目でわたしを見る。「ほんとうに変な質問をするのね、ミスター・クレイ」

エディが意気揚々《ようよう》と主人のもとへ帰り、くわえていた棒にかぶりつく。

「すみません、ミセス・グリーン。変な質問をするのが仕事でして」

ミセス・グリーンはとくに気にしていないようだ。「どうでもいいけどね。ニュースで見る人たちって、ありとあらゆる変なことをしてるじゃない。あたしに大統領の話をさせないでね」

「それはだいじょうぶです」わたしは庭の奥のガレージへ目を向ける。「あそこには何をしまってあるんですか」

「古いものばっかりよ。夫のものとか」

ぜひとも見せてもらいたいが、不自然に聞こえない頼み方を思いつけない。「ご主人は何をされてたんですか」

「二十年間海兵隊にいたわ。そのあとは郵便局に勤めた。善良な人。立派な稼ぎ手だった」

「お子さんはいらっしゃるんですか」

彼女がかぶりを振る。「いいえ。夫とあたしだけ」エディを軽く叩く。「そしてエディ」

犬が自分のおやつを落とし、顎を主人の手にこすりつける。

わたしは唾液にまみれた物体をよく見ようと腰をかがめ、そのときある古生物学者から聞いたことを思い出してはっとする。恐竜の本には、実在したよりはるかに多くの種が載っているのかもしれない。

それは、一時期恐竜が巨大な爬虫類《はちゅうるい》にすぎないと考えられていたからだ。トカゲの一生は均一的だ。生まれたばかりのワニは完全に成長したワニとほぼ同じ形だ。

恐竜は爬虫類であるという前提で古生物学者たちが非常に異なるふた組の骨を見た場合、彼らは非常に異なる恐竜が二種類いたと推測する——実際は一種類の成獣と幼獣だった場合でも。

わたしの専門は生物情報工学だが、ヒトの骨格についてもそれなりに知っているので、エディが嚙んでいる骨がキッチンテーブルに載っていたものではなく、車にはねられて裏庭にまぎれこんだ動物の骨でもないことぐらいはわかる。

子供の肋骨《ろっこつ》にそっくりだ。

ポケットから手袋を出して骨へ手を伸ばす。エディがうなり声をあげるが、ミセス・グリーンに引きもどされる。

もっとじっくり見ようと焦げ茶色のかけらをテラスの薄暗い明かりにかざしたとたん、血管に冷水が通る感覚を覚える。

「いつも市に電話してるのよ」ミセス・グリーンが言う。「暴風雨のたびに庭から骨が出てくるって」

あらためて庭の暗がりに目を凝らすと、ごつごつしたものが地面から出ている。

あちらにも、こちらにも。

27 憂慮する市民

ジョー・ヴィクを——その名前は殺されそうになるわずか一時間前にわかったのだが——追っていたとき、現実と映画はちがうということをわたしは身をもって知った。法執行機関の捜査には長い時間がかかる。話をするにも何時間、何日と待たされる。しかも、パズルのピースがすべてそろい、全員に見えるように並べたとしても、ピースの存在を認めてもらうだけで何カ月もかかることがある。

ジョー・ヴィクをつかまえるために、わたしはいくつか法を犯し、あまり自慢できないことをするしかなかった。いっときモンタナの検事たちは、容疑者が死んで裁判にかける相手がだれもいないことに失望し、わたしをスケープゴートにして、何もしなかった捜査を妨害したかどで訴追しようと真剣に考えた。さいわい、わたしが発見した被害者の家族――いろいろなテレビに出演し、事件の決着がついたことに感謝していた――そして知事執務室の双方の働きかけにより、汚名をかぶらずにすむことが確実となった。それでも、わだかまりは残る。わたしはいくつかの政府機関を困惑させ、ジョー・ヴィクの友人たちのあいだに少なからず敵を作った。ちなみに、やつの友人は大勢いた。なかには法執行機関の者もいて、彼らは夕食をともにした相手が残虐な連続殺人犯だったと認めることができなかった。

すべては、コーマン刑事の電話番号を入力しながら頭に浮かんだ記憶だ。コーマンはわたしを厄介者扱いしたが、敵対者とは見なさなかった。第一、ほかの事件ファイルもすべてよこしたのは、自分が見落としたものをわたしが見つけてくれるかもしれないと思ったからだ。

これ以上証拠を乱されてはいけないので、わたしはエディを中へ連れていくようミセス・グリーンに頼む。どれだけの人骨がすでに齧《かじ》られているかは、神のみぞ知る。

コーマンの留守電が聞こえる。「こちらコーマン――あとはよろしく」

わたしは頭のなかで何回も会話を思い浮かべていた。こう来るとは思っていなかった。

もう一度かけ直す。返ってくるのはやはり留守電だ。

夜は電源を切っているのだろうと思い、わたしは警察へ電話する。

「警察です。どうしましたか」女性の声が尋ねる。

「もしもし、ウィンブルドン一七六五八にいます。地面から骨が出ています。警察の車をよこしてもらえますか」

「ウィンブルドン一七六五八ですね」キーボードを叩く音が聞こえる。

「そうです」

「わかりました。動物管理局へ連絡したほうがよさそうですね。電話をそちらへまわします」

「え？　なんですって」

「動物について困りごとがあれば、動物管理局が受け付けます」女性が答える。

「だれが動物だと言いました？」

「こちらの記録によると、ウィンブルドン一七六五八では動物が庭で骨を掘り返して困っているという訴えが八回あります」

わたしはガラスに鼻を押しつけたエディを見おろす。ミセス・グリーンがそのとおりだと目で知らせる。

わたしはカッとなる。「じゃあ、人骨かもしれないとは思わないんですね。現にわたしが見ているのは最低でも三、四人相当の骨ですが、それでもあなたはまったく平気ですか」

相手の声色が変わるが、わたしが望む変わり方ではない。「とにかく、以前も出動してるんですよ。あなたに法医学的分析をする資格があるならともかく、こちらとしてはそんな言い方をされないほうがありがたいですね」

わたしは完全に切れる。「マサチューセッツ工科大学でもらった生物学のくそ博士号なら文句ないのか。ヒューマン・オリジンズ誌に掲載されたろくでもない論文四つではどうだ」

地面から出ている小さな顎の骨を懐中電灯で照らす。「バリバリの種差別主義者による人間の定義を持ち出し、実際にネアンデルタール人の子供が行方不明になっているのなら話は別だが、いまここにあるのは人間の遺体なんだぞ！　ＬＡＰＤがここに来たくなくて、これは人間じゃないと言いたくてもだ」

ミセス・グリーンが深くうなずき、親指をあげて見せている。

マスコミがこの電話のやりとりを知って記事にしたら、コーマン刑事はわたしにあまりいい顔をしないだろう。わたしは世間から面倒なやつと思われるだろうが、緊急電話に対応する側も無能ぶりをさらけだしている。

「はい、いまからパトロールカーを向かわせますからね。そのあいだに落ち着いたほうがいいですよ」

隣の庭へ携帯電話を投げつけないように、あらんかぎりの力でこらえなくてはならない。

わたしがそのまま裏庭で骨の撮影をしていると、青と赤のライトが家と木のこずえを照らす。

壊れそうなものをひとつも踏みつぶさないように気をつけているが、それでも、鑑識にまかせる前に、なんとしてもできるだけ多くの写真を撮っておきたい。

ガレージがわたしを呼んでいるが、警察がそこを調べ尽くしてみるまでは中にはいることさえできない。

そこの床にわたしのDNAサンプルが見つかるだけで、トイ・マンの弁護士はその報告書に歓喜の声をあげるだろう。

わたしはジョー・ヴィクの遺産管理をする弁護士たちにすでにさんざんな目に遭っている。あの男はけっこうな資産家で、その財産と評判を必死で守ろうとする連中もいた。気のおけない検事から聞いた話では、実際ジョーとその仲間は、あの地域におけるメタンフェタミン事業の要《かなめ》だったらしい。わたしは少しも驚かなかった。あそこでは奇妙な出来事がそれ相応に起こっていたのだから。

背後でガラスの引き戸があいたとき、わたしはしゃがみこんで、地面から突き出た骨盤のへりを観察しているところだった。過去数週間の何度かの暴風雨が庭を浸食したらしい。干ばつでカリフォルニアの水不足がはじまって以来庭は干あがっていたはずで、ということは、ほかの数々の秘密が姿を現しはじめるまでどれくらいかかるのだろう。

「通報したのはあなたですか」若い警官が尋ねる。

白人、短いブロンドの髪、ボーイスカウトの制服のほうが似合いそうで、警官にしては危険なほど栄養不良の体格だ。エディにさえ相手にされないだろう。

「ええ、そうです」わたしは答えながら立つ。

警官はわたしが調べていた骨に強力な光線を当て、一瞬目をみはる。「うーん、豚の骨かもしれませんね。こういった通報はしょっちゅうなんですよ」

またか。

警官は気づかないが、わたしは目を閉じて十まで数える。「あのですね。こんなことを言ってはなんですが……」くそくらえ。「あれが四肢動物にある腸骨の出っ張りに見えますか」

わたしは草むらにある丸い形のものを指差す。

警官の懐中電灯の明かりがそのあたりを動き、眼窩《がんか》がひとつ見える黄ばんだ小さな頭蓋骨《ずがいこつ》に、目もくらむ光線が当てられる。

「まさか」警官はつぶやいてから、前へ寄る。

わたしは証拠を踏まれないように、警官の腕をそっとつかむ。「足もとを見てください」とがった肋骨が土から出ている。「そんなばかな……」

「冗談ではないんですよ」

警官は急いで引き返し、無線で連絡する。「こちら四四二一。殺人捜査課と検死医を大至急よこしてくれ」

「了解」通信指令係が言う。

すぐあとで、無線機から雑音混じりの男の声が聞こえる。「ロングビーチにいる。娘の十《キンセ》五歳のお披露目《アニェーラ》で食った豚を裏庭に埋めたんじゃないといいけどな」

ラッセル巡査は——名札によれば——こちらを見て首を横に振る。「こんなものを見たことがありますか」

ほかの人員の到着を待つあいだ、この巡査にすごい話を語ってもいい。

28　正体不明

トイ・マンとは何者か。エディの口から身の毛もよだつおやつをひったくってから三日後、わたしはLAPD本部の会議用テーブルで、一応儀礼上、主任刑事のシェリル・チェンから事件の説明を受けている。補佐をつとめるのはロサンゼルス支局のFBI捜査官クレイグ・シベル。コーマンがいっさい姿を見せないのは、ウィンブルドンでの人骨発見は新しい事件として扱われているからだ。

これから部屋の奥のスクリーンに映されるのは、現時点で発見されているものを集めた恐るべきスライド・ショーだと思われる。

チェンがコントローラーを操作して最初の画像を出す。ミセス・グリーンの裏庭が発掘現場さながら立ち入りを禁止され、白いつなぎを着た法医学の専門家たちが、金属のプラットフォームに立ったり膝をついたりして、慎重に遺体を回収している。

「いまのところ見つかったのは十七体です。ずいぶん混じり合っているので、DNA鑑定で何体あるかを明確にしたうえで身元を突き止める必要があるでしょう。

犯人はおよそ三十センチの深さに遺体を埋めてから、その上を芝で覆いました。あなたのメモにあったように、発覚の決め手となったのは、ここ数年ミセス・グリーンが芝に水をまかなかったうえに、土地が少し高台になっているので、芝が枯れて雨の季節になるたびにしだいに浸食が進んだことです。こうして地層の上層部がむき出しになり、白骨化した遺体を飼い犬が掘り起こそうとしたせいでさらに露出が早まりました」

「子供たちの年齢は？」わたしは尋ねる。

「検死医の所見によれば、どの子供も八歳から十三歳のあいだです。低年齢のほうが性別の確定がむずかしいのですが、それでも、全員が少年だと思われます」

「DNA鑑定の進捗《しんちょく》具合はどうですか」

「特定の項目については数日で結果が出ますが、より広範囲の分析には数週間かかるでしょう」

「大量かつ迅速な検査ができる保証つきの研究所をご紹介しましょう」わたしをジョー・ヴィク事件の解決に導いた研究所は、CIAの依頼を受けて、DNA鑑定によるテロリストの身元確認を専門としていた——爆弾で吹き飛ばされる前でもあとでもだ。

「うちの研究所だけで充分です」チェンが言う。

「外部機関の報告が必要な場合は、協力を惜《お》しまないと思いますよ」

「ありがとうございます。追ってお知らせします」チェンが答える。言い換えればこうだ。

やめて。

LAPDにとって、これはややこしい事態だ。老女が骨のことで八回も苦情を寄せた庭が遺体だらけだっただけではない。白人の男が通報したときだけ出動したのだから、いっそう始末が悪い。けれどもほんとうの問題は、ひとつの裏庭に死んだ子供が十七人いるのに、LAPDもFBIも遺体が発見されるまで正式な捜査をはじめなかったことだ。

わたしはこの会合の前にあの家の前を車で通った。中継車が十二台停まっていた。そんなにたくさんの報道チャンネルがあるとは知らなかった。

だれもが知りたがるのは、あの家にはだれが住んでいたかということ。近隣住民へインタビューしても返事はさまざまだ。目撃された黒人男性の人相風体は三通りあり、あまり頻繁ではないが白人の男を何度か見かけたという者もいる。

チェンはつぎの一連のスライドを映す。「壁に、拘束用かもしれない穴がいくつかありました。それに、ドアの内側に錠がついていました。鑑識チームが家のなかで血痕を見つけましたが、そこがおもな殺害現場ではなさそうです」

「あのガレージですか」わたしは言う。

「そうなんです。床と壁が塗装されていましたが、飛び散った血をその下から採取しました。あまり時間がなくて、およそ一メートル四方の範囲しか調べていません。あの下から血液と組織を採るにはもっと時間がかかります」

粗《あら》いコンクリートの部分が映し出される。「土台は厚さ約一メートルです。割れ目があって、そこに血液が溜まって凝固していました。これで殺害の順序がわかり、白骨化した遺体と照合することができます」

血が割れ目へしたたり、殺された子供たちひとりひとりの沈殿物の層ができる。血痕から採ったサンプルも加えれば、補助的ではあるが、殺しの年表ができあがるだろう。

「天井はどうなってますか」

チェンがつぎのスライドへ移る。ガレージの屋根は派手な血しぶきのコラージュだ。「犯人はあえて隠したりしませんでした」

「あわてていたんでしょう」わたしは言う。トイ・マンは必要最小限の手間だけかければいいと思ったらしく、そのためつぎの住人はすぐには変だと騒がなかったが、熱心な捜査チームの目はごまかせなかった。

わたしはそこが気になる。なぜそれほどずさんなのか。ロニー・フランクリンはRV車を使ってつぎつぎと殺人を犯したが、自分が殺した人間を警察が顧《かえり》みないとわかってからは不用心になった。

トイ・マンはそれよりもはるかに慎重に獲物を選んでいた。法医学的証拠がふんだんに残っているということは、本人が突然投げやりになったか、それとも心配する理由がほとんどないと感じたか、そのどちらかだ。

警官に居間を占拠されても自分の正体をまったくつかませないのだから、やつには何か極意があるのかもしれない。

「現時点ではそんなところですね。手がかりはあまりありません。こちらがつかんでいるのは犯人が残していったものだけです」

「アーティスはどうです」わたしは尋ねる。

「とても協力的ですよ。われわれは彼の記憶を頼りにスケッチを作成中ですし、当時その男を見たはずのほかの子供たちの行方も追っているところです。一般市民からも目撃情報が寄せられるでしょう。意外に早くつぎの突破口が開けるのではないかと思っています」

それはどうだろう。ロニー・フランクリンの場合でも、近所の住人はなかなか本人のことを言わなかった。何かやっていそうだと親友たちは思ったが、みな一様に口を閉ざしていた。この地域の住民がかかえる不安のひとつに、殺人が通り魔の犯行か意図的な襲撃か、まったく区別がつかないという事情がある。警察に話せば、載りたくもないリストに載ってしまうかもしれない。

グリム・スリーパー全盛期からこのかた、地域社会はずいぶんと変わったが、なかでも住民と警察の関係は史上最悪だ。

「犯人はどんな男でしょう」わたしはシベル捜査官のほうへ質問を向ける。「人物像はわかりますか」

シベルは首を横に振る。「自宅で殺す連中は、家を他人名義にするためのさまざまな面倒事をふつうは避ける。プロの殺し屋ならそうする。だが、この男は当てはまらない。その筋の者に当たったが、空振りだった」肩をすくめる。「手がかりなしだ」

「殺害の手口は？」わたしはふたりに訊く。

チェンが答える。「まだ仮報告書の段階です。でも、ひと言で言えば残忍ですね。子供たちは切断されていました。ただし、死亡時に性的暴行が加えられたかどうかは不明です。おそらく暴行は殺害前で、殺害後や殺害の最中ではないでしょう」

「アーティスはやつに性的ないたずらをされたそうです」

「ええ、でもそれは犯人にとって殺人とは別の行為だったのかもしれません。犯人は子供たちにいたずらをしたあと、やましさと恐怖のために殺したとも考えられます」

シベルが何か言いたそうにしているので、わたしは水を向ける。「あなたのご意見は？」

「まだはっきりしたことは言えない。アーティスの話では、彼もほかの子供も暴力を受けた覚えがないそうだ――殺されそうになったときは別だが。だとすれば、別の行為だったのかもしれないが……」ためらう口調になる。

「意見が割れるのはそこなんです」チェンが言う。「犯人は子供たちを手なずけて性的いたずらをしてから、それを隠すために殺した、とわたしは考えています。一方、シベルをはじめとするＦＢＩは、殺しがおもな目的だったとしています」

「あなたの意見では、子供たちに暴力を用いずにみだらなことをしてから、あとでいろいろ考えて殺したと？」わたしはチェンに訊く。

「そのとおりです」

それがアーティスの体験談と一致するかどうかは怪しいが、自分の口は閉じておく。専門家の前だ。

チェンがスライド・ショーを終わりにする。「捜査にご協力いただいて感謝します」

まるで、すでに捜査がおこなわれていたところへわたしが情報を寄せたような言い草だ。

けれどもわたしは受け流す。「ほかにもわたしにできることがあれば知らせてください」

「わかりました」チェンが言う。「ほかに手がかりになりそうなことや思いついたことがあれば、わたしに直接知らせてください」

自分のほうへ持ってこいというわけか。了解。縄張り意識がやや勝ちすぎているが、わたしには関係ない。

「わたしのコンピューター・モデルが何かとらえたら連絡しますよ。もちろん、もっとデータがあったほうがお役に立てます」

「残念ながら、一般市民のかたと共有できる情報にはかぎりがあります」

なるほど。わたしは一般市民か。たしかにそうだが、外部の専門家を呼んだ以上特例を認めてもいいはずだ。彼女がわたしをどんな目で見ようとしているのか、これではっきりわかった。

かまわないほうがいい。「チェン刑事、わたしがウィンブルドンで遺体を見つけたいきさつをご存じですか」

「アーティスに言われたのでしょう。それとも彼の友人に？」

わたしが警察へ渡したメモのその部分を、彼女がいいかげんに読み飛ばしたのは明らかだ。

「ちょっとちがいますね。まだ行方がわからない少年の父親が訪ねてきたんですよ」こぶしをわずかに開いて心を落ち着かせる。「わたしが調査をはじめたとき、この事件はほとんど忘れられていた。手がかりがまるでなかった。それでもなんとか力を尽くしてあの家を発見したんです」

「トイ・マンの話をもとに？」シベルが訊く。

「そう。噂を頼りに」

「ミスター・クレイ」チェンが口をはさむ。「あなたのご協力には大変感謝しています。当局はこの功績が正当に認められるようにかならず手配します。とはいえ、いまはまだ犯人が野放しかどうかを確認しているところでして。感謝状の授与式はそのあとでもかまいませんか」

「もういい」わたしは言う。「そういうことじゃない」

「ではいったいどういうことなんですか」

「わたしには道具がある。情報源がある。だから力になれる」

「こちらにも非常にすぐれた研究所があります」

「最先端技術から二十年ぐらい遅れている。そちらの研究所に、メチル化マーカー解析やバイオーム・マップの作成ができるスタッフがいるかどうか訊いてみたらいい」

「法医学的調査にかけては第一級です」チェンが断言する。

「たしかにそうだ。でもわたしが言っているのは、あなたがたが利用できるようになるまでまだ何十年もかかる道具のことなんだ。それをいま使えるようにしてあげられるんですよ」

ほんとうは、わたしを通せば使えると言いたい。

「検討しておきましょう」チェンがていねいな言い方でうせろと言う。

わたしはかぶりを振りたい気持ちをこらえる。「あなたがたはクリストファー・ボストロムの自転車から指紋を採取しましたか」

チェンはメモをめくって探す。「指紋は採らなかったみたいですね。でも十年も前のことですから」

「あれからだれも乗っていないのは保証しますよ。採ってもらえますか」

「いいでしょう」情けをかけてやると言わんばかりだ。

シベルが彼女をちらりと見てから、思い切ったように話しだす。「ニュースには流さなかったが、われわれはあのガレージから指紋を採取した。ずいぶんあったよ」

それは初耳だ。「それで？」

「ひとつも一致しなかった。あらゆるデータベースで照合した。まったくない。しかも採れたのは部分的な指紋じゃない。指全体のだ」

「では、記録がないんですね」

「指紋。公共料金。電話。すべてにわたって記録がない。どこにも行き着かない。偽の名前と偽の会社だけ。銀行の口座記録もなし」

「こんな時代にどうやったらそこまで足跡を消せるんでしょう」

シベルが首を横に振る。「ふつうはどこかの法律事務所とかに行き着くものだが、それもない。捜査をはじめたときよりもわからないことだらけだ」

「そうでもありませんよ」わたしは言う。

「どうしてそう言えるんですか」チェンが訊く。

「そんな技を持っている人間が何人いるでしょうか。それ自体が非常に大きな手がかりだと思います。まあ、わたしが言うまでもありませんね。捜査しているのはそちらですから」

自分が傲慢《ごうまん》な男だとわかっている。でも、このくらい言う権利はあるだろう。

勝手に捜査をつづけるがいい。こちらもおとなしく引っこんではいない。なぜなら、犯人がのさばっていて、その飛び抜けた賢さは常人の理解を超えているのだから。

ジョー・ヴィクと同じく衆人の目と鼻の先で人殺しをしておきながら、やつは目をつけられずに生きてきた。

それでも、いまやつぎつぎと遺体が現れ、カモフラージュそのものが弱点を露呈している。

29 展望

LA空港付近のホテルのベッドに寝そべって、ジリアンと話している。彼女の顔がノートパソコンの画面を占め、窓から見えるロサンゼルスの街の灯が背景だ。

ジリアンを見ていると気持ちがなごむ。それは、濃いブロンドの髪となかなか悪くない容姿に惚れこんでいるせいだけではない。わたしたちは想像を絶する陰惨な事件を乗り越え、ほかの人間には理解できそうもない絆で結ばれている。といっても、厳密にはカップルではない。ふたりとも、ともに生きることの意味をまだ模索中だ。

一時間かけていままでの出来事をすべて打ち明けながら、ここ数日連絡を絶っていたことをすまないと思う。

「それで、きみはどう思う？」わたしは尋ねる。

「あなたって生意気なおばかさんね」ジリアンが答える。

彼女のそういうところがすごく好きだ。もってまわった言い方をしない。「いや、そういうことよりさ……」

「わたしに何を言ってほしいの。あなたは思いあがっていて、オースティンにもどらなくちゃいけなくて、本職の警官にまかせとけばいいって？　いま言ってもらいたいのはたぶんそんなところよね」

「え……その……ちがうけど。へえ。思いあがってるのかな」

「そう。まちがいないわね。でも、頭脳明晰な科学者のお友達にそうじゃない人が何人いるのかしら」

「たしかにね。それどころか、科学者ってのは専門外の分野でも思いあがる傾向がある」わたしは言う。

「指紋の採取方法や容疑者の取り調べ方を警察に教えてあげるとか？」

彼女の言わんとすることがわかるので、自転車の件はだまっておく。「いやいや。ただ少しだけ――」

「ジョー・ヴィクの再来を心配してるの？　だいじょうぶよ。あんなのはひとりだけ。でも、あなたはそいつのことをまったく知らないんだから注意しないと」

「警察だって知らない。そこが不安でね」

「何をこわがってるの」

問題の核心をつかむのは彼女にまかせよう。「連中は遺体を掘り返して検査し、捜査中だと言ってほったらかしておくんだろうが、そうこうするうちに別の事件が起こる」

「だけどあなたは？」

「積極的に動こうとしている」

「死んだヒッチハイカーを捜してモンタナの森をうろついていたときみたいに？」

「まあね。そりゃあ、警察の機動力は認めるよ」

「ご立派なセオ・クレイ博士は素直じゃない褒め方をするのね」

「言いたいことはわかるだろう」彼女は洞察力が少し鋭すぎて、わたしのどのボタンを押せばいいのかわかっているときがある。

「言いたいことを話して」

「トイ・マンは少なくともほぼ十年間活動してきた。警察はやつの存在すら知らず、被害者がいることにも気づかなかった。住んでいた家を発見しても、怪しい輩はひとりもおらず、指紋を調べても――やつの指紋だったとして――どこにもたどり着かない」

「だから、警察にはつかまえられないと思ってるのね」

「こう思うんだ」わたしは説明をはじめる。「トイ・マンがつかまるような男なら、警察はすぐに気づくはずだ。しかし、ほんとうに糸口をひとつもつかんでいない。まちがった糸口さえも。もちろん、何も知らない連中の通報をもとにやみくもに捜査すればガセネタぐらいつかむだろう……。警察に分《ぶ》があるのはただひとつ、犯人がトイ・マンだという見立てを公表していない点だ。それが名案かどうかわからないが、大ぼら吹きとそうでない者の区別は簡単になる」

「ほかにも目撃者が名乗り出たら？」ジリアンが訊く。

「通報者は長年にわたって大勢いたさ。それに、ほかにも問題がある。この男が最近子供をさらったのは数週間前なのに、警察はその子供もやつの被害にあったと認めようとしない。犯人はさんざん犯行を重ねたあとで死んだかどこか別の土地で服役中だ、と警察は信じたがっているみたいだ」

「じゃあ、犯人がその地域にまだいると思うの？」

わたしは小さく肩をすくめてみせる。「どの程度の範囲を言ってるかによるね。事件が起こりそうな地点を記した地図とほかのデータを比較したら、面白いことが見つかった」

「そりゃあそうでしょうね」とジリアン。

「生意気言うならお仕置きだぞ」

「からかわないでください。才気あふれるクレイ博士は何を発見したんですか——と、ぴっちりしたセーターに超ミニスカートの大学院生がわくわくして尋ねるのよね」ジリアンがわたしの反応を見て笑いだす。「どんなふうに教えてたの」

「第一、学生はそんな服装じゃなかった。ホームレスみたいな格好だったよ。第二、そんなのはどうでもいい。何が面白いか説明してもいいかな」

「はい、先生」

「捕食者が一定の場所で狩りをしすぎて、個体群――狼に捕食される鹿の群れなど――に手口を察知される危険が生じたとき、ターゲットにできる二番手の個体群があれば好都合だ……そんな機会に恵まれればの話だが。群れの結束が強くなれば捕食者はそこから離れるが、様子をうかがってはパターンの変化を見ている。獲物の状況がもとにもどれば、または、襲われたときの対処法すら知らないことが獲物の反応から明らかな場合は、捕食者はもとの場所へ帰って狩りをする。以前よりずっと大胆に狩ることもある。なぜなら、獲物は捕食者に気づいていないからだ」

「じゃあ、トイ・マンは手を引いてからもその地域を見張ってたってこと？」

「そのとおり。ロサンゼルスでは多くの獲物を見こめるから、できればあきらめたくない。でも、やはり別の狩場を持っていたんじゃないかな。交互に使う場所を、仕事や社交生活のつごうで選んだのか、あるいは慎重に考えて決めたんだろう。最初の場所のほうが強い信号を発したから発見できたのかもしれない。つまり、行動が目立ちやすい場所にいるときのほうが簡単に見つかるということだ」

「そして、警察はその説に飛びついてこなかった」ジリアンが皮肉をこめて言う。「セオ、いまの話はほんの少しわかる。わたしはあなたが遺体を捜すときも、ジョー・ヴィクが暴走したときも、いっしょにいたんだもの」

「警官が能無しってわけじゃない。グレンは聡明な男だった。思っていたよりずっと賢かった」

「そうね、でも彼だってあなたの言うことを理解できなかった。そのせいで命を落としたのかもしれない。大勢亡《は》くなったわ」

グレンに思いを馳せ、わたしたちはいっとき無言になる。

ジリアンが先に口を開く。「それで、犯人を追ってもいいかってわたしに訊いてるの？わたしが許可することじゃないでしょ。自分の思いどおりになるなら、わたしはあなたに二度と危険な目に遭ってほしくない。でも、こういう人だもの。このまま見過ごせるとは思えない——野放しの犯人が子供を襲っているならなおさらよ。だけど……」と言いよどむ。

「ほかにも解決したいことがあるんじゃないかしら。あなたが帰りたがらないもうひとつの理由が」

わたしはひとつ深呼吸をする。「〈オープンスカイ〉でちょっとややこしいことになってね。でも、無事に切り抜けられたら、すごいチャンスに恵まれるかもしれない。自分がそれを望んでいるのかどうか、よくわからないけどね。でも、いいことだと思うよ……」そして思い切って言う。「ふたりにとって」

最近ジリアンは一週間ほどわたしと過ごし、わたしたちはふたりについて語る以外のあらゆることをした。どちらも臆病でたしかめられないのだと思う。相手がいまだにこれを一時的な交際だと考えているのか。そして、あまりにも多くの感情をいだいたまま早すぎる終わりを迎えたくないのか。

「ふたりって、セオ」ジリアンがそのことばを繰り返す。

自分の顔が赤らむのがわかる。「ちょっと言ってみただけで……」撤回するつもりでことばに詰まる。

「ふたりってすてきな響きね」彼女のことばを聞いて、わたしは十五歳の少年のように心を掻き乱される。

「そうだね。ただちょっと……まずいんだ。このろくでもない誘いに乗ったら、いくつかルールを曲げるしかなくなる。すでに曲げている以上にね」

「小学校に忍びこんだり、学区の管理オフィスに押し入ったりするよりもいけないことなの」

「どこにも忍びこんでいないし、押し入ってもいない。だけど、そうなんだ。線の外へ踏み出すことになる。たとえば……」

「前みたいに」

「そうさ。それにもし逮捕されれば、これから実現したいと思うささやかなふたりの未来が面倒なことになるかもしれない」

わたしが見守る前で、彼女は唇を噛《か》みながら考える。「セオ、ふたりってわたしとあなたのことでしょ。そしてあなたは……あのね、わたしはいまだにあなたを知ろうとがんばってる。すべてを理解するのは無理かもしれない。とびきりの思いやりを示されることもある。計算機と話してるみたいで、もっとあたたかい人がいいなって思うこともある。でも、少し離れて全体をながめると、そこには、見捨てられた人たちを襲った災難を命がけで突き止めようとする男がいる。そして、あなたがそっけないのは心が離れているからじゃなく、ものすごく高い場所から細かい部分を全部見てどこを直せばいいか考えているからだってわかるの。だから、気にかけてもらえなくて、というかそんなふうに感じて死ぬほどつらくても、あなたが相変わらずあれもこれもひとまとめに考えて物事をもっとよくしようと努力してるのは、すごいことだと思う。あなたの目がいつもわたしに向いていないからといって、そんなすばらしいことを犠牲にするのは、わたしはぜったいにいや」

「それで、結局どうなんだい」

「その外道《げどう》をつかまえて。そいつに近づいたらだめだけど、でも、つかまえてきて。もしまずいことになったら、ショットガンか弁護士つきでわたしが行く」

彼女のそういうところがほんとうに好きだ。

30 禁止事項

わたしはホテルの部屋の椅子に背筋を伸ばしてすわり、真摯《しんし》な態度が電話でも伝わるように、一番誠実そうな表情を作る。それから科学捜査研究所の番号をダイヤルし、ウィンブルドンの家の法医学的証拠を担当している分析官サンジェイ・シブプリにつないでもらう。

「はい、シブプリです」気さくそうな声だ。

「こんにちは、サンジェイ。セオ・クレイです。調子はどうかな」できるだけ砕けた人なつこい口調で話しかける。

「うまくいってますよ。驚いたな。送ってもらったメモをたったいま読んでいたところです。非常に参考になりますよ。じつを言うと、ファンになりかけてるぐらいです。洗浄剤を使った毛包からのDNA抽出について、あなたの論文を読みました。じつにすばらしい」

「グアンと彼のチームの功績ですよ。わたしは臨床検査を明確にしただけでね」謙虚に聞こえるようにつとめる。

「いや、たいしたものです。今後成果を期待できる研究がほかにもありますか」

「じつは、ばらばらになったDNAを修正するために、洗浄剤の前に鉄のナノ粒子を使う方法を研究している。従来より長い鎖の抽出ができるようになったうえに、骨化した検査サンプルにも応用できるかもしれない」頼みを聞いてもらう相手の前に餌をぶらさげるぐらいかまわないだろう。

「とても興味深い……その論文をいつ発表するんですか」

「まだ目途《めど》が立たない。いまだに作業中でね」

「どこの施設ですか」

「自宅のキッチンテーブルだよ」連続殺人鬼狩りのために授業をほうり出して以来、わたしには自分の研究室がない。

「自宅のキッチンテーブルですって？　共同研究者をお望みなら、ＵＣＬＡに伝手《つて》があります。ぼくがお役に立てるかもしれません」

正真正銘のファンだ……「それならぜひとも。ウィンブルドンの家の科学捜査で、新しい技術をふたりで実地テストできそうだね」仲間同士、最高の相棒みたいにハイタッチしようじゃないか。

「それはだめです」そっけない答が返る。

「え、だめ？　比較分析をするだけだよ。どこの研究所も手がけていないことだ」

「すみません、クレイ博士。小一時間前にチェン刑事がここに来て、あなたにひと言でもＤＮＡと言ったら、ぼくのタマだけではなく仕事も取りあげると言いました。どちらもぼくにとっては大切なものです。でも、いまさっきＤＮＡと言ったのは博士への尊敬の印ですから、心はともにあるとご理解ください。たとえ心以外はそむいても」

やれやれ、思いどおりにはいかないものだ。どうやらチェン刑事は、事件に関するいっさいを悪名高いクレイ博士から遠ざけようと決心したらしい。

チェンはモンタナの二の舞を危惧《きぐ》しているのだろう。わたしは新聞社へ駆けこまず、言われたとおりにしたのだが、それでもわたしの関与はだれもが知るところなので、鑑識チームとしてはその点もやりづらいのだろう。自分たちの捜査方針をはっきり打ち立て、わたしとは一線を画《かく》す必要が彼らにはあった。

「よくわかった。捜査の邪魔だけはしたくない。しかし、あくまで仮定の話だが、もし被害者の遺伝子配列と、よく知らないけれども、たとえば容疑者の精液のサンプルから抽出したDNAの情報がそちらにあったとして、ファイルにおさまったその情報がわたしのものではないメールアドレスへ送られたら……」

「いまのは質問だったんですか、クレイ博士。その長々しい仮定の質問に対する答はこうです。チェン刑事はメール云々《うんぬん》についても想定済みで、とくにぼくに対する禁止事項がはっきりしているほか、したがわなかった場合、体の最も大事な部分を切り落とす方法も明らかにしています」

「じゃあ、答はノーなのか」

「はっきり言えば」

「わかった。最後の仮定の質問だ。たとえばきみが、オースティンのキッチンにある最先端の研究機関から、何か未発表の情報を受け取り、そこにはFBIの研究所さえ知らなかった有益な技術について書かれていたとしたら?」

「その技術について調べるのが自分の責任だと考えます」サンジェイが答える。「そして、結果はだれにも伝えません」

うーん。「まあいい。何もしないよりはましだ」

「これが精一杯なんです。ご希望に応えたいのはやまやまですが、チェン刑事の立場も考えてくださいよ。犯人をつかまえるためには、法医学的証拠の混乱をぜったいに避けなくてはなりません――とくにあなたのような……物議を醸《かも》すかたによる混乱を」

「それはどうも」わたしは生返事をする。

「それに、ここだけの話、たしかにチェン刑事はクビにするとか言って脅しますが、とても優秀なんです。警察で一番ですよ。この事件を担当するからにはそれだけの理由がある。じつは、われわれの報告書の内容を理解できる数少ない刑事のひとりなんです。検事にまちがった法医学データを渡した理由で敗訴になったことなど一度もありません」

頭のおかしなクレイ博士に証拠をいじくりまわされたくない理由はそれか。事情はわかるが、わたしの気持ちはおさまらない。

サンジェイに別れを告げて電話を切り、自分にできることを伝えにウィリアムのもとへ行く。


「でも、こうした分野であなたは世界一なのに」ウィリアムの自宅のキッチンで、わたしは事の成り行きについて慰めのことばをかけられる。

「じつはちがうんです。わたしは法医学の専門家じゃない。法医学者たちが使う技術についてほとんど知らない。わたしの専門は、ほかの人間がしていなかったことに着目し、そこに興味深いものを見つけることです」

「前の事件であなたが好きなだけ証拠を集めることができたのは、警察よりずっと早く現場にいたからですね」ウィリアムが言う。

「そうです。わたしがミセス・グリーンの裏庭から何か持ち出していたら、証拠の改竄《かいざん》になったでしょう。チェン刑事がわたしにした最初の質問は、サンプルを採取したかどうかでした。ホテルのわたしの部屋を捜索しますよと脅しをかけ、はじめに白状すれば大目に見るとまで言いました」

「でも、あなたは持ち出さなかったんでしょう？」

「ええ。でも、危険を冒す価値はあったのかもしれない。わかりませんけどね」

ウィリアムは空になったボトルを手に取って廃棄物入れへほうりこんだあと、くず籠《かご》からごみ袋を抜く。「これを始末してきます」

家じゅうのごみを集めるウィリアムのあとをわたしはついていく。「何かが見つかる確信はないけれど、まずDNAを調べられればわたしはありがたいですね。それに、トイ・マンが自分のDNAを残した可能性も少しはある。自分の切り傷の血が被害者の衣服に付着したとか。もしそうなら、本人の外見の3‐Dモデルを作るのに充分な情報を得られる」

「警察にはそれができるんですか」ウィリアムがバスルームのくず籠を空にしながら訊く。

「多少はね。警察の科学捜査の困った点は、ほとんどの検査が法廷で承認されるのを目的としていることとです。連中は誤判定率五十パーセントの手法をぶらさげて判事の前に出たくないんですよ」わたしは彼のためにドアを押さえる。

「なぜだれかがやらないんでしょうね」

「法廷でやってもだめなんです。でも、路上から百人を無作為に引っ張ってきて五十一人が陽性だったら、あとの四十九人を除外したうえでさらに正確で複雑な装置を使えばいい」

「あなたはじつに賢い人だ。DNAでもなんでも、調べるものが手もとにないのが残念です。警察が引き払ったあとであの庭へもう一度行ってみることはできないんですか」

わたしは首を横に振り、ウィリアムにつづいて外へ出る。「警察は数週間はあそこにいる。そのあとも、証拠保全のために立ち入り禁止でしょうね。はいったら重罪ですよ」

「それをあけてもらえますか」ウィリアムが家の横のごみ容器を指差す。

わたしは中へごみ袋を入れられるように蓋をあける。「ふたつ三つ持ち帰らなかったのが悔やまれますよ。もっとも、この前検死局のバンからあるものを取ったときは——死んだ女性から採取したサンプルですがね——顎がはずれて病院行きになりましたが」

「やりだしたら止まらない人なんですね」

「そういうときもあります」わたしは蓋をおろす。

「しっかり閉めてください。何かがもぐりこんで荒らしたらいけないから」

わたしはまた蓋を取ってじっとそれを見つめるが、いま言われたことばが頭のなかを駆けめぐっている。

「セオ？」

「はい？」わたしは上の空で答える。「あのう、暗視ゴーグルはどこで買えますかね」

「どうしたんです。夜の狩りにでも行くつもりですか」

「じつは、それとかなり近いことをします。マクドナルドで餌を買わなくては」

31 侵入者

ニュースの中継車と警察のバンが立ち退いたとはいえ、ウィンブルドンの家の前にはまだパトロールカーが一台停まって屋内に巡査がひとり詰め、鑑識班がいないあいだも犯罪現場が荒らされないように見張っている。

バリケードとテープで裏庭の端まですっかり囲ってある。道をはさんだ空き地にはもっと多くのバリケードがあり、あの日報道陣の立ち入りを阻止するために使ったのだろう。

ウィリアムが運転するシボレー・マリブがパトロールカーを通過し、その助手席でわたしは地図を見て、記しておいたいくつかの丸印にチェックマークを入れる。

「もう一回通りますか」ウィリアムが尋ねる。

「もういいです。あの警官は物見高い連中の見物に慣れてるとは思うけれど、必要以上に気を惹《ひ》きたくない。ここでスピードを落として」

ウィリアムが角を曲がると同時にわたしは窓をさげ、隣家の裏庭へフライドポテトを投げ入れる。

「なんてことを。すごくにおうのに」

「それが大事なんです」わたしは言う。「あそこで使われている食用油は、高脂肪の食物を欲するように作られた嗅覚を刺激する。人間はそうしたものに病みつきになるようにプログラムされてるんですよ。塩と、ケチャップに含まれる果糖が加われば申し分のないごちそうだ。動物の胆嚢《たんのう》や腸からほかのすべて栄養素を摂取していた新石器時代の穴居人《けっきょじん》にとってはね」

「きっとあなたのガールフレンドは、ベッドでそんな話を聞くのが大好きなんでしょうね」ウィリアムがやれやれと首を振る。

「真夜中過ぎに長たらしいことばを吐くのは禁止されてるんです」冗談を返す。「ここで停めてください」

通りの突き当たりにウィリアムが車を停める。すぐ前が、家の後ろ側にある裏道だ。裏側も黄色いテープとバリケードでさえぎられているのは、取材班のカメラが塀より高く設置されるのを防ぐためだろう。

「どうするんですか」ウィリアムが訊く。

「あなたはここにいてください。どちらかが保釈金を払わなくてはいけない」わたしは後部座席へ移り、暗視ゴーグルを顔につける。

「今夜はだれか撃たれるんですかね」ウィリアムがうめくように言う。

「依頼したのはあなたですよ」

ウィリアムがエンジンを切ってわたしを見る。

「いやいや、エンジンはかけておいて、携帯電話をフロントガラス近くのホルダーに立ててください。客待ちのウーバーの運転手に見えるように」

ほとんど聞き取れないが、ウィリアムは白人のウーバーへの傾倒ぶりについて何やらぼやいているらしい。わたしとしては、さまざまな社会情勢で人々が直面する驚くほど多くの問題が、結局ウーバーと同類のもので解決するはずだ、という実感をいだいている。

頭を背もたれに預けたまま外をながめられる体勢をとるが、暗視ゴーグルをかけた変なやつが草むらを見ている姿は、通り過ぎる車からはっきりとは見えないはずだ。

「どれくらい時間がかかりそうですか」ウィリアムは心配よりも好奇心が勝《まさ》った声で尋ねる。

「ちょうどいま、一対の光る目がフライドポテトをじっと見ている」

わたしが食べ物を落とした場所とは反対側の道端の薮《やぶ》で、その目は様子をうかがっている。一匹この辺にいるのはまちがいなく、あたりを観察できるがすばやく逃げることもできる、そんな一番安全な場所に陣取っているはずだ。

「出てきたぞ……」

アライグマは地面を這《は》うように道路を渡り、その姿はまるで狙撃手の攻撃を避ける兵士だ。フライドポテトまでたどり着いてにおいを嗅ぎ、あたりをうかがってだれにも見られていないのをたしかめてから、がぶりと食らいつく。

少し食べたあと、食べきれないほどの量をかかえて、もといた場所とは反対側の草地を横切りはじめたので、わたしはそのアライグマが雌だとわかる。

「アライグマのママだ。ベビーたちに食べ物を持っていくんだな」

わたしの話し声が聞こえたのだろう、瞳がこちらを向く。

「こっちを見てる」わたしはささやく。

わたしは静止したまま、さしあたり危険はないとアライグマが判断するのを待つ。一分後、アライグマは真っ直ぐこちらへやってくる。

「向かってくる」わたしは静かに言う。

「こわいんですか。車を出してもいいですよ」ウィリアムが軽口を叩く。

わたしはほっぺたを嚙んで笑いをこらえるしかない。ユーモアは突拍子もないところで顔を出すものだ。死の家から三十メートルの距離にいて、その家ではウィリアムの息子がほぼまちがいなく恐ろしい最期《さいご》を迎えたはずなのに、わたしたちはアライグマのことで冗談を言っている。

車が一台通ったせいで目がまぶしく、一瞬視界が失われる。

「まずいな。いなくなった」アライグマは車の接近とともに姿を消した。

「もう一度やってみますか。フライドポテトを買って。子供用のハッピーセットもいいですね」声が尻すぼみに弱くなったのは、つらい記憶がよみがえったせいだろう。

「無理ですね。ひと晩に二回は現れないでしょう。アライグマのような動物と魚とのちがいは、魚は二、三分もすれば同じ釣り針にもどってきます。何度でも釣られるまで。アライグマはもっと用心深い」

「あなたは歩くディスカバリー・チャンネルみたいな人だ」

「じつは、生物学と連続殺人鬼をテーマにした番組のホストをやらないかと誘われましたよ」わたしは言う。

「なんと返事をしたんです？」

「おととい来やがれとていねいに答えました」

「さらに金を積まれましたか」

「いいえ……」歩道の端に何か見える。「ここで待っててください」わたしは車からおりる。縁石の一部に小さな隙間があり、その下が雨水管のようなものになっているのには気づいていた。ロサンゼルスではあまり見かけない設備だ。

しゃがんで隙間にライトを当てると、三対の光る目と母アライグマの威嚇《いかく》する声に迎えられる。

一家は枯草と小枝と大腿骨《だいたいこつ》らしきものを小山にした上にいる。

働くシングルマザーを立ち退かせるのは忍びないが、この際しかたがない。わたしはポケットから水鉄砲を取り出し、アライグマに逃げ道を与えてから顔の真ん中に水を発射する。

アライグマはベビーたちを後ろにしたがえてあばら家を飛び出し、急いで通りを渡って別の安全な場所へと向かう。

雨水管へ目をもどすと、もう一対の小さな目がわたしを見つめ返す。振り向くと、ママが新しい場所から顔を出しているのが見える。数えたら頭数が足りないのに気づいたらしい。さいわい、わたしは厚手の保護手袋を持っていた。手を伸ばして幼い小さな動物を拾いあげ、母親のもとへ運ぶ。ベビーアライグマが藪へ転がりこみ、全員小走りで逃げていく。もとどおり幸せな家族だ。

乾いた雨水管に残されたベビーの家族にしてみれば、それどころの話ではないだろうけれど。

警官からわたしの姿が見えないように、ウィリアムに車をバックさせ、巣の中身をこのために持ってきた白いペンキ缶に入れる。

たくさん取るには腕を目いっぱい伸ばさなければならない。小さな第五指の末節骨、つまり小指の先端の骨さえも被害者のDNA情報をもたらし、まだ爪がついていてそれが犯人を引っ掻いていたら、その男のこともわかるだろう。

拾ったものはいちいち観察しない。何より肝心なのは、警官がやってきて質問しないことだ。

厳密に言えば法は犯していないが、重要な法医学的証拠が失くなったと気づかれたら、わたしの知るかぎりでは、少なくとも警察はちがう解釈をすると思う。

そこが警察のだめなところで、だから彼らのやり方はあまり信用できない。塀は人間にとって意味があるが、あのアライグマたちやミセス・グリーンの犬にとってはあってもないのと同じだ。

トイ・マンが地所の内側で被害者を殺したからといって、遺体が全部そこにとどまっているとはかぎらない。

自分の仔に与える食べ物を選り好みできない、自然界の臨機応変なそうじ屋にとって、ヒトの子供の骨も腐肉もたいして変わりはない。

32　かたよったサンプル

検査には自宅を使ってくれとウィリアムに言われたが、わたしの脳裏には、麻薬取締局《DEA》と国税庁《IRS》の捜査官たちが家に踏みこんでくる光景が浮かんだ。片手に拡大鏡、もう片手に子供の頭蓋骨の断片を持ってすわっているときに強制捜査がはいっては困る。

わたしは申し出をことわり、ロサンゼルス・エアポート・マリオットのスイートルームを取った。法医学的検査をホテルの部屋でおこなうのはけっして理想的とは言えないが、前にも現場で自分専用の無菌室を設営したことがあったので、必要なものを最小限の汚染で抽出できそうな気がした。

ドアに貼った入室禁止の紙を万が一ホテルのメイドが無視した場合にそなえ、室内のサンプルの横にこう書いたものを置く。**映画用小道具　さわるな。**

〈CSI：科学捜査班〉や〈NCIS～ネイビー犯罪捜査班〉を生み出し、研究所のカウンターに載った犯罪被害者の腐敗肉がディナータイムの話題になる街では、これが妥当な説明だろう。

最初にすべきことは、机の上に作ったテントの内側でペンキ缶の中身を出し、はっきりわかっているものをひとつずつ二重のビニール袋に入れて目録を作る作業だ。

はじめに目を引いた大腿骨以外にも骨がたくさん見つかった場合、警察に提示するときに、どれがどこの骨かあの科学分析官からはっきりした所見をもらえたらいいのにと思う——もちろん匿名《とくめい》で。

缶からひとつずつ取り出しては洗面器の精製水に浸し、汚れを落としながら、爪や、耳の奥にあるほんの小さな骨を探す。

時間が延々とかかる退屈な作業になると知って、ウィリアムは帰宅した。わたしが下水道の配置を土壌地図から推測する方法を説明するときは、興味のあるふりをしていたが、昔の小川や湖底の場所を見つける段になると、話についてこなくなった。徹底的な変化をとげた地形の話でも同じだった。

雨水管から採取した骨の正体が明らかになったのは、午前三時過ぎだ。全部で十一個。ほとんどが指の骨だ。

母アライグマは子供の手をひとつかふたつ、もしかしたら、たくさんの別々の指をうまく盗み去ったのかもしれない。

そのほかにも大腿骨があり、さらに脛骨《けいこつ》や尺骨《しゃっこつ》の一部と思われる破片が、ぜったいそうだとは言い切れないが、いくつかあった。

だれが使ったか理論上は探査できないデジタルカメラで全部を写真におさめてから、わたしは抽出作業にかかった。

小さなダイヤモンドドリルと酸化防止用の特殊なポリマーを使って、ひとつの骨片につき三つのサンプルを採り、あの分析官が各骨の汚染されていない部分から採取する余地を充分に残しておく。

ネアンデルタール人のDNAをゼラチンへ植えつけ、それをサンプルの骨髄《こつずい》と入れ替えてサンジェイ・シブプリをからかってみたい気持ちはあった。

その一方で、これほど最悪な悪ふざけもないとわかっていたので、今夜はここまでにしようと決めた。

わたしは比較対照用のサンプルを氷とともにアイスボックスに入れて、ほかは保冷バッグに梱包《こんぽう》し、おもに依頼主無記名で発送する宅配サービスに電話をした。そこは、情報機関が使う法医学資料やきわどい情報を満載したメモリドライブを、インターネットで送信できず、フェデックスやUPSのようなふつうの宅配便で送るわけにもいかないときに使われる業者だ。

スーツを着た中年の男が革のショルダーバッグを持ってロビーに現れ、わたしたちは受け渡しをおこなった。

七時間以内にサンプルはバージニアの研究所へ届き、日をまたがずに結果がわかるだろう。

さいわい、わたしはその研究所のオーナーに便宜を図ったことがあるので、代価は要らないはずだ。わたしにそんな検査費用があれば、恐竜のクローンを作るところだ。LAPDがわたしを訴追することにしたら、研究所から明細書をもらい、それを判事の前で振ってやろう。

LAPDが隠し立てをするせいで、こうしたDNA検査でわかることはあまり多くないが、こちらの研究所では特殊な検査をおこなう。特定の遺伝子が活動中かどうかをたしかめたり、DNAのメチル化やそれ以外のいくつかの反応を検知したり――被害者の容姿についてもっと正確なデータを出すためにあらゆる手段を尽くす。この研究所が存在する最も重要な意義はそこにある。

人のおおよその外見は通常の古いDNA鎖で決まるが、遺伝子の現れ方を決定する要素はほかにもいくつかある。簡単に言えば、ほとんどの遺伝情報はAGTC型の指示命令系統に組みこまれているが、なかには表面にぶらさがっているものもある。

そろそろ寝たほうがいい。このままでは疲れた脳がさらに暴走したあげく、連邦刑務所送りになって顕微鏡のある部屋には一歩もはいれなくなりそうだ。

あまりにもくたびれているので、死のにおいにすら気づかず眠りに落ちる。

33 突破口

DNA——生命そのものの源《みなもと》であると同時に、遺伝情報伝達の流れで一番手をになう分子。これが発見される前は、遺伝率は生物学の最大の謎だった。ダーウィンのフィンチ類（スズメ目の鳥約十五種）からメンデルのえんどう豆まで、親から子へ受け継がれるものに見えない力が働いているのは明らかだった。そして、じっくり観察すればするほど、遺伝は不思議な偶然に左右されるのではなく、もっと数学的な法則にしたがっていて、しばしば予測可能であることがわかってきた。

ワトソンとクリックがDNAそのものの構造を映し出すX線結晶学によって充分役に立つ情報を得たことにより、欠けていたパズルのピースがついに見つかった。しかし、そのパズルのピース自体がミステリーだった。人々が予想していたのは、頭のよさや背の高さを決める単純なコードの数々だ。ところが見つかった遺伝子は、そうした要素を伝えたり伝えなかったりで腹立たしいことこのうえない。

DNAはすぐにわかる簡単なレシピ本ではなかった。大ざっぱに言えば、高度に圧縮された取扱説明書か、進化が必要になるとあわててその場しのぎの指示を出す、スパゲッティのようにからまったコンピューター・コードと言ったほうが近い。

造物主の手を必要としない生命の説明には成功したが、その代わり、秩序を与えるものを取り出したとき、秩序もなくなるとわかった。

研究所から結果がメールで届いたので、棒グラフと最初のDNA配列の表示をざっと見ると、人間の生命を造る乱雑で気まぐれな指示の集まりが読み取れる。パターンがほぼ無作為だという事実が奇跡の証拠だと主張する者もいるだろうが、その論理によれば、どうにか生まれることができたすべての生命体は奇跡であり――そして、すべての人間が奇跡なら、そのことばは無意味となり、だれも奇跡ではなくなる。命というものは、作動するかしないかだ。

この命は早すぎる最期を迎えたが、原因は彼の――男子であることはわかっている――ＤＮＡの欠陥ではなく、ほかのだれかのＤＮＡか、本人が育った環境に欠陥があったからだ。

被害者Ａの年齢は、ＤＮＡ鎖についている染色体末端部位《テロメア》の長さによれば、七歳から十二歳のあいだ。出生前の栄養摂取が充分だったとして――トイ・マンが選んだ子供たちの生い立ちを考えれば、それは当たり前のことではないが――だいたい平均的な身長だ。一般には長寿や男性型の薄毛と関係する遺伝子を持っている。わたしにもその遺伝子がある。生え際は後退しておらず、寿命についてはまだなんとも言えないが。

民族的には、この少年はさまざまなグループの突然変異株を持っている。アフリカの遺伝子が優勢だが、中東、アイルランド、中央イタリアの遺伝子もある。純粋なアフリカ人だった祖先にくらべれば、肌の色は薄かっただろう。ＨＥＲＣ２遺伝子の青い目の因子とｇｅｙ遺伝子の緑の目の因子を持っているから、実際の目の色は緑だったのだろう。

アフリカ人を祖先とする人間にしては変わった特徴だが、北ヨーロッパにもルーツがあるのだから、それほどまれではない……。頭の奥で何かが注意をうながしている。

被害者Ｂのプロフィールを引き出してＤＮＡ情報に目を通す。民族的背景がＡと非常に似ているが、レバノン人とスカンジナビア人の遺伝子がある。じつに面白い。この子も青のHERC2と緑のgeyを持っている。

遺伝学的に見て、このふたりの被害者に緊密な関係はない。目の色を決める遺伝子が同じである確率は……

わたしはクリストファー・ボストロムの画像をパソコンの画面に出す。緑の目だ！　アーティスはどうだったろう。あの目は灰色で、銀色に近い。格別にめずらしい遺伝子で、じつはOCA2を含む遺伝子の組み合わせであなるのだが、まだ完全には解明されておらず、これも遺伝学のどうしようもなく複雑な部分だといえる。目の色を決める一部の遺伝子は厳密なルールにしたがうが、それ以外はなんの因子に左右されるのか、いまだに不明だ。

少なくともトイ・マンの被害者のうち三人は、緑か銀色の目をしていた。被害者Cはどうだろう。

その少年に緑の目の遺伝子はないが、OCA2の変則的な遺伝子ならある。この子の目も薄い色だったのだろうか。

ここまで偶然が重なれば無視できない。わたしはLAPDの研究所のサンジェイ・シブプリに電話をかける。

「サンジェイです」

「セオだ。ちょっと訊きたい。警察のDNA鑑定の結果はそっちにあるかい」

「こういうやりとりをすると思ってました」サンジェイが言う。

「その情報をくれと言ってるんじゃない。チェックしてほしいものがある。というより、探してくれ……」

「わかりましたよ。でも、これっきりにしてくださいよ。いいですね」キーボードを叩くあいだ会話が途切れる。「何を探すんですか。最初のファイルを開きました」

「HERC2と緑のgeyを見てほしい。どこに載ってるか知っているだろう」

「わかりますよ。あった……緑の目？　クリストファー・ボストロムの目は緑色じゃなかったですか」

「そう、緑だった」

「ですよね。一回で当たった。確率はどれくらいかな」

「わたしもそう思っているところだ。つぎを見てくれ」

「いいですよ。あれ……HERC2と緑のgey。変だな……」

アドレナリンが押し寄せる。わたしが見たのと同じふたつのサンプルを彼も最初に引き出したのか、それとも、被害者のうち四人まで緑の目だったのか。

「いいから。つぎへいってくれ」

「ちょっと待ってください。現時点では八人分しかわかってないんですよ。じゃあいきますね。ふうん、ちがった。茶色のHERC2だ」

「なるほど。犯人にとって厳重なルールではないのかもしれないが、ほかも調べてくれないか」

「いいですよ。四人目を見てみます。緑の目じゃないですね。五人目と六人目も調べましょう」一分後。「ありませんね。それにしても興味深い集団です。緑の目の子供がふたりいるなんて」

「それに、アーティスがいる。彼の目は銀色だ」

「犯人にはひとつの型がありますね。まちがいなく。それに見合う標的があまりいないのが問題ですが」

サンジェイの言った何かが引っかかり、わたしの頭を高速回転させる。

「待ってくれ」わたしはコンピューターにあることを入力して調べ、この配列でまちがいないと確認する。「ほかの子供たちはOCA2が変異した遺伝子を持っていないだろうか」

「ええと……ちょっと待って。へええ……持ってますよ。いやあ……じつに奇妙だ。あとの六人は全員同種類の変異株を持っている」

「犯人の一番の好みは緑の目というわけじゃなかったんだな」わたしはそう言いながら、パズルのピースが明確な像を結ぶのを感じる。

「でも、OCA2って……何を決定する遺伝子でしたっけ」

「たくさんあるよ。けれども、きみが見ている変異株を持った人間には、非常にはっきりした特徴があり、人に起こりうる突然変異のなかでこれほど目立つものはないだろう。色素欠乏症《アルビニズム》だ」

電話の向こうで深く息を吸う音が聞こえる。「こいつは大変だ」サンジェイが言う。「チェンに電話しないと。どうしてそこに気づいたんですか」

「悪いが言えないんだ」

サンジェイが上司に連絡できるように、わたしは電話を切る。事件の大きな突破口、行方不明のどの子供がトイ・マンと関係があるかを選別する方法を見つけたかもしれないと告げるがいい。

犯人が別の土地で活動中だとしても、これで突き止めやすくなるだろう。すでにプレドックスは捕食者がいる候補地をヒューストン、アトランタ、デンバー、シカゴとしている。わたしはアルビニズムのほか、赤毛のアフリカ系アメリカ人のようにはっきり目立つ変わった外見の人間を、キーワード検索で探すようプレドックスに指示する。

一時間後、その結果に目を走らせていると、ドアをノックする大きな音が聞こえる。

「邪魔しないでください」後ろに向かって叫ぶ。収集したサンプルをまだ箱詰めしていない。これを匿名で、なるべく早くＬＡＰＤの科学捜査研究所へ送らなくてはならない。

二度目のノックの音は前より大きい。

「いま行きます」わたしは起きあがり、はだしのままジーンズとＴシャツだけを身につけてドアへ向かう。

ドアをあけると、そこにはチェン刑事がＬＡＰＤの制服警官二名をしたがえて立っている。三人ともあまり機嫌がよさそうには見えない。

チェンがわたしの顔に一枚の紙を突きつける。「この部屋の捜索令状です。なお、証拠の改竄が明らかになったらあなたを逮捕します」

わたしは振り返り、自分のミニ研究室と、まだビニール袋のなかできちんと並んでいる死んだ子供の骨に目を向ける。

まずい。

34 取り調べ

わたしは取調室のテーブルについている。会議室でないとわかるのは、テーブルがすごく小さくて、手前の端のほうにボルトで留めてあるリングが手錠を通すためとしか思えないからだ。

さいわい、いまは手錠をはめられていない。とはいえ、この前つかまったときにいろいろあって車に乗り、その車が道で跳ね飛ばされ、跳ね飛ばした男がわたしを殺そうとして以来、わたしはより高度な手錠抜けの技を、その種の動画をユーチューブにアップしているオースティンの男から数時間かけて学んだ。また、仕事が終わってからは、総合格闘技の元チャンピオンでいまは医学生の男から護身術の訓練を受け、そのお返しに試験勉強の面倒を見ている。こうした技は理論上の知識だけにしておきたいものだ。

チェンとその隣のラウル・アビラ刑事は、状況を見ればわかるように、非常にはっきりと意思表示をしているが――少なくとも、わたしにそれが伝わるのをすごく真剣に望んでいるが――どうしてそこまでするのかいまひとつわからない。

確実にわかっているのは、これほどすばやく捜索令状を取れるのだから、すぐに対応してもらえる検事や親しい判事を警察がかかえている、ということ。

もうひとつ承知しているのは、この前似たような事態になったとき、わたしは自分の口を閉じていられず、あやうく殺人罪で逮捕されるところだった、ということ。

光と正義はこちら側にあるのだが、いまのところチェンはそう思っていない。わたしが自分用のDNAサンプルをどうやって手に入れたのかを知りたがっている。

それを公道で拾ったときちんと説明できても、わたしはやはり口を閉じておく。捜索令状を突きつけられた瞬間からこれしか言っていない。「電話をかけたい」

「クレイ博士、こうしたサンプルをいつ集めたんですか。通報の前？　それともあと？」

「電話をかけたい」

「正直に言ってくれたら電話する必要はないかもしれませんよ。とにかく質問に答えてください」

「電話をかけたい」こんどは、部屋の向こう端から監視しているカメラのレンズに向かって繰り返す。

「以前からあなたはずいぶん協力的でした。残念なことに、厳重な注意を無視していたんですね」

わたしは刑事たちのあいだの虚空にじっと目を据える。

「あなたが話してみて」チェンがアビラに言う。

「クレイ博士、一連の証拠を明確にしておくのは大変重要なことなんですよ。こんな改竄をすれば、事件全体が解決不可能になりかねない」アビラが言う。

「電話をかけたい」わたしはこのふたりに、自分のサンプルは一連の証拠の外にあり、いままで証拠とされたことは一度もなかったと伝えたいが、そんなことを言えばあぶない橋を渡ることになる。

チェンが苛立ってくる。「一時間以内にあのドアから出してあげてもいい。それがいやなら正式にあなたを告発し、弁護士が罪状認否手続きをするあしたには――仮にあしただとして――あなたの名前が〝証拠の改竄〟ということばとともに新聞に載るんですよ」

わたしは何も言わないが、それを聞いて思わず笑みを浮かべる。彼女がこの事件でそれだけは見出しにしたくないのを、どちらもわかっている。そんなことをしたら、すべての法医学的証拠を覆《くつがえ》そうとする被告人側弁護士を助けるだけだ。

わたしのにやけ顔の意味に気づいたのだろう、彼女は攻め方を変える。「あなたを逮捕できる理由はいろいろあります。体組織の窃盗《せっとう》。衛生法違反。不法侵入。重罪もいくつかあります。実刑ですよ。罰金ではなく」そしてアビラのほうを向く。「そうよね」

「そうですとも。しかし、説明してもらえるなら釈放も可能だ。どうしますか」

「電話をかけたい」

チェンが赤くなる。「いいのね。わたしたちがここで時間をつぶせばつぶすほど、犯人を追跡する時間はなくなるけど」

わたしはぼそりと言う。「わかってるさ」

アビラが怒ってわたしをにらむ。「この野郎」

「いいんですよ、クレイ博士。勝手にしてください。これから正式な手続きを取ります。今夜は本物のすてきな備品つきの監房でお過ごしください。運がよければあしたじゅうに罪状認否手続きとなり、公選弁護人より信頼する弁護士を見つけられれば、一日かそこらで出られるでしょう。そのあいだ、警察がホテルの部屋で何を発見してこうなったか、報道陣には好きなように書いてもらいます」

「逮捕手続きの際に〝禁制品の所持〟といった幅広い用語を使ってもいいですか」アビラはチェンに尋ねることでわたしを脅そうという魂胆だ。

わたしはなるべく超然とした態度を崩さない。大切にしてきたわたしのささやかな世間体がしばらく前に消えたことを、このふたりはわかっていない。

チェンがドアを叩くと、警官がやってきてわたしに手錠をはめる。

勾留手続き区域のほうへ歩かされているとき、チェンが大声で言う。「もうわざわざ連絡をいただかなくてけっこうですよ。あなたとはこれで終わりですから」

つぎの一時間で屈辱的な手続きが進行する。だいたいどういうものかと言うと、はみ出し者の悪党が集まるそばでプラスチックの椅子にすわり、名前が呼ばれてからいろいろな部屋へ連れていかれ、指紋を採られ、写真を撮られ、禁制品に関して徹底的な、でもあまり医学的ではない検査を受ける。

最後にようやく電話つきの狭い個室へ通され、わたしは通話を許可される。

ジョー・ヴィク事件のあと、長引く余波から抜け出すときに世話になった弁護士がモンタナにいるが、ロサンゼルスではあまり助けにならないだろう。

そこで、弁護士に電話せずにもっといい方法をとる。友人のジュリアン・スタインに連絡すればいい。ジュリアンはベンチャー投資家及び科学への熱心な支援者であると同時に、評判の悪い意見も恐れずに支持する因習打破主義者でもある。

「やあ、セオ！　どうした。あの研究所は役に立ったかな」

「まあそうなんだが……」

「おいおい。どうしたんだよ。また追いかけられてるのかい」

「いや。それより悪い。警察にいる。いい弁護士を知らないか」

「いまつかまってるのか」

「そうさ。勾留手続きを終えたところだ」

通話をスピーカーフォンに切り替えたらしく、携帯電話をタップする音が聞こえる。「ロサンゼルス市警察か」

「それだ」

「何があった。もうじき九時じゃないか」

「あしたの罪状認否手続きにだれか来てくれたらとても助かる」

「ばか言え。今晩自宅のベッドで眠れるさ」

「自宅はオースティンだけど……」

「なに、ジェットをさしむけるさ」

「弁護士が必要なだけだ」

「ちょっと待て」さらにタップする音。「彼女が向かっているところだ」

「もう？」

「はいよ、先生。メアリー・カーリンだ。聞いたことあるか」

「ああ。CNNやFOXのチャンネルで見かける法廷弁護士だ。ちょっとした広告塔かな」

「そうとも。だからこそ、きみにぴったりだ。大事なのは、彼女が法廷で何をできるかではなく――彼女が来るのを見て警察が何をするかだ」

35　司　法

二時間後、わたしは赤いテスラ・モデルXの助手席におさまり、車の流れをすばやく通り抜けていくメアリー・カーリンを横目に、テスラのCEOイーロン・マスク率いるエンジニアたちが噂にたがわず優秀であることを祈る。

小柄な五十歳、真っ赤な髪とまくしたてたら止まらない口を持つこの女性が、連邦保安官を連れて警察署へ押しかけたので、わたしは晴れて自由の身となり、靴を脱ぐ暇さえなかった。そのつむじ風にあおられて、まだ混乱している。

「ダベンポート判事のおかげよ。彼があなたの釈放を命じたんだから」

「判事はあなたに便宜を図ったんですか」

「まさか」また一台プリウスを抜く。「ありえない。わたしを憎んでるもの。こう言っただけ。もしあなたが拘置所で夜を明かすことになったら、わたしはあなたが出てくるのを待ちながら記者会見を開き、LAPDがあなたを逮捕したのは自分たちの捜査の不手際にうろたえて、訴追できなかったときのスケープゴートがほしかったからだ、と説明するつもりだって」

「へええ、そんなふうには考えませんでしたよ」

「警察が何をたくらんでいるのかさっぱりわからないけどね。でも、連中を動かすにはそれで充分だった。ところで、いったいなぜ逮捕されたの」

「ほんとうに何も知らないでわたしを外に出してくれたんですか」

「逮捕手続きの記録簿には目を通した。かなり曖昧な内容だった。それがまずかったわね。警察はへまをやらかした。説明してもらわなくてもわかる。あなたの弁護士なんだから。それに、ものすごく面白そう」

「ウィンブルドンの家の近くで、ごみの詰まった雨水管にあったものを持ち帰ったんです」

「そこは公道？」

「ええ」

「なんだ、ならだいじょうぶ。ごみが詰まってたの？　環境保護庁の規定に市は違反してるわね。そこが貧困地域なら、これも連邦政府の助けが必要ね。つづけてちょうだい……」

「ええと、骨をいくつか発見したので、独自の分析をするためにDNAを抽出しました」

「すてきじゃない！」彼女はそう言って相乗り専用車線を疾走《しっそう》する。「それって犯行現場から持ち出したんじゃないのよね」

「ちがいます。警察はそこにあったことすら知らなかった」

「どこにあったのか、警察は知ってるの」

「いいえ。わたしが口を閉じていましたから。通報の前後にわたしがウィンブルドンの家から持ち出した、とチェン刑事は思っているようです」

「ほかにも証拠を持っているかと訊かれたことはある？」

チェンに五、六回は訊かれた。モンタナのときのようにわたしがサンプル集めをしていそうで心配だったのだろう。「ええ、何度も。わたしは持っていないと答えました。それはほんとうです」

「尋問のビデオの提出を要請するわ。彼女はいやがるでしょうね。でも、犯行現場からは――犯行現場になる前からも――何ひとつ持ち出さなかったんだから話は簡単よ。この件であなたをつかまえることは二度とできない」

「しゃべったほうがよかったんでしょうか。そうすれば、お互いこんな面倒なことにならなかったかもしれない」

「ぜったいだめ！　連中が何をしようとしてるのか、あなたはまったくなんにもわかってないんだから。口を閉じてていい子だったわよ。それで、そのサンプルだけど、ものはなんなの」

「骨です」

「うへぇ。警察はそれをホテルの部屋から押収したのね」

「そうです」

「それをどこへ運んだか彼女は言った？」

「たぶん、ウィンブルドン事件を担当している研究所へ送ったと思いますよ」

「あらまあ！　やらかしてくれるわね」メアリー・カーリンが興奮する。車内のスクリーン上のボタンを叩く。

「なんでしょう」若い女性の声が尋ねる。

「ダベンポートを出してちょうだい」メアリーが言う。

「少々お待ちください」

メアリーは運転に集中しようとする前に、わたしへ目を向ける。「それはあなたの所有物よ。あなたに送達した令状をもって、それを証拠品に加えることはできず、ウィンブルドン事件の一環と見なすこともできない」

「わたしは警察に渡すのがいいと思います」

「わたしもそう思う。でも、あなたを脅すために使われるとしたら話がちがう」

「こんどはなんだ、カーリン」老人の不機嫌な声が聞こえる。

「そちらのＬＡＰＤの刑事ができそこないの令状で人の所有物を押収し、ウィンブルドンを担当中の研究所に送ってしまったらしいの」

「それで？」

「それで？　そうね……評判がガタ落ちになるのがいやだったら、ロー判事に電話して、子飼いの刑事たちに尻ぬぐいをさせるように言ってちょうだい。なるべく早くね。わたしのクライアントは厳罰に処せられるところだったのよ。とにかくその人はね、ＤＮＡなんたらをその家とはまったく関係ない公共の場所の雨水管で見つけたの。こっちは不法逮捕をめぐる訴訟についてクライナーともう話してるところよ」

「いいや、それはないな。彼はわたしといっしょにここにすわってるぞ」

「あらそう、彼とはすぐに連絡がつくもの。どこにいても同じよ」そしてわたしに訊く。

「ほかにも取られたものはある？」

「パソコンと銃です」

「もうめちゃくちゃ。いまの聞いた？　ローと連絡がついたら、あなたから始末のつけ方を教えてあげたらどうかしら」

「自分で一発やってろ、くそカーリン」

「そうするしかないわね。この街にはちゃんとやれる男がひとりもいないもの」そう言って〝終了〟ボタンを押す。

わたしはあっけにとられてただ彼女を見つめる。いま何が起こったのかまるでわからない。

メアリーはわたしの顔に気づく。「〝銃を抜くなら使う覚悟でいろ〟っていうのを知ってる？」

「ええ……」

「警察はひどいはったりをかましました。チェンやだれかがあなたを脅すことにしたのね。たぶん検事のグラスリーが段取りをつけて、あなたをつかまえろと警察に言った。問題は、警察があなたを、犯罪を懸念する市民ではなく、犯罪者として扱ったことよ。無礼なんてもんじゃすまされず、しっぺ返しを食らった」

「でも、これって今回の件に影響があるんじゃないですか」

「まったくないわよ。あなたの持ち物は今夜じゅうにLAPDから届けられるでしょうね」

「ウィンブルドン事件のことですよ。影響するじゃないですか。重要なのはそこです」

「ああ、それね。そうそう。あなたが正真正銘いい人だって忘れてた。ちがうのよ。警察があなたの邪魔をしたのは、犯人に目星がついたのであなたをだまらせたかったわけ」

「なんだって？　目星がついた？」

「あなたにはまだ言ってなかったけど、警察はブラジルに引き渡しを求めてる。指紋と血液が向こうで服役中のだれかのものと一致したんでしょうね」

「そんな」

「警察はラッキーね。ギャングが雇った殺し屋ですって。二、三カ月前にブラジルでつかまったそうよ」

「待ってくれ、二、三カ月前？　それじゃおかしい。こちらでわかってる最後の被害者が消えたのは、一カ月前だ」

メアリーが首を横に振る。「どういうことかわたしにはわからない。とにかく警察は犯人を見つけたと思ってる」

「たぶん警察はまちがっている」

メアリーはホテルの私道へはいって駐車場に車を停める。「なんと言うべきかわからないけど、いずれにしても、警察はあなたの言うことに耳を傾けないでしょうね。勝手にその男を連れてくればいいのよ。一致しない証拠があれば仕切り直しになるかもしれないし」

「でも、それまでに何カ月も……」

「まあいいじゃない。やれることはやったんだから」

「それはどうかな。真犯人がどこかにいるのに」

「まあね。でも、こんどチェンがドアをノックするときは、申し分なく完璧な仕事をするのはたしかね――あなたを罠にかけるかもしれない。手を引いたほうがいい、というのが専門家としてのアドバイスよ。わたしは何度も手品を見せるぐらいしかできない」

わたしは車のドアをあける。「どうもありがとう。ええと……支払いはどうすれば」

「あなたががんばって戦ってるから、きょうはわたしのおごりよ。次回はジュリアンに高い請求書を送る。おやすみなさい。それから、朝食までにパソコンが返ってこなかったら電話して。あ、それと、DNAだかなんだかを預かっておくようにと、わたしから警察にうまく伝えておくわね」

車が走り去るのを見送りながら、わたしは調査をどのようにつづけるべきか考える。犯人がブラジルにいるという説が事態を変えようが変えまいが、はっきりするまで待ってはいられない。

あのときドアがノックされる前に、プレドックスが何かの信号を発していた。以前は見られなかったパターンで、何かありそうだ。いままでより事態がずっと差し迫っているのかもしれない。

36 新事実

早々にもどってきたノートパソコンの前で何種類かの色の帯がカーブを描く図をながめ、プレドックスに出す問いを考えながら、わたしは科学の贈り物に思いを馳せる。人間は新しい真実を発見したとき、新しいものの見方も手に入れ、見える光景が変わることがある。

ニュートンの新しい数学によって、それまで知られていなかった惑星の軌道が明らかになった。空間のゆがみを考慮したより精緻な科学、アインシュタインの相対性理論によって、火星の軌道が太陽に近づくのをニュートンの数学では正確に予測できなかった理由がわかった。

最近では、太陽系の外側を取り巻くはるか遠くの氷の天体群、オールト雲を天文学者たちが三次元マップで見て、奇妙なパターンに気づいた。傾いたボールに入れられた水さながら、天体群が片方へ寄り集まっている。まるで何かに引っ張られているかのように。

そのことから、太陽系にはまだ知られざる惑星があるはずだという理論へ行き着く。もとは第九惑星だった冥王星《めいおうせい》を天文学者たちが惑星ではないと決めなかったなら、それは第十惑星と呼ばれていたはずだ。

まだ仮説とはいえ、このあらたな第九惑星の存在を裏付けるデータは増えるいっぽうだ。これを観測して完全に事実と見なしている天文学者たちは、さらに別の発見をした。太陽は黄道面に対しておよそ三度傾斜しているというのが長年の定説だった。

太陽系はただそのような、家がわずかに傾いているような形で安定しているとしか、ほかに説明のしようがなかった。しかし、もし太陽系の果てに非常に重い物体があれば、それが太陽系内部に与える影響は無視できないことに、第九惑星を発見した天文学者たちは気づいた。果てしなく長い梃《てこ》を使うのに似て、その力が太陽系内の惑星をわずかに傾け、そのため太陽が傾いているように見え、実際人間も……。とにかく、科学者の理論ではそうなる。

トイ・マンが獲物を選ぶおもな条件が——誘拐のしやすさだけでなく——被害者のめずら

しい外見だったという事実を認めたとき、わたしは事件全体を新しいレンズで見渡すことができた。これがもしほんとうなら、これ以外のこともほんとうだろうか。

トイ・マンが一風変わった審美眼で被害者を選んだとして、ほかにどんな要素が選択に影響しただろうか。

すべての殺人には、少なくとも五つの重要な要素がある。被害者、殺害の手口、場所、時期、加害者。このうちのひとつ以上がわかれば解決する可能性がある。けっして気まぐれな犯行ではないという前提に立てば、これはむしろ方程式に近い。

トイ・マンの獲物選びは、わたしがはじめに思ったような無計画なやり方とはほど遠い。手口——ナイフによる殺傷——については、法医学的データをもっと持っていれば何かわかりそうだが、わたしは持っていない。場所は、少なくともウィンブルドンの遺体に関しては一カ所で、家の住所と同じだが、ぜったいそうだとは決めつけたくない。トイ・マンがウィンブルドンの住居を去って何年も経ってから、ラトロイをどこか別の場所で殺したのはまずまちがいない。また、犯人の身元はわからないが、三人の子供が被害に遭った時期はだいたい特定できる。アーティスが殺されそうになった日も、クリストファーとラトロイが消えた日も。

考えるべきは、その日がつごうがよかったから犯行に及んだのか、それとも、あえてその日を選んだのかということ。つごうがよかった場合、トイ・マンには仕事や旅行のつごうがあり、その日たまたま獲物に出くわした。あえてその日にした場合、その日に殺す理由があった。

クリストファーが誘拐されたのは、二〇〇九年三月二十二日。ラトロイが消えたのは、今年の二月十五日前後。警察の報告書では、アーティスが被害に遭ったのはクリストファーが消えた年の六月十九日。

ひと目見ただけでは、こうした日付に宗教的意味合いがあるとは思えない。個人的な意味があるとしても、トイ・マンと話をしないかぎり、それを見つけるのはまず不可能だろう。わたしはその日が満月かどうかプレドックスに問うが、ちがうという答なので、トイ・マンは狼男ではなさそうだ。

さらに、殺人の間隔に関連した数字が何かないかと問うと、プレドックスは三百五十四時間という答を吐き出す。

三百五十四時間と言われてもすぐにはピンと来ないが、やがて、プレドックスが最も関連性の高い答ではなく、最も正確な答を出すという事実を思い出す。

三百五十四時間を二十四で割ると二十九・五日。月の周期と同じだ。

いいぞ。満月についての最初の直感はだいたい合っていたが、細かい点ではちがっていたわけだ。

それぞれの日付をもう一度見てから、脳が正しい答を得てよろこぶときの軽い戦慄《せんりつ》を覚える。

子供たちは満月のときに殺されたのではなかった。殺されたのは（アーティスの場合は殺されかけたのだが）新月の夜だった。

　これにどのような意味があるかを考えた場合、すぐに思いつくのは、トイ・マンが裸で裏庭をうろついて、近所の目を気にせずに遺体を埋められることぐらいだが、別の意味では大発見だ……

　統計によれば、カリフォルニアではいままで約千人の子供が行方不明になっているが、平均すると、そのうち三十五人が新月の夜にいなくなった計算になる。

　これで調査の範囲が狭《せば》められる。緑の目か、ＤＮＡ検査の結果と同類の特徴を持っていて、新月のころ誘拐された子供たちを調べればいい。

　残念ながら、トイ・マンは行方不明者リストに載りにくい子供たちばかりを狙っているから、データがあまりないかもしれない。

　これと一致する行方不明事件をプレドックスに問うと、その答がわたしを凍りつかせる。

十八日前。ラトロイがいなくなって、もうひとまわり月の満ち欠けがめぐったころだ。調査に乗り出すちょうど十日前に当たる。

ヴィンセント・ラモント、十三歳、ジョージア州スネルビルで行方不明。アトランタから二十五キロほど離れた郊外だ。

　この子は色素欠乏症《アルビニズム》だった。

　わたしはカリフォルニアの過去十年間の行方不明事件を、新月の時期とトイ・マンの好みの外見をもとに検索した結果、いまだに説明がつかないそうした条件を満たす子供を、少なくともあと十二人発見する。

トイ・マンはロサンゼルスにひとつかそれ以上、殺しの場所を持っていたにちがいない。問題は、そこを探してなにかしらの手がかりを見つけるか。それとも、ジョージアへ行き、やつを見つけられるかどうかやってみるか……

一方の道を選べば、より多くの法医学データを得られる可能性がある。

もう一方の道を行けば、以前の二の舞となって死にかけるかもしれない。

指が勝手にチケットを予約し、脳が追いついていかない。

チェン刑事が根拠の薄い線を追うのなら、わたしは自分でつかんだ手がかりをたどっていこう。また殺しが起こる前に犯人をつかまえられるのなら、だれが正しいかはあまり問題ではない。

37　張りこみ

ジョージア州立大学のすぐ北にある〈シェラトン・アトランタ〉の一室に、わたしは自前の作戦本部を設置した。わかっている被害者全員の情報はプリントアウトしておいた。トイ・マンが現れた場所を示したロサンゼルス中南部の地図と、見こみのある事実や仮定を書いたメモカードは壁に貼ってある。

新月の日まで印をつけられるように、大きな壁掛けカレンダーも用意する。あと二週間もない。

トイ・マンがつぎの新月に犯行に及ぶと信じる直接の根拠はないが、殺人に何か儀式的な意義があるとすれば、大いにありうる話だ。

やつはニュースを見ていたはずだ。警察が昔の住居をくまなく調べて犯人を捜しているのを知っている。迷信深い人間の場合、ひょっとしたら身を守るために殺しをつづけようと思うのではないか。

いや、ちがうか。敵がどう考えるかは見当もつかない。

それに、チェンたち捜査班が犯人ブラジル説をいつ発表してもおかしくない。発表されれば――ブラジルの容疑者は警察が期待する本物ではないと仮定して――トイ・マンはこう思いこむ。またうまく抜け出せた、これからも好きなだけ殺せる、と。

そうさせてはいけない。

どうしためぐり合わせか、わたしはアトランタにいる。ここは、連続殺人犯のプロファイリングがはじめて現実世界の大きな試練にさらされた土地だ。

一九七九年から八一年にかけて、子供と大人合わせて二十人以上が殺害され、そのうちの大半が十八歳未満だったため、アトランタ児童殺人事件と呼ばれた。

遺体発見が六回つづき、ようやく当局は連続殺人犯が野放しになっていると気づいた。いわゆる黒人の事件《ブラック・クライム》だったので、警察は、被害者が白人だった場合と同じ結論を引き出すのをためらった。理由はいろいろあり、ほとんどが人種間の問題だが、人種差別をしたわけではない。それでも、残念な結果に終わったことに変わりはなかった。

捕食者の徘徊《はいかい》がひとたび知れ渡ると、遊び場から子供の姿が消え、住民は警戒し、いくつもの噂が広がりはじめた。

このあたりは一世代前まで白人至上主義団体KKKがおおっぴらに活動して、何十件も殺人事件を起こした地域だった。KKKのメンバーのなかには、法執行機関で働いたり、公職についている者がいまだにいた。

それは昔の名残《なごり》だと主張する者もいたが、ウェスト・バージニア州のKKKの元勧誘担当ロバート・バードが、ワシントンDCで民主党上院議員をつとめていたことを考えると、その意見を完全に受け入れるのはむずかしかった。

地元のKKKのリーダーが録音した恐ろしい演説は、問題を悪化させただけだった。リーダーは一連の殺人を褒めたたえ、その後何年もつづく陰謀説に火をつけたからだ。

しかし、FBIのプロファイラー、ロイ・へーゼルウッドは、黒人の警官が運転する警察車両に乗って黒人居住地域をまわるとき、自分の白い顔を見て住人が家へ引っこんだり、路上からいなくなることに気づいた。

これが犯人像を探るうえで大きな決め手となる。このような地域に白人の男がはいっていけば、とくに殺人事件が知れ渡ったあとでは、かなり大きな注目を浴びただろう、とプロファイラーたちは考えた。

そこで、地域住民の信条やマスコミの憶測をものともせず、ヘーゼルウッド率いるFBIチームは黒人犯人説を提言する。そして、従来の連続殺人の事例に基づいてさまざまな推定をした。犯人は若い。警察マニアだ。おそらくひとり暮らしか、そうでなければ両親といっしょだ。

残念ながら、そうしたプロファイルがある程度犯人像を狭めても、それと一致する若者はまだ無数にいた。

捜査当局が知りたいのは犯行のパターンだった。被害者は貧しく、数ドルの金やうまい話で知らない人間についていくようなタイプだったが、事件が報道されはじめると、犯人の死体の処理方法が変わった。

犯人は辺鄙《へんぴ》な場所に死体を捨てるのをやめ、もっと簡単に見つかる場所に放置するようになった。しかしそのやり方も、法医学の専門家が報道陣になにげなく言った〝犯人は手を変えて、証拠隠滅のために遺体を水中に捨てるかもしれないね〟ということばを機に終わった。

マスコミに口を滑らせたこの大失態は、じつは捜査当局に有効に利用された。FBIプロファイラーのジョン・ダグラスはこう考えた。公表されたからには、犯人はチャタフーチ川を見渡せる橋などを探して遺体を捨てるのではないか。

懸命の捜査のなか、当局は警官のほかに警察学校の訓練生までもその地域のすべての橋の近くに配置し、犯人が現れるのを待った。

ひと月張りこんだが、十二カ所の橋のどこにも犯人は現れず、翌日の作戦中止が決まった。

ウェイン・バートラム・ウィリアムズにとっては不運なことだったが、彼がその夜ジェームズ・ジャクソン・パークウェイ橋から死体を捨てたとき、橋の下では訓練生が監視中だった。

その若い訓練生が水の跳ねる音を聞いて、道に張りこんでいた警官へ無線で知らせ、ウィリアムズはつかまった。

遺体の回収には数日かかり、別の被害者の遺体が流れ着いた場所から約百メートルの地点で発見された。

ウィリアムズは釈放されたが、常時監視された。自宅の庭先でいきなり記者会見を開いて警察をあざ笑い、嘘発見器にも引っかからなかったと自慢さえしたが、捜査当局は着々と立件の手続きを進めた。

ついにウィリアムズは二件の殺人で裁判を受け、そのほかにも二十数名の死にかかわったとされている。

公開されたＦＢＩのウェブサイトでこの事件の資料を読んでいくと、立件までの地道なプロセスがわかってとても参考になる。何が重要で何がそうでないか、はじめはなかなかわからないものだ。

プロファイリングは強力な手段となってきたが、自信過剰のプロファイラーが事実よりも直感を重視して捜査の方向を誤ることは一度ならずあった。

わたしの英雄リチャード・ファインマンはこう言っている。〝きみの理論がどれだけ美しいかは問題じゃない。きみがどれだけ賢いかも問題じゃない。実験してだめなら、それはまちがっている〟

わたしは人間心理の専門家ではないし、犯罪者をつかまえるために刑事が取る手続きすらよく知らない。それでも、守備範囲がはっきりしないなりに科学者であり、目の前のサンプルから真実を告げられるのには慣れている。たとえば、クモや葉に擬態するアリに出くわしたとしても、アリ自身がわたしをだまそうと思っているわけではない。

ところがトイ・マンは頭のいい自由契約選手よろしく、自分の遺伝的特徴の範囲を越えて行動を修正し、わたしには予想もつかない形で環境に順応することができる。

FBIプロファイラーの手もとには参照して推理の材料とすべき事件資料が何千とあるが——たとえば、ある種の刺し傷と婦人靴への異常な執着との相関関係とか——わたしの調査の土台は、いまのところスプレッドシートのオイラー図が示す集合体の相互関係に当てはまるものに限られている。

連続殺人の場合、ほとんどの捜査は殺人のピーク時を過ぎてからでないと開始もされないという悲しい現実がある。さらに悪いことに、ひとたび捜査がはじまっても捜査陣はさらなる死体が積みあがるのを待つしかない。

できればそうならないようにしたい。

ベッドの端にすわり、手の内の限られた事実と、さらなる殺しの前になんとしてもトイ・マンをとらえたいという渇望を突き合わせるうちに、わたしは論理という自分の安全圏から踏み出すしかなくなる。

アーティスから聞いた外見と、どこのものかわからない訛りのほかに、この男の特徴について漠然とした考えはあったが、そこからわかることはあまり気持ちのいいものではない。

やつはわたしとは無縁の精神を持っている。

わたしが住んでいるのは検証可能な予測をする科学の世界だが、トイ・マンがいるのは魔術の領域だ。

そして、魔術が決めることはまったく予測がつかない。

38 信仰体系

講堂の後ろのほうにすわり、ミリアム教授の話に耳を傾ける。灰色のショートヘアで小柄な黒人女性の教授が講堂じゅうに力強い声を響かせるなか、学生たちが真面目にノートをとり、ペンテコステ運動の広がりについて気軽に質問をする。

彼女がフィンランドやブラジルなど、ほうぼうの国の教会を訪れたときの体験談に、わたしは思わず聞きほれる。わたしと同様、キャンパスから外へ踏み出すタイプの学者だ。

授業が終わってめざとくわたしを見つけた教授が、正面テーブルのほうへ手招きする。

「あなたがセオ？　こちらへどうぞ」

理解できなかった学生たちの質問に教授が答えるあいだ待たされるが、自宅の裏庭で毎週開いているらしいピクニックの集いに彼らを誘うのを見て感心する。そこでも質問に答え、学生たちが絆を深め合う機会を作っているのだろう。

ふたりきりになると、教授はテーブルの反対側の椅子を勧める。「まずはじめに、連続殺人犯のことは何ひとつ知らないと警察にはいつも言ってるんだけど、あなたのメールはとてもていねいだった」

「ありがとうございます、教授」わたしは言う。「わたしもあまり知らないんです」

「ミリアムと呼んで。わたしの授業で及第点を取れたら〝おばさん〟でもいいわよ」にこやかに言うところを見ると、その特権だけで充分やる気を引き出せるのだろう。

儀式と魔術の専門家を探しているうちに彼女の研究にたどり着いた。アメリカにおけるこの種の信仰についてかなりの量の論文を書いていて、ほかの学者も決まって引用している——すぐれた研究である証拠だ。

「魔術についていくつか疑問があって。わたしは、ロサンゼルスの殺人事件に関与した連続殺人犯について調査をしているところです」

「調査ですって？」疑わしげに教授が言う。「モンタナでやったたぐいの？」

「今回はちがう結果になればいいんですが」

「それで、わたしと話すためにわざわざこんなところまで来たの。もっと気の利いた答をくれる人間がカリフォルニアには大勢いるでしょうに」

「そうでもありません。たまたまこの地域へ来たので、儀式について少しお尋ねしたかったんですよ」

「そうねえ。メールで伝えたとおり、ある種の魔術か儀式が関係していそうな事件について、警察からときどき意見を求められるけれど、問題なのは、人間にはほんとうは関係していないのにあると思う傾向があるということ。たしかに、五芒星《ごぼうせい》を描いたり、悪霊を見たとかいう手紙を新聞社に送りつけたりしたがる連続殺人犯もいるけれど、だいたいは自分の行動を正当化するための言いわけを探している病《や》んだ人たちよ」

わたしはうなずく。

「そしてつかまったあとは、自分の物語を作りあげる。赤毛の少女を見て勃起したというよりはずっと手のこんだ話をね」声をあげて笑う。「ごめんなさいね――ときどきこんな言い方になるのは、学生の注意をそらさないためなの」

「彼らの心を完全につかんでいるようですね。あなたは並はずれた講師だ。うらやましいですよ」わたしは心から言う。

「秘密を教えましょうか」教授がテーブル越しに身を乗り出す。「わたしは学生たちを愛してるの。やる気のある学生をとくにね。自分の子供として見る。学生がいい大人でも、やっぱりわたしたちは親みたいなものよ。わたしはそう思ってる。子供はいるかと訊かれたら、千人の学生のことを言うわ。それにしても、なぜその殺人犯が、ある種の変わった信仰を持っていると考えるの」

「ふたつのパターンがあるんです。被害者は緑の目を持っているか、あるいはアルビニズムのような変わった特徴を持っているか、そのどちらかです」

「それは面白いわね。どうやって選ぶのかしら」ミリアムが尋ねる。

「ひとつには、被害者は全員貧しく、崩壊家庭の子供です。でも、標的を見つける手段としては、もしかしたら、犯人は大勢の子供たちに出会う場所でなんらかの役割をこなしているか、記録を入手できる立場にいる。それで標的を探しやすいのかもしれません」

「たとえば児童福祉の関係者とか？」ミリアムが言う。

「そうです。だとすると恐ろしい話です。犯人は大変な量の情報を手に入れられるでしょう。とはいえ、複数の州で犯行を重ねているとすれば、特定の地方行政機関で働いてはいないのかもしれない」

「全国のそうした記録を処理する会社ってあるかしら」

うがった質問だ。可能性のあるベクトルとして、プレドックスが州のソフトウェア・コンサルタント会社をひとつ表示したことがあった。「いくつもの州から仕事を受ける請負業者かもしれない。地元で仕事を引き受けている下請けの可能性もある。その線も追ってみましょう。けれども、わたしがあなたに会いにきたのは、被害者がめずらしい特徴を持っていたという以外に、すべての殺人がどうやら新月の日におこなわれたらしいからです」

ミリアムの態度が硬くなる。「それはニュースにない情報ね」

「そうなんです。わたしがこれに気づいたのは、犯人がこだわっていそうな要素を探しはじめたときですから」

「警察は知ってるの」ミリアムが訊く。

「メールで伝えましたけど……」チェンはわたしの電話にまちがっても出ないだろう。捜査班のだれかと連絡を取ろうとすれば、かならず留守番電話の声が返ってくる。

ミリアムが金色のネイルを施した爪でテーブルを軽く叩く。「めずらしいわね。じつは、とても強い魔術と関係があるのよ」

「だからこそ、あなたと話をしたかったんです。ブードゥー教についてはずいぶん調べました」

ミリアムがくすりと笑う。「ブードゥーですって？　クレイ博士、多くの場合、それはユダヤ教を異教崇拝、または、ローマ人がキリスト教を〝あのユダヤの新しいあれ〟と呼ぶ程度の正確さね。広範囲に伝わったことばだから、本来の意味を失ってしまったの」

「なるほど、だからこそあなたに会いにきた。わたしは教えを請いにきた無知な生物学者です」

「もういいわよ。あなたがよく知っているブードゥー教はおそらく、アフリカの奴隷《どれい》が民間伝承とカトリックの教義を混ぜて集めたものね。でも、わたしたちがブードゥー教と呼ぶものの多くは、アフリカ以外の場所に実在するアフリカの信仰体系のこと。

ほとんどの信仰体系はコーランや旧約聖書のような教典を持たずに極端に実利的になり、ほかのものをなんでも取り入れて、うまくいけば定着する。ニューオーリンズのブードゥー教にはカトリックの教義がたくさん埋めこまれているし、ブラジルのほうでは当地の土着の信仰が組みこまれている。

あなたも知っているはずだけど、緑の目とアルビニズムはだいたいどの文化でも超自然のものと考えられている。その人たちは神にはっきりと印《しるし》をつけられたのだから。問題は、それが邪悪の印とされ、その人たちが軽蔑《けいべつ》の対象となる文化もあるということ。アフリカでは〝魔物〟と呼ばれ、毎年千人以上が僻地《へきち》の村で殺されている。アメリカでも割合最近まで、ある特定の先天性母斑が魔女の印とされていたのと似ていなくもないわね」

「この男が子供たちを殺したのは、彼らを呪われた者と思ったからでしょうか」

ミリアムがしばらく考えこむ。「そうかもしれない。でも、そのような儀式殺人が共同体でおこなわれる場合、殺されるのはみんなが知っていて、不幸をもたらしたとされる人間よ。その子供たちは前から犯人と知り合いではなかったと思うけど。そうよね」

「たぶん」わたしは答える。

「遺体はどんな状況だったの」

「わたしが見たのは骨と小さな靭帯《じんたい》だけです。警察が地中で何を発見したかは知りません。それについて警察は完全に沈黙を守っています」

「それで、あなたが見た骨はつながっていた？」

「いいえ。ほとんどがばらばらに分かれていました」

「興味深いわね……」とミリアム。「すごく興味深い」

「何がですか」

「遺体は切り刻まれたようね」

「ええ。そうしたほうが処理しやすいからでしょうね」

「でも、埋めるための広い裏庭があるんだから、そこまでしなくてもいいでしょう。その子供たちは肉として解体されたのかもしれない」

わたしの胃がひっくり返りはじめる。「なんのために」

「犯人は魔物をただ殺すのではなく——魔術にまつわる目的があって、体の特定の部分を切り取っていた」

わたしは吐きそうだ。「では、それは儀式なんですか。カルトみたいな」

「儀式、そうね。たぶんカルトではない。そして、あなたが気づいているよりも事態はずっと悪い」

「だれかが小さな少年を魔術のために切り刻むより悪いこととは、いったいなんですか」

答を聞いて、わたしは口をきけなくなる。

「食べてもいた」

どちらも無言ですわっている。彼女の言ったすべてが理屈に合うが、その儀式が自分の感覚からあまりにもかけ離れ、あまりにも実践的なので、わたしは同じ結論に達することができない。

「とにかく警察の活躍に期待しましょう。容疑者がブラジルでつかまったんじゃないの？」

わたしはゆっくり首を横に振る。「ええ、関連はあるのかもしれませんが、本人ではないと思います。最後の子供が行方不明になったとき、その男は監獄にいましたから」

「それはニュースで聞かなかった」ミリアムが言う。

「そうですね。警察はすべての殺人事件はロサンゼルスで起こったと考えています」

ミリアムの目がわたしの目を射貫く。「そんな、まさか、ここじゃないわね……。ここでまた……」

39 薬草店

どんな形にせよ、呪術にかかわった経験はこれまでにも何度かある。巻きこまれた場所は、遠方の家族がわたしを通わせようとしたテキサスの教会だったり、学術調査中にシャーマンや呪医に出遭った南アメリカのジャングルだったり。現地の人々の機嫌を取って、出された薬を飲んだことさえあり、気がついたときは樹上でクモザルの鳴き真似をしていたものだ。十年経ったいまでも、アマゾンでフィールドワークをしている研究仲間は、アメリカのモンキーマンはいつ帰ってくるのかと現地の人々に訊かれるそうだ。

それでも、アトランタの比較的貧困な地域にある〈イェウェ薬草店〉――スピリチュアル系雑貨店――のなかをぶらつきながらあらためて思うに、しばしば身近に呪術信仰があってちょっとした儀式にも参加した経験があるとはいえ、自分が呪術にはまったことはじつは一度もなかった。

小さな店には、特別な祈禱《きとう》用キャンドルやらパウダーやらオイルやらがところ狭しと並べられ、〝鳩の血〟や〝ミスター・ガイヤーの幸運を呼ぶパウダー〟などの商品名がついていて、ほかにも鳥の羽根や、石に貝殻を貼りつけて目のように見せたものなど、いろいろなグッズがある。

どういう意味を持つのかさっぱりわからない。観念として存在するある種の魔術史に、これらは基づいているのだろうか。それとも、ミスター・ガイヤーは新しい取扱品目を捻《ひね》り出す起業家なのだろうか。

ふと気づくと、多くの品物にロサンゼルスの住所がついている。あそこにいるあいだに非常に重要なベクトルを見逃していたらしい。

店主はマホガニー色の肌をした痩せた筋肉質の老人で、祖先は西インド諸島にいたのかもしれない。わたしが入店したときは、電話で客に説明中だった。スネーク・バイトなる品を何週間か切らしていたが、数日中に卸業者から届くという。それはよかった。

わたしがこの店に来たのは、この分野がどんなものかを知るためと、トイ・マンがどういった種類のネットワークに属しているのかを探るためだ。

しだいにわかってきたことだが、ひとつかふたつの地域を集中して狙う連続殺人鬼は、被害者と関係があるなんらかの社会集団とつながっているのがふつうだ。

ジョン・ウェイン・ゲイシーの例では、被害者の多くが自社の建設事業のために雇った若い男性だった。また、ゲイシーは男娼と付き合う一方、警察官ともいっしょに過ごした。行方不明の十代の息子を持つ複数の親が、雇った青少年と長い時間いっしょだったこの男を指差した。

ロニー・フランクリンは、クラック・コカイン依存症の売春婦たちと浮かれ騒ぐのが好きだった。友人たちは本人のこうした生活に気づいていて、もっと暗い意図があるのではと疑う者もいた。警察が目をつけるずっと前から、売春婦たちは暴力傾向のある客について互いに注意をうながしていた。

アトランタの連続殺人鬼、ウェイン・ウィリアムズは音楽プロデューサーを自任し、アマチュア用のラジオ送信機まで持っていた。のちに明らかになるが、ウィリアムズは多くの被害者にスターになるチャンスを約束した。はじめて警察につかまったときは、女性歌手のオーディションへ向かう途中だと言ったが、その女性は実在しなかった。

この男たちは三人とも、獲物が見つかりそうな輪のなかを動きまわったが、それだけでなく、自分がなりたいと願う人々と交流した。ゲイシーは警官と付き合いがあった。フランクリンはほかの〝遊び人たち〟といっしょにいるのが好きだった。ウィリアムズは音楽プロデューサーたちと深い仲になろうとした。

もしトイ・マンが自身をオカルトの領域の住人と信じているなら、おそらくロサンゼルスでもアトランタでも、そうした場にいる人たちと少なくともなじみはあるだろう。

店の正面に掲示板があり、祈りの会、超能力占い、治療家、その他さまざまな超自然的家内産業のチラシが貼ってある。

「何をお探しですか」店主が声をかける。

わたしはまったくの無知ではないとわかるようにことばを選ぶ。「ええと……どうしようかな……この方面にはそんなにくわしくなくて……」

「この道五十年のわたしだって同じです。どういった問題をかかえていらっしゃるんですか」

わたしはチラシから目をもどす。「ある人に困っていて……」嘘をあとでごまかすより、曖昧にしておくほうがいい。

「紫がいい。よく効くらしいですよ」店主が色とりどりのキャンドルでいっぱいの棚を示す。

わたしは紫色のをひとつ取ってカウンターに置く。「ほかにはどんなものが」

「お守りですか」こいつはカモだと思ったらしい。「そうですねえ」店内を見まわす素振りをしてから、店主は後ろの高額商品の棚に目を留める。「こういう透明の結晶がいいと言いますよ。これはたしか、オニキスです」

そして、カットされた鉄電気石をカウンターに置く。オニキスとは縁もゆかりもない石だが、わたしはケチをつけない。「いくらかかな」

店主はわたしを一瞬観察し、とんでもない額をふっかけてから、どれくらいの高値で話をまとめようかと考える。「百ドルです。でもまあ、七十五ドルでお譲りしましょう」

わたしは石を手に取り、価値を見定めるふりをする。「買おうかな……効き目があるというのなら」

店主は肩をすくめる。「あくまで自分の経験ですけどね」

力強い売り口上ではなかったが、疑り深い男を演じるために来たわけではない。わたしは百ドル分の紙幣の束を出してカウンターに置く。

店主が紙幣に目をやり、わたしが望んでいた場面となる。

「どう尋ねればいいのかわからないんですが」と切り出す。「ああいう人がどこで見つかるか、あなたなら教えてくれるかと思って。あれがわかる人、なんて言うのかな。まじない？」

店主は掲示板のチラシを指差す。「ミズ・バイオレットがいいですよ。彼女が一番だと言われてます。ところでお名前は？」

そんなことを訊くのは、分厚い札束つきのカモをそっちへ送ったとバイオレットへ教えるためにちがいない。

「クレイグです」わたしは答える。

店主はおつりとともに、購入品を入れた袋を手渡す。「どうぞチラシを持っていってください。彼女こそあなたが相談したい相手だと思いますよ」

きっとそうだろう。彼女のもとに最高に裕福な客が送られるのなら、彼女はこのネットワークにおける最重要人物のひとりであり、トイ・マンと会ったことがある可能性も高い。

40 神の恵み

ミズ・バイオレットが開業している場所まで行くと、順番を待っているらしい人々が家の外でプラスチックの椅子にすわっている。

このあたりは二十世紀半ばからある古い住宅地で、あちらこちらに砂利敷きの小道と少し伸びすぎた芝生が見える。

オープンガレージにおさまるメルセデスを除けば、わたしのレンタカーは家の前に駐車したなかで一番の高級車だ。

歩道を歩いていくと、四十代と思《おぼ》しき黒人男性がボタンダウンのシャツにカーキズボンという格好で現れ、固い握手で挨拶をする。「ミスター・クレイグ、来ていただいてミズ・バイオレットが大変よろこんでいます」

電話で話したロバートという男にちがいない。ミズ・バイオレットは神の子だから報酬を受け取らないという説明だった。金を払おうとすれば侮辱《ぶじょく》と受け取られるだろう。

いつ行けばいいかと尋ねたら、このすばらしい女性に会うためにじつに大勢の人々が待っている、という答が返ってきた。しばらく考えてから、寄付をしてもいいかと問うと、その高潔な志《こころざし》へのお礼に翌日の面会でもいいと言われた。

「いくらぐらいがふさわしいでしょう」

「きのう千ドル寄付したかたがいらっしゃいましたが、それは多すぎました」ロバートがわたしに言って聞かせた。「裕福なかたなら妥当な金額だったと思います。でも、そのかたは貧しかったので、お子さんたちが飢えるのではないかとミズ・バイオレットは心を痛めました」

なんとも情け深いおかたなことだ。「五百ドルなら受け取っていただけますか」

もちろん受け取るだろう。わたしがただの石ころにいくら投げ出したか、財布にいくら持っているか、ロバートはもう知っている。

「そんなにいただくのは恐縮です。どうしてもとおっしゃるなら、封筒に入れてわたしに渡してください。そうすれば、だれからのご寄付か、ミズ・バイオレットにはわかりませんから」

もちろんわかるだろう。わたしは握手のあとでロバートへ封筒を渡す。「ふさわしい額だといいのですが」

ロバートは中身をあらためずにポケットへしまう。「ご親切なかたですね。とても心が広い」

ここへ来る前に、わたしは霊能者たちのやり口について少し時間を割いて調べ、彼らの多くが秘密のネットワークを通して客の情報を共有していると知った。だれが大物かを見きわめ、そこからできるだけ多く搾《しぼ》り取るためだ。

ミズ・バイオレットと面会中に、レンタカーのナンバーから本名を突き止められてはいけないので、わたしは手荷物を積みこむついでに、空港の駐車場にあった別のレンタカーからナンバープレートを盗むという、いささか非合法な手段を講じた。

こうしておけば、ナンバーを検索する者は混乱するだろうが、たぶん事務処理上のミスと見なし、〝クレイグ〟の奸計《かんけい》とは思わないはずだ。

長いマフラーを編んでいる初老の女性の隣にすわるようにと、ロバートはわたしにプラスチックの椅子を指し示す。

老婦人の隣にいるのはずいぶんと若い女性で、子供を膝の上でぴょんぴょんさせながら、足もとでもうひとりをおもちゃの車で遊ばせている。

高徳なミズ・バイオレットが、先進的な料金構成によってほかの客の分をわたしで穴埋めしているのだろうか。

予想どおり、ロバートはわたしをある程度待たせる。それはミズ・バイオレットが非常にいそがしい女性だとわからせるには充分だが、わたしの忍耐力を試したり後援を考え直させたりするほど長時間ではない。

十五分ほどで家のなかへ案内される。屋内を飾る灯明《とうみょう》と宗教的道具立ての多さはバチカンの翼廊を上まわり、奥の部屋では、夕日の揺らめく光だけが見えるようにカーテンが引かれている。

ミズ・バイオレットが大きな眼鏡をかけて誠実そうな笑みを浮かべている。がっしりした体格の黒人女性だ。

わたしがはいっていくと、彼女は立ちあがってきびきびとテーブルをまわり、こちらがよろめきそうになるほどしっかり抱き締める。

「ミスター・クレイグ！　お会いするのをとても楽しみにしていました」そう言って、サイドテーブルの聖人像を手で示す。「遠くから特別なかたが訪ねてくるというお告げがあったのです」

もうレンタカーに気づいたのだろう。ちょっとしたいたずら心で、わたしは車の後部座席にシカゴ・トリビューン紙を置いておいた。効果が出るまでどれくらいかかるかを見るのは面白いものだ。

「さあどうぞ、すわりましょうか」彼女はそう言って、テーブルの向かい側にわたしをすわらせる。「では、あなたの両手を見せてもらいますよ」

そして、わたしの手首を持って手のひらを上に向け、三分ほどそれをじっくりと見て、すでに知っているニュースを新聞で読むかのように、ふんふん、ふむふむ、と声をあげる。

とうとう両手を放した彼女は、深くすわり直して腕を組む。「この問題であなたを助けるには、わたしは何をすればいいのでしょうね」

現時点のわたしの推測では、彼女はわたしの心を読み取るすべを少しは持っているうえに、薬草店の店主から得た情報と、なんであれロバートがレンタカーから探りだしたネタを使うことができる。

しかし、必要がなければ使わないぐらいの賢さはある。わたしが悟られまいとしている疑念を、彼女は立ち居ふるまいを見て気づいたのではないか。だからわたしを丸めこむには、そしてできるだけ何度も通わせるには、どうすればいいかを探っている。

わたしは助け舟を出す。「やっかいな男がいるんです」〈オープンスカイＡＩ〉のパークのことを考える。わたしの一番の嘘は真実に基づいている。

「その男はあなたをねたんでいるのですか」

「ええ」たいした女だ。

「ふうむ、たしかに。あなたのまわりにその男のオーラが少し見えます。その人はたったいまあなたのことを考えている。でも、問題は女のことじゃありませんね。あなたの仕事のことでしょう」

「そうなんです。あいつはわたしの人生を搔きまわすつもりらしい」

「わたしの手を取って」彼女が言う。そしてわたしの手を握ってひざまずき、祈るように頭を垂れる。「主よ、この者を助けたまえ。別の男がこの者に邪念をいだかぬように。汝《なんじ》の子供を守りたまえ。この者と、北部にいる友人と家族みなに目をかけたまえ。家に帰ったとき、もはや困りごとがないようにはからいたまえ」

彼女がわたしの手を放す。「特別なものをあげましょう」後ろに手をやり、首にかけていた十字架をはずす。「わたしがまだ小さくていじめっ子によく泣かされていたころ、祖母がこの十字架を渡して言いました。これを身につけていれば、イエス様が並んで歩いてくださる。いじめっ子がそれを見れば手出しをしないと」

「いただくわけにはいきません」ここに来る間抜けな金持ちのために抽斗《ひきだし》が十字架でいっぱいだとは、夢にも思っていないふりをする。

「いいえ。これをあなたに渡すようにと、祖母からお告げがありました。祖母のお告げにはしたがうことにしています」

「ありがとうございます」わたしは言う。「なんと言えばいいのか」

「それでもその男があなたを煩《わずら》わせるなら、またここへ来て教えてください」彼女はあたたかい笑みをもう一度見せる。「祖母に追い払ってもらいますから」

いまのところわたしが体験したのはどう考えてもキリスト教の祈禱会で、そこに霊能者のサービス精神がわずかに添えられただけだ。わたしはそのために来たのではない。

「ミズ・バイオレット……その男のことですが。あれは邪悪です」わたしは祈るように手を合わせる。「わたしに天の恵みをもたらしてくださったことには感謝します。でも……あれはただ者ではないんです。やつを遠ざけるのにそれで充分かどうか」手を胸に置く。「わたしは人に害を及ぼしたいとはけっして思いません。神にかけて誓います。でも、もしかしたら、天の恵みのなかにも……ほかの種類が……」

彼女は一瞬でわたしの考えを見抜いたあと、大きくかぶりを振る。「ミスター・クレイグ、あなたがいま頼んだことは受け入れられません。わたしはキリスト教徒であり、神からの贈り物を光明のために使うだけです。あなたが話しているのは、けっして誘いこまれないとわたしが主に誓ったことです」怒りをあらわにしてドアを指差す。「そういうたぐいの魔術を望んでいるなら、ここを出て悪魔とともに行くしかありません。ここでは悪魔はおことわりです」

「そんな……わたしはただ……いや、気にしないでください」わたしはあてもなくその話を引っこめる。とはいえ、彼女の拒絶にはしっくりこないものがある。もっと金を払えということなのか。そこで、これみよがしに財布へ手を伸ばす。「ご迷惑なお願いにはそれなりのお礼を……」

彼女はいきなり立ちあがり、テーブルをわたしにぶつけそうになる。「ミスター・クレイグ、わたしの家から出ていきなさい！　そうした闇の世界の扉をあけるわけにはいきません。自分が何を頼んでいるのか、あなたはわかっていないのです」

わたしは立って言う。「すみません。ほんとうに申しわけない」

「あなたのために祈りますよ、ミスター・クレイグ。あなたのために祈ります」

ロバートが廊下でわたしを待っている。

「どうかあのかたに、申しわけなかったと伝えてください」わたしは言うが、いったい何が起こったのかつかみきれない。ロバートはわたしを玄関ホールへ引っ張っていき、低い声で話しかける。「だいじょうぶ。許してもらえますよ。ミズ・バイオレットは情け深い女性ですから」

「怒らせるつもりじゃなかった」

「彼女はわかっています。ただあなたの願い事が……」やれやれと首を振る。「霊魂のことでは重い代償がともなうんですよ」

「でも、やってもらえるんですか」わたしは尋ねる。

ロバートは主人の部屋をちらりと振り返る。「この家でそういう話はしません」

ロバートの手が下へおりてわたしの手を握り、紙片が押しつけられる。

わたしは車のなかでそれを開く。

電話番号だ。

もっと黒い魔術を頼みたいときの。

41　石の円

「あまり緊張しないで」ロバートがわたしのレンタカーの助手席で言う。「モス・マンは全然恐ろしくありませんから」

その番号はロバートの個人用携帯電話の番号だった。ロバートが言うには、もう少し効き目が強いほうがいいならモス・マンを紹介しようということだった。

ロバートは、アトランタ界隈のありとあらゆる霊能者やいかさま師のいわば仲介人らしいのだが、その仲介人の指示というのが、まず九百ドル分の五十ドル札を聖書にばらばらに挟んで、それを枕の下に置いて眠り、その翌日の夜、アトランタ南部の駐車場で自分を乗せるように、というものだった。そこからわたしを案内してモス・マンに会わせるらしい。憎い敵の写真か持ち物を持参することにもなっていた。

敵の机からかすめ取ったと言えばいいので、ペンに決めた。

ロバートを拾うと、州間高速七十五号線を南方向へ、指示があるまで走れと言われる。行先が郊外の住宅地でないのはなんとなくわかった。ようやく高速道路からおりて、おもな商売の種がプールのある遊園地と一ドルショップのふたつという、小さな町を抜ける。暗い未舗装の道へはいるように言われ、わたしは不安になる。

ロバートは道中モス・マンの話をしてわたしの気を引き立たせる。人々を治療し、死んだ赤子を生き返らせたことさえあった。昔、州知事が助けを求めてモス・マンを訪れたという。その金の出どころが州の予算か、それとも再選の選挙資金か、わたしは訊かなかった。つぎにロバートは、モス・マンの姿を見て恐怖で凍りつく者もいるが心配しないようにと助言する。

そのうえモス・マンは、ロバートとほかの数人しか理解できないことばで話すらしいが、それは悪魔に舌を抜かれたからだという。

いろいろと説明を受けるあいだ、〈悪魔はジョージアへ〉（悪魔と若者がフィドルを弾いて競い合う軽快なカントリーソング）の歌声が頭のなかで目まぐるしく響く。モス・マンが突然フィドルを持って弾きはじめたら、わたしが負けるのはまちがいない。

結局全部ひっくるめて九百ドルなら、いまのところけっこう面白い見世物だ。ベンチャー投資家で友人のジュリアンとその仲間たちなら、この手の娯楽にもっと大枚をはたくだろう。一連の騒ぎがおさまったら、ロバートにマネージャーをやったらどうかと持ちかけるのも悪くない。

「昔かたぎの男たちがモス・マンにうんざりしていたので、犬とショットガンで追っ払うことにした」ロバートがまだ伝説を語っている。「三日経っても男たちは帰ってこなかった。さらに数日が過ぎ、保安官は部下たちを捜索に出した。見つかったのはいくつかの灰の山と銃だけだった。その後、二頭の雑種犬をしたがえたモス・マンが目撃された。どこで犬を手に入れたのかと訊かれたモス・マンは、悪魔が連れてきたと言った」ロバートがわたしの反応をうかがう。「ばかげた話だ。わかってます。でも、このあたりの人間はみんなモス・マンの話をする。それなのに、見た者はほとんどいない。シカゴから来た白人を連れてこいとモス・マンが言ったのは運がいいですよ。ふだんはよそ者の面倒をけっして見ない」

ロバートがモス・マンに直接電話をかけたのだろうか、それとも、そうしたやりとりにはオンラインのコミュニケーションツールが使われるのだろうか。

「そこを曲がって」ロバートが言うが、近づいていく場所は木が並んでいるようにしか見えない。

「道がないみたいだけど」

「そこです」ロバートが道端の白い石を指差す。

車をカーブさせ、枝が車体をこすったので、わたしは全額補償の保険料を払っておいてよかったと思う。そんな契約はしないのがふつうだが、弾痕や死体のにおいがついた車を返すときに割増料金を払いたくなかった。わたしが乗る車には、どちらの災難も予想以上についてまわる。

ヘッドライトが闇を切り開いて、小鳥ぐらいの大きな昆虫と低く垂れた枝を照らし、その枝が強力な洗車機並みの勢いで屋根を這う。

「さあ、着いた」ロバートが教える。「聖書を持って」

ロバートが出たあとで、わたしは後ろの座席から茶色の紙袋を取る。ジーンズのベルトに銃をはさむのを見られたくないからだ。それとも、見せたほうがいいのだろうか。

ここでわたしから金を強奪してもあまり意味がないだろう、と自分に言い聞かせる。支払うのは承諾ずみなのだから。

「こっちへ」ロバートが示す細い道が、林冠から漏れる月明かりにかすかに照らされている。いまは月が欠けていく時期で、トイ・マンを見つけるまであまり日数がないことを否《いや》が応でも思い出す。

小さな懐中電灯に手を伸ばすが、ロバートが叩き落とさんばかりにして止める。「懐中電灯はだめだと言いませんでしたか。そうやって悪魔は見つける。神の光のなかにとどまらなくては」そう言って、月を指差す。

では、新月のときは——というより、月が見えないときは——神は見ていない……面白い、そういうことか。

ロバートはほとんど見えない小道へわたしを誘導するが、その様子に迷いはない。何か策略があって引き返そうとしているのではないかと、わたしは目印を探すが、影の方向に変化はなく、円を描いて歩いている感じでもない。こういうことにかけてわたしの勘は冴《さ》えている。野山を歩くときにはかならず頭のなかに水文地図を描き、岩の種類や植物相に気を配る。流れる水か、流れをたどる獣道が浸食パターンを作り出し、道はつねにそのパターンにしたがう。

「ここです」ロバートがそう言ってわたしたちは小さな空き地へ着く。

あの道しるべに似た白い石がいくつも置かれ、直径六メートルほどの完璧な円を形作っている。

ロバートは円の内側にある丸太に腰をおろし、わたしにもそうするように身振りで伝える。

「ここは安全地帯です。呼ばれるまで悪魔はわたしたちを見つけられない」

呼ばれるまで? カエルやコオロギの鳴き声が、霧深い森の不気味な効果音と化し、いつの間にかやや神妙な気分になっている。

木のあいだから月明かりが森をところどころ照らすが、遠くのほうは暗闇だ。文明から千キロ以上離れている気がする。いや、千年以上か。どこにでもあるハイウェイの車の音すら聞こえない。

「さあ、モス・マンが現れるのを待ちましょう」

二十分ほど過ぎてから、遠くで動いている藪をロバートが指差す。「あれだ」とささやく。通り過ぎる波のように木の葉が揺らぐのを見て、わたしはかすかな戦慄を覚える。

「何をしているんだろう」わたしは尋ねる。

「悪魔がついてこなかったかたしかめている」

一瞬で悟ったことがあり、それがさらにわたしを凍りつかせる。ロバートとミズ・バイオレットは心得顔で芝居をしているが、それはひとえに仕事のためだ。だからといって実際こんなことを信じていない、というわけではない。

木の葉の波がわたしの前で静まり、カエルの鳴き声がやんだことにふと気づく。

何かに見られているのを感じる。

足もとを見ると、ロバートとわたしの影のあいだに、三つ目の影がある。

42　まじない師

振り向くには無限の時間を要する。引き延ばされたその一瞬に脳が高速で燃焼し、神経連絡網を総動員して、直面しそうな脅威を査定しようとする。

一番危険なのは、後ろを向いて目にするのが、ロバートの巧妙なオカルト劇場に登場する別の役者ではなく、わたしがアトランタで捜している男だった場合だ。

ここまでやってきた愚かさがいまごろ身にしみる。トイ・マンがモス・マンだとすれば、シカゴから来たクレイグという男は知らないかもしれないが、自分の恐怖の家を暴《あば》いたセオ・クレイのことなら知っているにちがいない。

そこに立っている人間を見て大きな安堵《あんど》に包まれたのは、その男が薄気味悪くないからではなく、危険ではないことがひと目でわかったからだ。

モス・マンには視力がない。顔が暗闇にまぎれていても、白く濁った角膜からそれがわかる。背丈は百五十センチそこそこで、破れた茶色のズボンにロープをベルト替わりに巻き、ゆったりした白のボタンアップシャツを着ている。持っている木の杖の長さがわたしの身長と同じぐらいだ。

モス・マンはロバートに杖を渡すと、立って円の中央へ来るようにと手招きし、それからわたしのまわりを歩きながら、隅々まで目を凝らす。いきなりわたしの左手首をつかんで一本ずつ指を開いてから、手のひらを丹念に調べ、クレオール語らしきことばをロバートへ言う。

「あなたは左手に何かを持っているとモス・マンが言ってます」

わたしはその意味を知ろうと空っぽの手を見つめる。

「秘密です。あなたが暗い秘密をかかえてると言ってるんです」

モス・マンは丸太のそばに置いた麻袋のほうへ歩いていき、中をあれこれ探ってようやく瓶を取り出す。

ウィスキーボトルの大きさだが、中身は無色透明の液体だ。黒いラベルにとぐろを巻くコブラの絵と〈スネーク・バイト〉の文字がある。

モス・マンは腰からナイフを出してわたしの親指をつかみ、小さな傷をつける。それから、瓶の口の上で傷のまわりを圧迫する。

血のしずくがアルコールへ落ちて暗い雲となる。

モス・マンは尻ポケットからハンカチを引っ張り出して傷口を縛るが、切られるよりもそのほうが痛い。

そしてキャップを閉めて瓶を振り、月明かりにかざして何かをたしかめる。

月が出ている方角をいったいどうやって知るのか、わたしにはわからない。少しは見えているか、何かほかの手を使っているのでもないかぎり。

確認して満足すると、モス・マンはキャップをあけて中身を口いっぱいに含んでから、またわたしの手をつかみ、血と酒の混合液を左の手のひらに吹きつける。

そうやってその問題を処理するのだろう。

つぎにどうなるか知りたくて、わたしはロバートをちらりと見るが、モス・マンは驚くべき力でわたしの顎をつかみ、目と鼻孔を見たあと、口のなかを覗きこむ。

「悪魔を探しています」ロバートが説明する。

気がすんだモス・マンは手を伸ばして瓶を取り、飲めと言うようにわたしの唇に当てる。

その液体はエチルアルコールと酢の味がする。頬がカッと熱くなり、脳を突き刺す氷の結晶が片頭痛を引き起こす。直後、軽い吐き気に襲われると同時に、内耳が後方宙返りを決める。

スネーク・バイトに何がはいっているのか知らないが、アルコール依存はもちろん、これは神経系の異常も引き起こす飲料だ。

「あなたは運がいい」ロバートが言う。「スネーク・バイトはなかなか手にはいりません」

たしかに、コストコで買えるとはぜったいに思えない。

モス・マンはわたしをすわらせてから、ロバートに何か言う。

「呪いをかけたい相手の品物を持ってきましたか」

「はい」

わたしはポケットに手を入れるが、モス・マンに手を叩かれそうになる。

「待って」とロバート。「まず火を熾《おこ》さなくてはいけない」

モスマンは立ちあがり、白い石の周辺にある藪に手を入れて小枝や丸太を集める。目が見えない男にしては驚異的な離れ業だ。

わたしの前にそれを積みあげ、いくつかがわたしの組んだ脚に当たる。

充分な焚《た》きつけに満足すると、モス・マンはわたしの向かい側にすわり、ブックマッチを出して火をつける。

大きな焚火ではなく、コーヒーのやかんをかけるのにちょうどいいぐらいだ。

モス・マンがまたロバートに何か言う。

「聖書を持ってますか」

「はい」わたしは丸太のそばの紙袋を指す。「いま払うんですか」

「その金は彼のためではありません」ロバートはそう言いながら紙袋を取ってわたしに渡す。モス・マンは両手のひらを差し出す。わたしは袋から聖書を出し、その手に載せる。モス・マンはそれを火にかざし、背表紙を裂きはじめる。紙幣が炎のなかへ落ち、聖書のページがそれにつづく。

月明かりのせいか、それともわたしがひねくれているせいか、少なくとも炎のなかで見た紙幣の一枚はゼロックスで撮ったコピーに見えた。いずれにしても、ほんとうのトリックは、ロバートがわたしの前で紙幣をすり替えたことだ。

モス・マンは火が落ち着くまで小枝で焚火をつつく。そしてもう一度手を差し出す。

「あなたの敵の品を渡して」ロバートが言う。

わたしはモス・マンにペンを渡す。モス・マンは指でそれをさわってからふたつに折り、火に投げ入れる。

わたしが家の鍵のように硬い金属のものを渡したら、モス・マンはどうしただろう。

プラスチックの焼けるにおいが鼻をつき、モス・マンはまたもやスネーク・バイトを口に含む。それを炎に吹きかけ、立ちのぼる火の玉がわたしの顔を焼く。それをもう六回おこなう。

火はますます熱くなり、ついに頂点に達する。スネーク・バイトはわずかしか残っていない。

最後の燃えさしがなくなると、モス・マンは灰をつまんで瓶のなかへ落とす。それを振り、月明かりのなかで目を凝らす。

キャップを取り、飲めと言うように瓶をわたしへ差し出す。

「それを全部」ロバートが言う。

少なくともスリーショットはある。

わたしはもっとましな考えにさからって一気に飲み干す。こんどは頭蓋が焼け、喉を雪男《イエティ》に引き裂かれたかと思う。

頭が突然重くなって首でささえられず、横向きに倒れる。地面がとても心地いいのでしばらくこのままでいようと思う。モス・マンが立ちあがり、森のなかへ引き返していくはだしの足をわたしは見守り、霧と木々がその姿を包みこむのをながめる。

しばし横たわって頭のなかを整理し、なぜここへ来たのか、何を期待していたのかを考える。やがてロバートが来て助け起こし、わたしの腕を肩にまわす。

「歩けば具合がよくなりますから」ロバートはそう言い、わたしたちはもと来た道をもどる。

「そんなにたちの悪いものじゃなかった」わたしはなるべく足を引きずらないようにして言う。

「二日酔いになってから言ってください」ロバートが言い返す。

「魔術はほかにもあるんだろうか」わたしはつまずく合間に尋ねる。

「どういう意味ですか」

「もっと黒いのが。もっとずっと強力なのが」

ロバートがしばらくだまったまま、肩を貸して歩く。「もうひとり知っている。モス・マンやミズ・バイオレットがかかわろうとしない相手です」

「きみは？」

ロバートがかぶりを振る。「いや、やめておく」

「金を出すと言ったら？　大金を」

じっくりと考えてずいぶん間が空く。「だめです。邪悪な男なんだ。モス・マンは悪霊をだまして願いをかなえさせる手法を持っているが、その男のほうは、悪魔そのものだ」

43　正しい密告

ナイトテーブルに置いた携帯電話の振動音で目を覚ます。応答をタップしてからも、スネーク・バイトと灰と自分の血の影響が尾を引いて、頭がまだ振動している。

「クレイです」あくびを嚙み殺して言う。

「これはぼくからの電話じゃなかったことにしてください」電話の向こうでだれかが言う。

ディスプレイを見る。三二三ではじまる知らない番号だ。「そうかい、心配ないよ。どこのだれだかちっともわからないからね」そう応じて通話終了をタッチしようとする。

「サンジェイです」

「やあ、すごいな。きみから電話をもらうなんて。どうしたんだい。チェンにクビを切られたのか」

「それはまだです。ニュースになってませんが、容疑者が見つかりましたよ」

「ブラジルにいるんだろう。殺し屋だって？」

「そうですけど……なぜ知っているかは訊かないことにします。とにかく、その男と一致する指紋が例の家で見つかりました。それから、クリストファー・ボストロムの自転車にも。サドルの下に指紋がついてたんです」

「すごいな」わたしはまた言う。

「その先があるんです。その容疑者はオルダボ・シムズというんですが、昨夜リオの独房で殺されて送還がかなわなくなりました」

「残念だと言いたいところだが」

「ええ、まあ。じつはですね。その男は重要参考人として呼ばれていたんです。家のなかのほとんどの指紋がやつのものじゃありませんでしたから。共犯者だったのかもしれない」

「やはりそうだったか」

「ええ、でもチェンの一派はこの事件の幕引きをしたいみたいです。オルダボはギャング関係の殺人にいくつかかかわっていました。やつにナイフで人殺しをさせたと言う証人さえいます」

「しかし、ラトロイがいなくなったとき、そいつは刑務所にいた」

「そんなことチェンにとってはどうでもいいんです。連中が気にしてるのは、ウィンブルドンの家の遺体だけだ。だれかをつかまえて犯人にすれば、事件は終結です」

「けれども、きみにとってはちがう」わたしは言う。

「仕事の上では終わってます。裁判にならないから、この事件については切りあげるようにと言われてます。チェンはあした記者会見を開き、捜査が終わったことを発表する予定です」

それでサンジェイは悩んでいるのだろう。「で、なぜわたしに電話をしてるのかな」

「こんなのはでたらめだからです。じつはわかったことがあって……でも、これをリークしたのがばれたら、チェンに撃ち殺される……」

「人肉嗜食《カニバリズム》か」

衝撃による一瞬の静寂。「そうです。骨に小さな刻み目がありました。それに、保存状態が比較的ましないくつかの遺体には体のいろいろな部分がなかった。ペニス、眼球、心臓、ほかの内臓も。犯人が食べたと考えられます」

「それとも瓶詰にしたとか」そう言ってみたのは、目撃したアーティスの回顧談を思い出したからだ。

「なんですって」サンジェイが言う。

「犯人は魔術を信じている。そいつにとって、体のそうした各部には超自然的な性質がある。チェンはそれを少しも公表しないのか」

「しません。人食い人種の観点で探るなと言われてます。暇な時間に少年にいたずらをして殺すのが好きなただの殺し屋ということなら、警察はすばらしい作り話を用意してますよ。どうやりくりしてあの家を買ったかについては言及しないでしょう。かなりの格安物件だったことにするるんですかね。何もかもでたらめだ。とにかく、あなたに全部送りますから」

「そんなことをお願いするわけにはいかない」わたしはそう言って、半分は罠かもしれないと思う。

「そうしなければ、良心の呵責《かしゃく》に耐えられないんですよ。これですべて言いました。あとは、あの裏庭から出た証拠の科学捜査についてお伝えするだけです」

「遺体のことか」

「そうですよ。それにガラクタも多少あります。見ていいですよ。とりあえず、ドロップボックスのアカウントへのリンクを送ります。どこで手に入れたとチェンに訊かれたら嘘をついてください」

「だいじょうぶ。きみのことを言ったりしないよ」

「そのう……あんなことになってすみません」わたしの逮捕についてふれる。「チェンにはだまってたんですけど。通話記録を見られて、DNAプロファイルへアクセスしながらあなたと話してたのがばれたんです」

「気にしなくていい。きみを密告者呼ばわりするつもりはなかったよ。わたしとは立場がちがう」

「ああ、それならよかった。ありがとう。ところで、どこにいるんですか」

ホテルの部屋を見て、ここが我が家でないことを思い出す。「ジョージア州だ」

「このいかさまから距離を置くことに決めたんですか。無理もないな」

「そういうわけじゃない」わたしは答える。

「まだ調べてるんですか」

「もちろん」

「じゃあ、犯人がジョージアにいると思ってるとか?」サンジェイが訊く。

「アトランタ一帯の誘拐事件についてわたしがチェンに送った情報を、彼女は伝えなかったみたいだね」別に驚くことではない。

「ええ。あの人が気にするのはウィンブルドンの家だけですから。FBIアトランタ支局と連絡を取りましたか。いまは管轄権を持ってるんですよ」

「まだだよ。手近にあるのは勘と二日酔いだけでね」

「変わった人だ。ええと、ほかにもぼくにできることがあれば、何ができるかわからないけれど、とにかく知らせてください」

「ありがとう。それからサンジェイ……」

「はい?」

「きみがしていることは正しい。きみもそれを知っている。だって、どうなっても気にせず、余計なことに首を突っこまずにいるほうが楽なんだから」

電話を終え、わたしはなるべく体調を整えようと水をコップに注ぐ。

そこそこ回復したので、ノートパソコンを持ってベッドへもどり、サンジェイのフォルダーを開く。

そこには数百ページに及ぶ法医学情報があるが、遺体についてはあとで検討しようと思う。いまとくに知りたいのは、裏庭で発見されたほかのものだ。

考古学の発掘記録のように、発見したものを地層ごとに記述してある文書を見つける。遺体とは別に、焦げた紙と割れた瓶が残る灰だめがあった。

血がついたナイフなどの凶器はなく、どこの裏庭にもあるごみのたぐいばかりだ。

寝直そうと思ってノートパソコンを閉じかけるが、もう一度報告書をクリックすることにする。そのひと手間が報われる。大事なものが目の前にあった。

ガラクタを記録したページへ移ると、割れた瓶の破片の画像がある。なんの瓶だったかすぐに思いつく。頭がまだ割れるように痛むのはそいつのせいだ。

トイ・マンもスネーク・バイトの愛好者だった。ずいぶんとある。報告書を見るかぎり、ひとり殺すたびにあの劣悪な酒をひと瓶使ったと思われる。

このことからモス・マンやロバートとのつながりを立証するのは、『ライ麦畑でつかまえて』を連続殺人鬼とつなげるようなものだ。それでも、わたしの勘は当たっていた。

ジーンズを穿《は》いてもう一度薬草店へ行く。ポケットに手を入れ、違和感を覚える。財布が動かされている。

中身をあらためると、現金はそのままだが、運転免許証の位置がちがう。

ロバートは、聖書の紙幣を偽札に交換するのがうまいだけでなく、すりの名人でもあるらしい。

彼はわたしが何者か知っている。問題は、それをだれに告げたかだ。

44　夜間狩猟法

一八八九年、ペンシルベニア州の弁護士ジョージ・シラスが開発した新しい技術が、生物科学にも野生生物の観察手段にも変化をもたらし、今日《こんにち》にいたっている。

先住民オジブワ族の近くで育ったシラスは、ジャックライティングという夜間狩猟法を習得した。カヌーの先端に火のはいった鍋を取りつけ、ハンターがライフルを持ってカヌー後方の暗がりにひそむというやり方だ。

岸辺にいる動物たちは、明かりを見ると微動だにしなくなる。そのときライフルを構えてふたつの光る目のあいだに狙いを定め、遠くから仕留めるという寸法だ。

これを応用してシラスが編み出したのは、それよりはるかに思いやり深いやり方だった。

石炭を燃やした鍋の代わりに、明るい灯油ランプを使った。ライフルの代わりにカメラを使った。

岸辺にカメラを据え、仕掛け線を用いてマグネシウムの粉でフラッシュを焚く手法を編み出したとき、シラスはまったく新しい遠隔撮影法を確立した。その方法を使えば、写真家は現場にいる必要さえなかった。

彼の写真集は一九〇〇年代にナショナル・ジオグラフィック社から刊行され、それまでめったに見られなかった野生生物のみごとな姿が披露された。川岸のアライグマから、レンズを跳び越えるグリズリーのぼやけた輪郭まで、人間が近くにいないときに動物が何をするのか、シラスは明らかにした。

この撮影方法はいまでも有効だ。最近では、ボルネオのウンピョウやベトナムの新種の鹿を見つけるのに使われている。

科学者にとって、これは同時に多数の場所にいられるための道具だ。一カ所の水場や生息場所を見張って研究対象が現れるのを願うより、複数のカメラを設置してどれが当たるか見たほうがいい。

トイ・マンがどこにいるのか、どこへ行くのか、つぎに何をするつもりなのか、わたしはまったく知らない。見つけづらい動物を探す写真家と同様、なるべく多くの自動撮影カメラで獲物をフィルムに――厳密に言えばSDカードに――焼きつけなくてはならない。

わたしの勘によれば、やつの儀式にはスネーク・バイトが必要だ。魔術に欠かせないチリソースといったところか。

会社を調べ、スネーク・バイトがベトナムの蒸留酒製造所で造られて世界じゅうで売られていることがわかる。合衆国の卸売会社がロサンゼルスにある。

そこへ電話をすると、トラック便がテネシーの倉庫を出てアトランタへ向かっている途中だという。先方は親切にも、スネーク・バイトを売っている五店舗の名前を教えてくれた。アルコール飲料ではなく、〝ホメオパシー療法用局所緩和剤〟と記載してあるので、地元の酒類販売関係の法律に抵触せずにすむのだという。その問題に関しては、人間はこれを飲料と見なすべきではない、とためらわずに証言しよう。

わたしの正体がロバートに——狭いオカルト施術者コミュニティ内の別のだれかにも——知られたからには、五軒の薬草店を訪ね、子供を殺しそうに見えるのっぽの黒人がスネーク・バイトを買いに来たりしていないかと店主に訊くのは、あまり実効性のある考えではないだろう。

いままで突き止めたこととトイ・マンが関係している、と自分で思っていることとさえ本人には気づかれたくない。気づけばトイ・マンは行動を変えるかもしれない。

ホテルの部屋のテーブルについたまま、キーホルダーサイズの小型カメラを五つ手に入れる。オンラインで購入して翌日に届いた品で、動きを検知するたびに自動で撮影する。それ以外のときは、一分に一回シャッターがおりる。

カメラを各薬草店の入り口付近に固定し、ＳＤカードのメモリーが満杯になる二十四時間ごとに交換する、というのがわたしの計画だ。

トイ・マンがまったく現れないのは困るが、カメラの取り付けや交換のときに逮捕されるのも願い下げだ。店が閉まっているあいだに実行することにする。

それでも、トイ・マンの写真撮影はほんの手はじめだ。これから写真に写るであろう何百人のどれが目当ての獲物なのか、それを見分けるすべをわたしは持っていない。また、いったん標的が店を出てしまえば、召喚状の力を借りないかぎり、容疑者の情報を店主から無理に聞き出すことはできない。それも、店主が何かを知っていればの話だ。

わたしに必要なのは追跡手段だ。

ぬかるみや土に足跡を残して追跡の手がかりを作ってくれるシラスの動物たちとちがい、相手が薬草店の常連ではそう簡単にはいかないだろう。

わたしに必要なのは、スネーク・バイトを買いにきた客が、トイ・マンが行ったことのある別の場所にも出没しているかどうかを見分ける手段だ。できれば住んでいる場所までたどりたい。

うまくいけば、これは新月の前に見つけられる別のベクトルになるだろう。最悪のシナリオで――これはどうしようもなく最悪だが――トイ・マンが餌食を選び、遺体が発見されるとしても、トイ・マンがどの店に出入りしているかを見きわめる手段は必要だ。

一度も接触したことのない相手をどうやって追跡すればいいのか。

わたしの答は若干よこしまで、連邦法の解釈しだいでは違法とされそうだ。

疾病対策センター《CDC》の目と鼻の先でこれをするのが少し愉快でもある。きのう小型監視カメラを注文する際に、もう一品取り寄せることにした。正確に言えば五つだ。

これはアマゾンの通販ではなく、ノース・カロライナの研究所から来る。この研究所は防衛産業の分野に医療品を売るが、それはあくまでも建て前だ。じつは、きわめて限られた目的で使われる、特注のバクテリアを作って提供している。

トイ・マンはわたしより圧倒的に有利だ。わたしは法執行機関の捜査官でも法医学者でもなく、目の前でごまかされたときに見破るだけの眼力すら持っていない。それでも、意のままに一連の技を使う、かなり型破りな科学者だ。その技ひとつで細菌戦争を引き起こすこともできる。

45　脅威査定

次世代戦争研究家の一団とホテルのバーでいっしょになったとしよう。人生の半分をキャンパスで過ごし、あとの半分をペンタゴンの密室で会議に明け暮れるその男女に、一番こわいのは何かと尋ねたら、それはスーツケースに入れた核爆弾ではなく——たしかに、今年ハイウェイで亡くなった人数は、書類鞄サイズの核兵器が人口密度の高い一市を壊滅したときに予想される死亡者数よりも多いが――じつは、悪辣《あくらつ》な権力者や閉鎖的な超大国に雇われたどこかの生物学者が、人類の大半を消しかねないものをペトリ皿のなかで創るのが一番こわいと答えるだろう。

これは、いまにはじまった脅威ではない。さかのぼれば一九四〇年代、当時《ま》の合衆国政府は生物戦争の脅威を知るために何百万ドルも投じ、みずからバクテリア剤を撒いてその拡散状況の観察までしていた。

一九五〇年、飛散の実態を見るために、サンフランシスコ湾上の海軍の艦船から枯草菌とセラチア菌が朝霧のなかへ散布された。

結果は恐ろしいものだった。無害であるはずの菌株が原因で、のちに多くの人々が病気になったのは言うまでもない。またこれにより、外国勢力がもっと恐ろしい致死性の菌を合衆国に送りこむかもしれないという懸念がいっそう強まった。そのため、生物兵器の実験はひそかにつづき、たとえば無害と思われるバクテリアが地下鉄などの公共スペースに散布されて、分散速度が測定されたこともあった。

最初の実験から六十年、わたしたちはそうした脅威を緩和するための生物戦争プログラムに十億ドルを費やし、人間をおびやかす新しい方法をつぎつぎ編み出しているバイオテクノロジー産業には一兆ドルかけている。

きょう、わたしがパソコンの前にすわり、レゴブロックさながらに遺伝子を混ぜ合わせたりはめこんだりするプログラムをいじってから〝送信〟をクリックすれば、その遺伝子配列のバクテリアを研究所に作ってもらうことができる。

この技術は人の命をすでに救っていて、理論上は救われる命のほうが、まちがった使い方で失われる命よりもずっと多いだろう――少なくともそう期待されている。十九世紀にひとりの司祭がえんどう豆で遊びだしたとき、精霊は瓶から放たれた。道具や情報の流れを制限しようとすれば、能力が低くて知識の足りない善人を作るだけだ。

たぶん。

それはそうと、遺伝子変更のバクテリアを軍事利用することで、命をおびやかさずに遺伝子を利用する手法も数多く生み出されている。そのひとつが、わたしがコンサルタントとして少しだけかかわったプロジェクトだ。

たとえば、テロリストAがあるテロ組織の一員らしいが、別の国のテロリストCと知り合いかどうかはわからないとしよう。抜け目のないふたりが自分たちの関係が悟られる電子的な通信手段を使わずに、かならず仲介者――テロリストB――を通して連絡し合うとしたら、テロリストBを水責めにせず、こちらが感づいていることも知らせず、AとCのつながりをどうやって探ればいいか。

Aと会った全員を尾行し、その全員と会ったそのまた全員を尾行すれば、もしかしたらテロリストCにつながる短い道筋が見つかるかもしれないが、問題は、仲介者かもしれないすべての人間を追えば、捜査要員の数がたちまち不足するということだ。人間関係はつぎつぎと枝分かれしていくから、じきに、地球上の人間だけではこの仕事を達成できないと気づくことになる。

情報機関が取り組んでいる難題のひとつがこれだった。その他大勢を追跡するだけの人数を雇うには莫大な費用がかかり、結局不可能だ。

ひとつ解決法がある。つまりわたしがたずさわっていたプロジェクトだが、それは人ではなくバクテリアを使うやり方だ。

一流の科学計画を立てられる超大国なら、無害なバクテリアを――コップの水にはじめからはいっているたぐいのものを――その兄弟姉妹菌と区別するための特殊なタグつきのバクテリアへ変えることができる。

テロリストAと道ですれちがったときに、そのバクテリアを吹きつける。それは口と鼻のなかで増殖しながら、数日間はAの体からばらまかれるが、やがて免疫システムの働きによって死滅する。

このままいけば悪夢のシナリオが展開しそうに見える。

まあ、そうとも言えるし、そうでないとも言える。

サンフランシスコでおこなわれた実験の問題点は――倫理上はともかく――当時は人工バクテリアがなかったことだ。無害とされている菌株を使わなくてはならないが、実験によって拡散したと言えるだけの希少性は必要だった。

ふつうの無害なバクテリアでは意味がなかっただろう。なぜなら、そうしたバクテリアはサンフランシスコじゅうの人間をすでに覆いつくしているからだ。

いまなら、たとえばナイセリア・ラクタミカという使い勝手のいい菌株を選べばいい。これは肺炎レンサ球菌のように、裏切り者の遺伝子によって害のある菌にたやすく突然変異したりしない。そのゲノムにマーカーをいくつか加えれば、あとはテロリストCがスターバックスで捨てた紙コップを拾うか、ほかにさわったものを拭いて、特製の菌株が現れるのを待てばいい。

この奇跡の改造物により、バクテリアのスパイがテロリストCへたどり着くまで何人の体を通ったのか、ざっと見積もることさえ可能で、そこからテロリスト同士の〝距離〟がわかる。そのうえ、わたしが開発に協力したソフトウェアを駆使すれば、テロリストDとEから見つかる突然変異株の数を調べることで、組織のおおよその規模が判明する。

この話を聞いて恐ろしいと思う人はいるだろう。わたしは思わない。統計学的に見て、このプロジェクトでナイセリア・ラクタミカが有害な菌株に変異して解き放たれる確率は、一兆分の一であり、それは、混んだマクドナルドの店内でくしゃみをして鼻から飛んだ肺炎レンサ球菌が、文明を滅ぼす新型ウイルスに変わるくらいの確率だ。

わたしが恐ろしいと思うのは、友人から聞いたこんな話だ。オサマ・ビンラディンがまだ指名手配中だったころ、本人だけを攻撃する特殊なウイルスの開発が真剣に議論された。数十億ドルの予算があれば、およそ五十パーセントの確率で成功すると研究者たちは主張した。しかし、あとの五十パーセントについて、わずかでも変異が起これば善良な人々もいるビンラディン一族全員を抹殺しかねない、という説明を官僚にしなくてはならなかった。実際は本人の特定の遺伝子マーカーを探すという点に計画の不備があるのだが、それでもかなり人きな変異が起こった場合、地球上の霊長類の九十パーセントが消える可能性は高い。そこにはホモ・サピエンスも含まれる。

そのプロジェクトは頓挫《とんざ》した。というより、そう聞いた。

きょうの時点へもどろう。いまの情報機関は特別に遺伝子操作されたバクテリアやウイルスを入手し、人間を殺さない範囲で多くの仕事をさせている。ただし何を注文すべきかわかっていればの話だ。真の意図に応じた名前が遺伝子につけられているわけではない。それどころか、それらは退屈な数値列をつけられて用途別に分類され、あくまでもペトリ皿のなかだけで使われることになっている。

わたしが特注したのは、基準外の修正を多少加えたナイセリア・ラクタミカの菌株五種類だ。研究所の高性能の設備を使うわけにいかず、特注の分析用チップつきの洒落たスキャナーもないから、現場で自分のバクテリア株を見分けられるようにしなくてはならない。そのための特殊な遺伝子があり、タンパク体を噴霧したものに紫外線を当てれば、その遺伝子がバクテリアをピンク色に光らせる。

というわけで、それぞれの薬草店へ監視カメラを取り付けたあとで店にはいり、見つけられるかぎりのスネーク・バイトの瓶を追跡用のバクテリアまみれにしてやろうと思う。

一日経っても頭痛がおさまらないことへの、これは復讐だ。

46 先入観

薬草店のアルミのドアフレーム近くに小さな監視カメラを取り付けるのも、各店舗をまわる配送トラックのあとを追いかけてスネーク・バイトの在庫にスプレーするのも、むずかしい仕事ではなかった。やっかいなのは、カメラが集めた何千という画像を分類し、二日のあいだに店を出入りした客を三百二十三人に絞りこむ作業だった。〈ブレスト・エンジェル・スピリチュアル・ワンダーズ〉では、二日目にカメラを交換した際に位置が少しずれ、使える画像はドアが開閉されるときの反射光のなかで撮られたものばかりだった。

そのなかにトイ・マンらしきものがひとつあって元気づけられるが、あまりにも出来の悪い画像なので落胆もする。自分の先入観かもしれないと思っていっそう自信がなくなる。わたしは頭のなかでトイ・マン役の男を作りあげていたのだが、それがこの画像の男と一致している。これはアーティスから聞いたことをもとにしているのだろうか。それとも、恐ろしい黒人という自分なりのイメージから来ているのだろうか。

自分に根強い偏見があるのではないかと一日じゅう勘ぐるのもいいが、結局専門家の意見にまさるものはない。アーティス自身の意見のことだ。

拘置所のビデオ通話サービスでアーティスと連絡が取れる日時を申しこんでおいた。アーティスがほかにも大事なことを思い出すかもしれないからだ。それに、わたしが熱心に調査をつづけていて、本人のことを忘れていないと知らせるためでもあった。

アーティスの呼び出しをビデオ会議ソフトが告げるのを待ちながら、ホテルの窓から欠けていく月をながめ、トイ・マンがスケジュールを守るなら、つぎの殺しまであと四日しかないのをあらためて思い出す。

ほかの殺人犯なら捜査続行中に犯行を重ねるのはやめておくだろうが、トイ・マンはつづけるのではないか……。理由はいくつかある。ひとつ目は、警察が国の反対側で犯人を捜し、何年も前に犯人が捨てた家を捜索していること。ロサンゼルスの別の犯行現場さえ発見していない。ふたつ目は、トイ・マンが傲慢なこと。ほかの知能の高い殺人犯と同様、だれも犯行に気づかないのだからつかまるわけがない、とトイ・マンは思いたがっている。もしやめれば、少なくとも警察と自分の賢さが同程度だと認めることになる。新月にまた人が殺されると思う最後の理由は、トイ・マンが魔術を信じていること。血の儀式をとりおこなうにあたり、月の周期で最も力がみなぎるのが新月のときだ。

パソコンからチャイムの音が鳴り、アーティスの陰気な顔が現れる。以前会ったときのあっけらかんとした様子はない。

「アーティス？」

「やあ、セオ」アーティスが横をちらりと見る。面会時にかならず刑務官がそばにいるので、それをわたしに思い出させているのだろう。

「だいじょうぶか」わたしは尋ねる。

「うん……まあ……さっきチェン刑事が来てさ……」

「チェン？」

「そう、それに、一度も話したことがない検事の野郎もだ。そいつらが写真を見せて、トイ・マンかどうか尋ねた」

「トイ・マンだったのか」

アーティスが頭を低くして、受話器を手で覆う。「内緒にしとけるのかな。ちがう。あんなやつは見たこともない。でもあいつら、おれにそうだと言わせたくてたまらないみたいだった」

「名前を言ってたかい」

「ああ、シムズとかなんとか」

警察がただひとりの目撃者に対し、死んだブラジルの殺し屋オルダボ・シムズを犯人と認めるよう圧力をかけているのは明らかだ。だとしても、どこまでごり押しするのか。

「あいつら、やたらと迫ってくるんだよ。大陪審でこの男だったと言うだけでいいって。そうすれば裁判も何もなしだって」

アーティスの前にそんなものをぶらさげるとは何事だ。わたしは怒りをこらえる。

「でも、おれはよくわからないって言った。そうしたら、当時おれがほんの子供で、小さいときは何もかもがいまとはちがうし、記憶がごっちゃになることもあるわねってぬかすんだ」

「それからどうなった」

「おととい来やがれって言ってやったさ。そんなくそみたいなごたくはとっくの昔に聞かされてるし、しまいにトイ・マンはおれの作り話だってことになったんだから。ようやく嘘じゃなかったとわかったが、こんどはだれがトイ・マンでだれがそうでないか、おれに教えようってのか。あほらしい。連中がおれの前に何を置こうが何を約束しようがどうでもいい。そいつがトイ・マンじゃなければトイ・マンじゃない。そうだろ。やつが野放しで子供狩りをしてるのを知りながら、警察に丸めこまれるわけにはいかないんだよ。まともな人間なら良心の呵責に耐えられないね」

そのとおりだ。暴力事件を起こしたアーティスのような男でさえそれがわかる。「そうしたらなんと?」

「考える時間をやってあしたまた来るとさ」

「連中は何か具体的な取引を持ち出したかい」

「いいや。だけど、検事のほうはおれの裁判のことで判事にかけ合ってどうにかしてもいいって感じだった。わからないけどな。あいつらは信用できない。それはそうと、何かわかったのか」

「わたしも何枚か写真を持ってるんだ。あいにく、きみの裁判の役に立ちそうもないけれど」

アーティスがうなずく。「わかってるさ。ただ、以前あんたがそうしたくそったれを追い詰めたときみたいになれば、おれはそれでいいんだ」

わたしは咳払いをする。「まあ、できれば肉弾戦は避けたいけどね」

フォルダーから写真を抜いて表を画面に向ける。どれがどれだか自分にわからないように、念入りにシャッフルしておいたものだ。アーティスには自分自身の考えを言ってもらいたいし、わたしの顔色や態度に影響を受けた意見は聞きたくない。自分の気持ちを隠しておけるとだれもが考えるが、たぶん、得意だと思うこんでいる者ほどほんとうは下手だ。

「いいかい。いまから一枚ずつ見せる。これかもしれないと思ったときに教えてもらえれば、わたしがそれを脇へ置く。言っておくが、なかにはかなり不明瞭な写真もある」

「わかった」アーティスがスクリーンへ身を乗り出す。

「ちがう。ちがう。ちがう。ちがう」迷いもしない。

「もっとゆっくり見せようか？」わたしは尋ねる。

「手がくたびれてきたのかい」

「わかったよ。これはどうだ」

「ちがう。ちがう。ちがう。ちがう……」アーティスの声が止まる。

わたしは反射する映像を見るまいと、スクリーンから無意識に目をそらしていた。

「アーティス？」わたしはその写真を下におろす。

アーティスはまるで催眠術にかかっているようだ。目を大きくあけ、口を半開きにしている。

「アーティス？」

「そいつだ」

「念のためにこれを脇へ置いてから、残りの写真にかかろう」わたしは言う。

「しなくていい」アーティスがゆっくりと首を横に振る。「そいつなんだ」

「万が一ということもあるだろう」

アーティスがしぶしぶと同意する。「いいけど。でも、それがあのくそったれなんだ」

わたしは残りの写真を見せるが、いらいらとした〝ちがう〟の連続だ。とうとう最後の一枚になる。

「ちがう。正解は最初に言ったやつだ」

例の写真を裏返す。

わたしが自分で選んだのと同じだ。もう一度見せる。「ほんとうにやつなのか」

アーティスは直接カメラをにらみ、向こうのスクリーンに映るわたしを通り越して目と目を合わせてくる。冷たく、傷ついた表情だ。長年嘘つき呼ばわりされたあげく、こんどはわたしが疑っている。

「やつはまだあの白いキャデラックを持ってる」アーティスは言う。

「キャデラック？」わたしは写真をひっくり返す。

ドアの反射光のなかで写されたものだ。たしかに、写真の上端に見えるフロントグリルとフロントガラスから、まぎれもなく白いキャデラックだとわかる。

疑問がしつこくつきまとう。わたしがこの写真に惹きつけられたのは、写っている男の表情とアーティスの落書きのせいだったのか。それとも、捕食者の物音や気配を感知する動物的な脳の早期警戒システムがキャデラックをとらえたが、それが意識までのぼってこなかったということか。

「なあ、クレイ博士」

わたしはウェブカメラを見る。「え？」

「そいつの名前を調べたか」

かぶりを振る。「それはむずかしいな。追跡しているのを知られたくない。店主なら知っているかもしれないが、そこから話が漏れるのは避けたい」

「それもそうだ……じゃあどうする。警察に匿名で通報でもするか」アーティスが皮肉をこめて言う。

「いや。それはだめだ」言いながら、その写真からもっと細かい手がかりを探している。残念だが、ナンバープレートは藪にさえぎられて見えない。それでも、上のほうに写ったダッシュボードに何かが見える。駐車券のようなものだ。

「これが何か調べてみるよ」

アーティスが見えるように写真をかかげる。

「調べるからにはブレードランナー並みの装置を持ってるんだろうな。ここからじゃ、もやにしか見えないぜ」

わたしはこの写真の出どころであるSDカードをちらりと見てから、ビデオファイルを作るのに使われたアルゴリズムについて、また、鮮明な写真にするために作らなくてはならないアルゴリズムについて考えはじめる。

「ウェーブレットだよ、アーティス。ウェーブレット」

47 フーリエ

十九世紀のはじめ、フランスの数学者で物理学者のジャン・バティスト・ジョゼフ・フーリエは、ナポレオンのエジプト遠征に随行した経験から、熱伝導及びふたつの物体のエネルギー交換について強い興味をいだくようになった。あるものから別のものへ、完全に熱が伝わらないのはなぜか。この疑問から、非常に多くの別の疑問が生まれた。

たとえばある科学者は、地球がなぜ巨大な雪玉ではないのか、その謎を解こうとしていた。フーリエが太陽から地球の表面までの距離を計算したとき、あたたかさを保つのに充分なエネルギーが地表に当たっていないと気づいたからだ。このことが、地球の気温を加減する大気圏と水蒸気の役割、最終的には温室効果の発見につながった。

それでも、エネルギーの伝達を数学関数で表すフーリエ変換の公式を考えたのは、フーリエの功績だった。簡単に言えば、それは小さな部分だけを見て、そこからより大きな信号を再構成する計算のことだ。

フーリエ変換はコンピューター圧縮の基礎であり、そのおかげで監視画像や動画をすべて小さなSDカードにおさめることができる。それに、プロセッサーがメモリー・チップにすべてを書きこむ必要はない——使える映像がひとつ手にはいる程度でいい。

こうした圧縮で問題なのは、情報が失われることだ。監視カメラの小さなレンズがキャデラックのダッシュボードのクリアな像を屈折させて、もっとずっと小さなフォトセンサー・アレイを通過させられたとしても、また、小さな紙切れに記されているものを写し出す解像度がそのカメラにあったとしても、プロセッサーが画像処理する過程で何か大事なデータが失われているのかもしれない。

しかし、フーリエ変換に損失性があったからこそ、数学者たちはほかの圧縮と再構成の技術に目を向けはじめた。ウェーブレット圧縮の基本的発想は、信号の波全体を使い、波のもととなる正確な機能をつかむことで損失のないものを作ることだ。フーリエ変換よりはるかに大きな負荷がプロセッサーにかかるが、メモリーを効果的に使うには非常に有効だ。

悲しいかな、わたしの監視カメラにはいっているのは、損失の多い圧縮をおこなうフーリエ変換のアルゴリズムで、その写真から引き出せるデータは限られている。

それでも、ウェーブレット理論と同じ数学を使って信号を再構成することはいつでも可能だ。

ブレてピンボケになった写真を鮮明にする写真編集ソフトは、露出時間を計算し、動きの量を測ることで画像を修正する。刷毛《はけ》で描いたようなブレを処理すれば、実際に時間をまきもどしたように、ブレる前の像が——あるいは望むとおりの像が——現れる。

容疑者がドアを通って動作探知器つきの監視カメラが作動したとき、約四秒間の動画が撮影された。JPEG圧縮方式で毎秒十五コマの動画だから、あの小さなカメラは六十の静止画に容疑者の顔と車の前部をおさめたことになる。

ドアは動いていたから、頭部の3D画像をスキャナーで撮るみたいに、その顔はさまざまなアングルで写っていた。

わたしは市販のソフトウェアを使って、それらの画像から容疑者の頭の3D模型をさっそく作った。

頭がドアのガラスに充分近かったので、形のデータを取るのは簡単だったが、キャデラックのダッシュボード上の画像を鮮明にする作業には多少手こずった。少しずつちがうアングルで六十回撮影されても、それは二次元物体だったからだ。

しかし、望みはまだある。ウェーブレット変換マジックがすごいのは、ある既知の因子をインプットして、画像に現れているよりも多くの情報をソフトウェアに与えられる点だ。

キャデラックのフロントグリルは、アルゴリズムにとっては単なる長方形だが、幅何センチメートルあるか、わたしは正確に知っていて、撮影時にドアとレンズからどれだけ離れていたか、たしかな推定もできる。

その小さな紙を3D空間にしっかり固定すれば、ほかの全画像をそれに重ね、反射を調整し、紙の屈折を見積もり、あげくに小さな人工知能まで駆使して、画像のなかのたしかな形をできるだけ正解に近づけることができる。

五時間後、ダッシュボードに載っていたものの複製をわたしは手に持っている。まあ、本物といってもいいだろう。バーコードらしきものも書き入れてあり、もしほかのバーコードのサンプルがあってぼやけた縞を解明できるのならそれも復元できるが、肝心なのはロゴであり、それは非常に鮮明で見まちがえようがない。

アトランタ市内で〝E〟の字をふたつつづけたロゴマークの駐車場を二十分かけてネットで探したあと、検索範囲を全州に広げそうになるが、数学の不思議な力に支えられ、あることに気づく。わたしは像が反転するのを忘れていた。それは33の鏡像だった。

そこで、トイ・マンの画像のほうも訂正し、左の目の上の傷を本来あるべき右側へ移す。ピーチツリー三十三番地は駐車場で、薬草店の前の通りに停める前に、トイ・マンはそこに車を駐車していた。それは二十階建てのオフィスビルの駐車場だ。店に寄ったあとでそこへもどったとすれば、わたしのバクテリアまみれの追跡用小道具はまだそこに……

48 覗き箱

ホテルの部屋にこもって、ばらまいた追跡用バクテリアを観察するための凝った計画を思いつきはしたが、ばらまいた菌を――というより、まだ人がいる午後七時のオフィスビル内の菌を――追跡するむずかしさについてはあまり考えていなかった。

目標は、そのバクテリアがエレベーターのボタンと、そのボタンが示す階のいずれかのドアの取っ手に付着しているのを確認すること。問題は、わたしの小さなバクテリアたちが、スレオニンとブドウ糖の特殊な混合液をスプレーして紫外線に当てないと光らないことだ。ふつうの屋内照明の下では見えないほどかすかな光なので、サンプルを暗い場所に置き、肉眼かiPhoneのカメラで観察する必要がある。

空想の世界でなら、光る触媒を使った全消火システムを作動させてからスーパーハックを操作して市全域を停電にする暇もあるが、現実世界ではもう少し平凡な手を考えるしかない。

アマゾンプライムのダンボールのひとつを見て答がひらめく。箱は〈スタートレック〉の架空動物トリブルさながら増殖し、いまにもわたしを部屋から追い出しそうな勢いだ。

中くらいの箱の底を切ってから、開閉できるようにテープでとめ、中にUVライトを取りつける。

こうしておけば、フラップを開いて怪しいものの表面に箱を押しつけ、中を覗くことができる。

そのうえ、アマゾンは下請けに個人営業の配達業者も使っているから、荷物を届けにきたふりをすれば建物にはいれそうだ。ビルの二十階にある〈トンプソン・コンサルティング〉

宛ての伝票を急いでこしらえる。

鏡の前で最終チェックをする。これが配達員に変装した生物情報工学者で、まさか遺伝子を組み替えた未検査のバクテリアを世間へひそかに放った男だとは、だれが見ても気づくまい。


ピーチツリー三十三番地に車を停めると、地下駐車場に出入りする車はまだあるものの、場内はほぼがら空きだ。

入り口のゲートで駐車券が吐き出され、それが自分の作ったものとそっくりなので少し誇らしい気持ちになる。もっとも、この券のバーコードを読み取るのに暗号は要らない。

ロビーにあがるエレベーターの近くに駐車するが、そのエレベーターでは確認作業を控えるしかないだろう。警備員に見とがめられてつまみ出されたくないし、メインエレベーターにたどり着く前に逮捕されたくもない。

不安を募らせながらエレベーターの中へ足を踏み入れ、ロビーへ向かうボタンを押す。事前に調べなかったので、受付で人が応対するのか、自分でパスワードを入力するのか、まったくわからない。

ドアがあくと、目の前にホールがあり、受付の警備員と真っ向から目が合う。

左右にふたつずつエレベーターがあるが、目下のところ、その警備員の注意はわたしへ向けられている。世界中で使える通行証のように、わたしは箱を振ってみせる。

「行先が何階かわかりますか」警備員が訊く。

一瞬ことばに詰まってから貼ってある伝票を見ればいいと気づいたおかげで、そのつまずきに多少の信憑性《しんぴょうせい》が加味される。「ええと、二十階です」

「向かって左側ならどちらでも行けますよ」警備員が教える。

「あ、はい、どうも」わたしはR指定の成人映画を覗きにはいろうとする十三歳のように、必死で平気を装う。

真鍮《しんちゅう》色の扉の前に立って、あくのを待つ。行先階は十一階から二十階までと表示されている。ということは、上層階用のエレベーターをふたつとも調べたあとで一階分下へおり、一階から十階までのエレベーターに乗るしかない。

「ボタンを押さないと」ロビーの向こうから警備員が大声で言う。

「そ、そうか」わたしはボタンを押し、そのとたんに扉が開く。

乗りこんで〝20〟を押し、ほっとひと息つく。エレベーターが上昇すると同時に、ここでおこなうはずの作業を思い出す。建物内にいかなる菌株も持ちこまないように、車内で手を拭いて消毒しておいたので、少なくとも、自分でボタンを汚染する心配はない。ポケットから活性化剤のボトルを取り出して、並んだボタンにスプレーし、それから廊下へ出る。あの世話焼きの警備員が監視カメラで見ているといけないので、わざわざ〈トンプソン・コンサルティング〉まで歩いてから引き返す。

監視カメラのほうは見ないようにする。いかにも退屈そうな者を人はすぐに見飽きる、というのが都市型カモフラージュの極意だ。

もう一方のエレベーターの前へ行って下降ボタンを押し、扉があいたときに、手を中へ差し入れて同じように各階のボタンにスプレーをかける。

そしてこんなことを考える。あの警備員がカメラでエレベーターのなかを見ていたらどうだろう。極度の潔癖症ゆえの奇行として見逃してもらえるだろうか。

とはいえ、見つからないほうがいい。

十一階のボタンを押して後ろへさがり、はじめに乗ったエレベーターを呼ぶ。

そのエレベーターが着くまでに、UVライトのスイッチを入れ、箱の底を開く。四つのエレベーターを全部調べるなら、手早くやる必要がある。

中へはいるなり、ひざまずいて箱をボタンの並びに押しつけるが、勢いあまって箱がボタンにふれなくてよかったと思う。ふれればボタンが光って小さな暗室が台無しになるからだ。

箱の中を覗くと、見えるのはUVライトの紫色の光だけだ。証拠となる汚れはない。

当然、ある問題点が脳裏に浮かぶ。容疑者はエレベーターに乗って、行先階のボタンを押してくれとだれかに頼んだから痕跡がないのかもしれない。

エレベーターで十一階まで行っておりる。

もうひとつのエレベーターを待ちながら、わたしがおりてこないのに警備員が気づくまでどれくらいかかるか考える。警察を呼ぶか、それとも自分で捜しにくるか。

データが手にはいればどちらでもかまわない。非合法なことは何もしていない——ただし、警察が微生物学にもニュルンベルグ憲章にもくわしくないと仮定したうえで。

スプレーをかけた二番目のエレベーターへ乗りこみ、膝をついてボタンの並びに箱を当てる。

光っている汚れに迎えられる。

やあ、小さな友達。

寂しかったかい。

コロニーは……ふたつか。

やつはボタンをふたつ押した。〝14〟と〝17〟だ。親切にも、だれかのために行先階のボタンを押してあげたのだろう。なんてやつだ。

しかも確認すべき階がふたつになった。どちらの階にも十から十五のオフィスのドアがある。

追跡のスリルでアドレナリンが急上昇し、発見される恐怖ではらわたがよじれるが、ボタンを押して十七階へ向かう。

49 スピード巡回

こうしよう。二十階から十七階へさがる五秒間で考える。廊下を早足で歩き、通り過ぎざまに各ドアの取っ手にスプレーをかけ、こんどは引き返しながら、暗箱を使ってなるべくすばやく取っ手を見る。仮に三十個のドアノブがあって、一ヵ所からもう一ヵ所への移動に五秒かかったとしても、この階にかかる時間は長くても五分以内ですむ。

運がよければ最初の数回目で例の微生物が見つかるだろう。けれども、わたしは数学を理解しているので、最後のほうでやっと見つかる場合があるのもわかる。そのころには、十七階で変なやつがアマゾンの箱を持ってオフィスに侵入しようとしていると通報されているかもしれない。

ホテルの部屋にいるときなら、これがすばらしい戦法に思えただろう。

エレベーターの扉があいたので、ジグザグに廊下を進み、後ろを振り返ってはドアノブへスプレーをかけるが、オフィスの表札には注意を払わない。

そんなものはフロアの案内板でいつでもわかる。いま肝心なのはスピードだ。

スプレーボトルを手に、左の一番奥へ達してからふと思う。酔った水夫みたいに廊下を右へ左へとうねうね歩かずに、壁際を真っ直ぐ一番奥まで進んでから、反対側の壁に沿ってもどればいいではないか。

国防情報局《DIA》が現場仕事ではなくオフィスの業務にわたしを採用したのはこのせいだ。

エレベーターの前を通って別の廊下のドアノブにスプレーをかけはじめたとき、この階への到着を知らせるチャイムが聞こえて凍りつく。

ラージサイズのピザの箱をかかえた女性が現れて、わたしを見て笑みを浮かべ、廊下を歩いていく。ドアの前で立ち止まるのを見て、わたしは彼女が鍵を取り出さなくてはいけないのに気づく。

「手を貸しましょう」声をかけながら、彼女の仕事場のほうへ小走りで向かう。

自分の偽物の箱を片方の腕にかかえ、もう片方でピザを受け取る。

バッグのなかの鍵を探しながら、彼女はわたしの箱を指差す。「それは何？」

配送品の内容など知らないとわたしは言いそうになる。しかし視線を下へ向けると、中身はネズミのゲイ・ディスコかと思うほど、紫色の光が開いた蓋から漏れている。

「その……科学の実験なんです」わたしは答える。

相手の目つきから察するに、ネズミの説明を加えたほうがよかったかもしれない。

彼女はドアのなかへ一歩足を踏み入れ、食べ物を受け取ってから、あぶないオタクめと言わんばかりの表情を浮かべる。「楽しんでね」

ドアが閉まるなり、わたしは膝をついてドアノブ周辺に箱を押し当て、彼女がトイ・マンの仲間かどうかを見る。

結果はシロだが、彼女がスレオニンつきのペパロニ・ピザを堪能すればいいと思う――まあ、あまり特別な味はしないだろう。

隣のドアへ移動してノブを暗くし、覗きこむ。何もなし。つづく八つも同じ結果だ。

彼女が警備員に知らせるのではないかと思って、鼓動が速くなるが、それでも作業をつづける。追い出されるか逮捕されるまでやめるつもりはない。

廊下の最奥へ着き、十四階では全ドアをなるべく早くまわるためにどのコースで行こうかと考える。それから、だれかがトイ・マンのためにドアをあけてやったせいで、やつの指紋がどこにも見つからなかったらどうしようかと考える。くそっ、南部人の気配りってやつは。

あわてるな、セオ。駐車場のエレベーター付近でやつが現れるまでずっと見張る手もある。メインエレベーターのなかに、レンズをキーパッドへ向けてカメラを設置したっていい。手段はいくつもある、と自分に言い聞かせる。光る汚れがなくても世界の終わりではない――まあ、わたしにとっては。

いても立ってもいられないのは、トイ・マンがすでに獲物を選んでいて、路上からさらう機会をうかがっているかもしれないからだ。

オルダボ・シムズが浮上したということは、ある意味で彼はトイ・マンの共犯者だったのかもしれない。ボルトカッターを使ってクリストファー・ボストロムの自転車を盗み、少年がいつもよりたやすく――単に楽だという以上の理由で――車に乗るように仕向けたとも考えられる。自転車を盗まれて動顛した少年が感情的にどれほど無防備で、車に乗ったら新しいのをあげると言われてどれほど簡単に餌食になるか、わたしにはわかる。

そう思って気が高ぶるあまり、ドアをひとつチェックして問題なしとし、廊下を引き返しはじめたそのとき、たったいま光る汚れを見たことに気づく。

そのドアへ急いでもどってふたたび膝をつき、箱のなかへ目を凝らす。

光るバクテリアがドアをびっしり覆っている。

トイ・マンがこのドアを通った。

iPhoneで写真を撮る。バクテリアを包んでいる懸濁剤の弾力性のおかげで、部分的な指紋を採取できる。

やつはほんの数時間前ここにいた……

血が氷水に変わる。

まさにここで……

このドアにふれた。

突然、トイ・マンが幻影ではなくなる。実在という、わたしと同じ次元を歩く現実の人間になる。

後ろへさがり、トイ・マンがなんというオフィスへはいったかを確認する。ここが仕事場なのか。訪れただけか。どういう事情なのか。

そのドアに記された文字を読んだとき、電話に応対する声が中から聞こえ、どちらにも同じくらいはっとさせられる。わずか数語でこれほど心臓が跳ねあがったことはない。

何も考えられない。

ドアプレートにこうある。国土安全保障省。

50 安全地帯

トイ・マンがこのオフィスへはいった理由はいくらでも考えられる。安心できる理由はひとつもない。あの邪悪な男がのうのうとこのドアを通っているのに、法執行機関の捜査員たちは国の反対側で犯罪の断片をつなぎ合わせようとしている。そう考えるだけでも恐ろしい。

さらにわけがわからないのは、ここがアトランタにおける国土安全保障省《DHS》の主要オフィスではなく、出張所だということだ。スペースが足りなくて一定の部署をこちらへ移したとか、それとも、作戦を分割しておく必要があるとか、そうした事情があるのだろう。でも、いったいどんな作戦だ。

分別のある行動かどうかを脳が決める前に、手がドアの横のボタンを押す。

やつが現れたらどうする。

「なんでしょう」インターホンから男の声が聞こえる。

上を見ると、小さなカメラがこちらを向いている。箱でドアノブを検査したのをだれかが見ていただろうか。中へはいれたとしても、気まずい質問に答えなくてはならないのだろうか。

わたしはポケットから国防情報局《DIA》関連企業の身分証を出してカメラの前でちらつかせる。

「じつは……こちらで働いているかもしれないかたについて、お尋ねしたいことがあるんです」

電子音が鳴り、ドアが解錠される。「おはいりください、クレイ博士」

このカメラには、瞬時に身分証を読み取る画像認識システムがついている。いま知られたのは名前だけではない――わたしにまつわるすべてだ。

ドアノブをつかみ――やつがさわったドアノブだ――中へはいる。

小さなオフィスだ。受付カウンターが部屋の大半を占め、その奥にガラス扉がある。受付の右側になんの変哲もないドアがあるが、おそらく別のオフィスへつづいているのだろう。つまり、このDHSのオフィスは、もうひとつの秘密の入り口に通じているのかもしれない。

カウンターの奥では、白いシャツにネクタイを締めた若い白人男性が、パソコンを前にしてすわっている。キーボードのかたわらにあるのは食べかけのサブウェイ・サンドイッチだ。

「どういったご質問でしょう」その男が愛想よく尋ねる。「夜間は大半の者が帰宅しておりまして」

わたしは受付の奥のガラス扉へ目を凝らし、氏名と部署名を読む。

ジャック・ミラー　副次官補　グローバル問題担当課
キム・ダン　グローバル問題担当課調整役
カーター・ヴァルチェク　グローバル通信担当課

これらは諜報部門であり、〝グローバル〟を繰り返しているところを見ると、国内の諜報機関ではないのだろう。それどころか、彼らは諸外国の政府のスパイと連絡を取り合う情報機関の人間だ。ここはテロ対策部の隠れ蓑だろう。なぜなら、テロや薬物についていっさい言及がないからだ。

わたしがドアをあけてもらえたのは、ＤＩＡのカードを見せたからにすぎない。それがなければ、本部へ行くようにと言われただろう。まちがいない。

あとでボロが出ないもっともらしい嘘を必死で考える。「別のオフィスへ行ったんですが……ここへ来ればいいと言われまして」ポケットから監視カメラで撮った写真を取り出す。３Ｄ復元をおこなった鮮明な画像ではないほうだ。「同僚の女性がひき逃げをされて怪我を負ったんです。わたしたちは目撃者を捜しています。彼女は事故の直前にこの人と話をしたそうで、自分の証言を裏付けてくれるかもしれないと言ってます」

受付係は写真を見つめてからほんの一瞬わたしへ目を走らせ、そのあと写真を返す。そして、力なく首を横に振る――嘘をついているときの無意識のしぐさだ。

「ここで働いている人じゃありませんか」

受付係はもっと力をこめて首を振る――ほんとうのことに同意するときの動作だ。「いいえ。ここで働いていません」

カメラの撮影記録を見せてくれと頼んでもいいが、それは警備上の違反行為であり、そもそも自分の嘘がばれることをこの男が許可するはずがない。

トイ・マンはここにいた。ここで働いていないのだろうが、受付係がわたしに嘘をつくだけの重大な事情がトイ・マンにはある。

「じゃあ、DIAの用件ではないのですか」わたしを中に入れるべきではなかったと、受付係は気づいたらしい。

「そういうわけじゃありません」わたしは勝手に疑わせておく。

「そうですか、いろいろ聞いてみましょう。あとから連絡できるように電話番号を教えていただきたいのですが。それから、その写真をお預かりしてもかまいませんか」

この男がトイ・マンを知っているのは九十九パーセント確実だが、真の姿は知らないにちがいない。写真とプリペイド式携帯電話の番号を残していくことで、やつがより強い疑いの目で見られるのなら、そのほうがいい。

わたしは電話番号を書いて受付係へ渡す。「どんなことでも知らせていただければ助かります」それから、なるべく不吉そうな声で付け加える。「ロサンゼルスの件で訊きたいことがあるんですよ」

受付係は写真を受け取ってカウンターに置くが、電話番号も写真ももう一度ながめようとはしない。「調べておきます」と言う。

わたしは礼を述べて廊下へ引き返す。入り口の上にカメラがなかったら、かがんでドアへ耳を押しつけ、受付係がわたしの訪問をだれに電話で告げるのか聞こうとしただろう。

車へもどる途中、頭のなかで疑問がふくらみ、仮定に基づく筋書きが渦巻く。

トイ・マンはなぜDHSとかかわっているのか。

なんらかの情報提供者なのか。だれについての情報か。何についての。

少なくとも、やつの正体を突き止める見こみがわずかだがある。いままでは誤検出例があまりにも多いのであれの使用を控えてきたが、データポイントがひとつ増えたいまなら、多くのデータをフィルターにかけて、使いものになる答を見つけられるかもしれない。

51 抜け穴

課報の世界には、ありとあらゆる分野の情報が存在する。電話帳のような公開情報もあれば、そうした電話帳に載った人々の通話を集めた極秘情報まである。

DIA請負企業〈オープンスカイAI〉の社員であるわたしは、アクセスできる情報を極端に制限されている。オブザーバーとして参加してくれと言われた業務については簡単な説明しか与えられず、業務に関連があると見なされた質問にもたまにしか答が返ってこない。DIAの正規の職員であるバーケットは、機密情報のポータルサイトからもっと多くの情報へアクセスできるが、それさえも制限と安全対策がほどこされている。彼女が調べた情報はすべて記録される。前のボーイフレンドが別の携帯電話を使っていたかどうかたしかめようとすれば——その情報はバージニア州の地下にあるどこかのサーバーに保管されているのだろうが——警戒信号が出され、訴えられれば重罪となる場合もある。

仕事関係の調査であってもそう簡単にはアクセスできない。機密情報の一部を手に入れてもらいたいとわたしは何度も彼女に頼んだが、上層部が不必要と判断したと言われるか、さらにひどい場合は、その情報がでたらめか時代遅れだとわかることもあった。

秘密を用心深く守る必要があるのはもちろんだが、政府が所有する国民情報のほとんどが官僚制度の地下深くに埋没しているとわかれば、多少の慰めにはなる。悪いことが起こったあとで、ほかの諜報機関が情報を伝えずに手をこまねいていた失態が何度も問題になるのには理由がある。彼らは自分たちが持っているもののことをまったく知らないのだ。

いやがうえにも、DIAにとって最も信頼できる情報源となっているのは――しかも、わたしが難なくアクセスできる情報源は――法人や投資会社に売られている民間情報だ。もしわたしがCIAの下請けで雇われて、成都飛機工業公司が最新鋭ステルス戦闘機J-20を四川省から八百キロメートル西の工業団地の廃墟で製造中かと尋ねたら、機密情報に関するそっけない叱責《しっせき》を受けるだろう。

しかし、もしわたしが〈ストラテジック・デベロップメント・アウェアネス〉――ニューヨーク州オールバニの民間企業――のポータルサイトにログインし、戦闘機製造に関する質問を入力したら、〝放棄された工業地帯〟でどれほどエネルギーが消費されているかを示す衛星写真地図と、最近建設された異常に長い、立派な滑走路になりそうなハイウェイの画像が現れるだろう。

ボーイングかロッキードにとっては、インド政府やサウジアラビア政府とのつぎの契約に向けて製品の値付けをする際、この情報は非常に参考になる。中国人民解放軍の空軍司令官がそれらの国の政府要人に耳打ちしているらしい、と突然気づかされた場合にも役に立つ。

　ニュージーランド駐在のロシアの大使館員がじつはプーチン腹心のスパイだということは、このポータルサイトではわからないが、関連サイトの〈グローバル・コネクト〉は一種のリンクトイン（ビジネス向けＳＮＳ）のようなもので、さまざまな業界人と政府要人とのつながりを見るには有効だ。その大使館員宛てにプーチンの個人資産について質問して良好な結果が得られる度合いは、オーストラリア駐在のロシア大使館員の場合より高いだろう。

　この手のシステムを駆使すれば、ワシントン・ポスト紙と通じている〝内部情報源〟はだれか、メキシコではどの政治家が政界より実業界のコネを持っていて、コカインの密輸に関与したボリビア人とつながっているか、突き止めるのはむずかしいことではない。

　こうした情報のほとんどが、完全に合法的な手段によって集められている。しかも、じつは政府に奨励されている。なぜなら、ＣＩＡがスパイを使って中国工場内で発見したことをボーイング社に教えるのは通商上の違反行為になるが、中国政府がさかんにアメリカのコンピューターから盗んで自国の企業に定期的に伝えているものに匹敵する情報がボーイング社にもあれば、おそらく合衆国の貿易赤字解消に役立つからだ。

　要するに、手持ちのトイ・マンの画像をＤＩＡやＣＩＡやＮＳＡのポータルサイトへ送りつけて、生い立ちから歯科記録までそろった該当候補者の記録が返ってくれば願ったりかなったりだが、わたしはアクセスできない。正確に言えば、わたしのアクセス権限はＤＩＡ本部の受付で電話番をする人間と同程度だ。それでも、〈グローバル・コネクト〉や〈フェイス・トレイサー〉などの民間のポータルサイトを使えば、手がかりになりそうなものを追跡できる。

ほかのポータルサイトと同様、〈フェイス・トレイサー〉のデータは金を払えば非常に正確になる。もしトイ・マンが、カジノから蹴り出されたことがあるトランプ賭博師《とばくし》か、アントワープで内戦資金となる紛争ダイヤモンドを売って評判を落とした宝石商なら、当たりを引く可能性は高い。そうでなければ、トイ・マンは地球上の七十億人のひとりにすぎず、ひとりにつき多少似通った人間は数千人いる。

わたしは自分に似た男をインディアナ州だけで六人発見したことがある。だから、〈フェイス・トレイサー〉からはじめるのは妥当ではない。そのうえ、光の肌への反射具合と研究者固有の偏見のせいで、顔検知のアルゴリズムが白人かアジア人種の顔でテストされているという問題が、いささか物議を醸している。つまり、〈フェイス・トレイサー〉はかなり多くの不正解を出すかもしれないのだが、それは覚悟の上だ。

反射光が写りこんだ最初の画像も、復元したものもアップロードし、分析をスタートさせる。

まず〈フェイス・トレイサー〉はシステムがそれ自体のデータポイントを作ろうとする。瞳孔と鼻腔の距離、眉毛の形、ほかにもいろいろ、とくに耳——耳は指紋のようなものだ。

つぎにシステムは、何十億という画像のデータベースを選り分ける。ソーシャル・メディアのサイトから取った画像もあれば、新聞記事から取ったものもあり、ほかにも無数の情報源がある。

そして、大当たりだ。〈フェイス・トレイサー〉が七件の結果を示す。予想よりも少ないので、そのなかにトイ・マンがいないのではないかと心配になる。

輪郭が一致しない三人をすぐにはねる。ほかのふたりもデータの不完全な画像でしかない。残ったふたりは、ひとりが九十六パーセント、もうひとりが九十八パーセントの可能性があるというが、同じ人物に見える。

しかし、〈フェイス・トレイサー〉によればちがうらしい。そこで、そのふたりの名前を〈グローバル・コネクト〉へ入れると、ふたつのちがう経歴が出てくる。

ひとりは名前をオヨ・ディアロといい、ナイジェリアの部族軍長の側近だったが、ボコ・ハラムとの戦闘後に姿を消している。

もうひとりはペンテコステ派の牧師で、ジョン・クリスチャンという。

ふたりの画像を交互に見る。これほど似ているのにまったくちがう人間だというのだから、不思議なこともあるものだ。

そのあとふたりの経歴を読み、すべてがわかりはじめる。

ふざけるな。

ふたりとも同じ男じゃないか。

アフリカの暗殺部隊のリーダーが、どうやってアメリカ南部の牧師になるのか。これは抜き差しならない疑問であり、どうせ世話になるＦＢＩやどこかの警察機関へ訴え出る前に、たしかな答を見つけなくてはならない。

一見理不尽に見えるが、いくつか記事に当たり、頭の隅に残っていた過去の前例をはっきり思い出すうちに、そのつながりがかなり納得できるものになる。

二〇一六年、ニュースで不穏な話が広がりだした。ダレス国際空港の警備員が、戦犯として糾弾《きゅうだん》されているソマリ族の独裁者であることが露呈した。その男は人々をジープで引きずって殺し、村々を焼き、集団処刑を命じたとされている。

それらの戦争犯罪は民事裁判所に持ちこまれただけだったが——合衆国はそうした訴訟の管轄権を持っていなかった——それでも人々は、この男がＦＢＩと運輸保安局《TSA》の身元調査をすり抜けていたと知って仰天した。妻のほうの在留資格は難民として申請され、その理由は夫が加担した紛争だとわかったあと問題視されていたにもかかわらず、夫本人は見逃されていた。

さっそく調査したところ、人権擁護《ようご》団体が出てきて、合衆国には戦犯として訴えられている人々が少なくとも千人は暮らしているが、彼らの多くがジョン・クリスチャンまたはオヨ・ディアロと同等の罪を犯している、と主張したらしい。

この国で生まれた者のなかにも、戦時に外国で残虐行為を働いたものは大勢いるが、そして、政府が価値ある人々に特例を認めてきた前例は少なくないが——たとえば、第二次世界大戦終結時にドイツの優秀な科学者たちを受け入れたように——それでも、オヨのような男が大手を振って歩いていると考えると虫唾《むしず》が走る。オヨが制度の抜け穴を知っていたせいで、あるいは官僚がぼんやりしていたせいで、どれほど気の毒な難民が庇護《ひご》を受けられなかったことか。

これという画像を見つけるのに数分かかる。充分わかりやすいとは言えないが、時系列はぴたりと合う。オヨが行方をくらましてから一年後にジョン・クリスチャンが現れている。どちらもペンテコステ派を信仰している。西アフリカではめずらしくない。どちらも目の上に同じ傷がある。

いずれにしても、この一年のテロ対策活動で培《つちか》われた冷ややかな目で見れば、ジョン・クリスチャンの布教が、戦火にまみれた地域へ武器を密輸するための格好の表看板になるのは明々白々だ。

理論上では揺るぎない説だが、もっと証拠を集めなくてはならない。そのほうが頭のネジが飛んだ陰謀論者だと思われずにこう主張できる。ほんとうのトイ・マンは送還前にブラジルの監獄で殺された男でないどころか、じつはジョージア州で牧師をしている戦争犯罪人だ、と。

52 追跡装置

翌日、ジョン・クリスチャンに関連する三つの住所を手に入れる。

ひとつ目はアトランタ郊外にある小さな家だ。車で通り過ぎるが、広い地下室でもあればともかく、どう見てもここが殺しの現場とは思えない。

第一、このあたりは建物が密集して、ほとんどの家に塀がない。その家は寝室がふたつある平屋で、狭い裏庭が通りから見えるうえに、居間の大きな窓越しに中の様子がよくわかり、壁にかなり大きな十字架がかけられている。

神に仕える素朴な男の住まいにしか見えず、恐ろしい捕食者が人目を避けてひそんでいるとは思えない。ここはウィンブルドンの家とは正反対だ。トイ・マンが状況に合わせていくつかの家を使い分けている見こみがいっそう強くなる。ジョン・クリスチャンの家はあるが、トイ・マンの隠れ家もいくつかあるはずだ。

通過したとき車が見えなかったので、わたしはおりて写真を数枚撮り、さらに調査をつづける。

ふたつ目の場所は教会だ。十五キロメートルほど離れた教会は、白く塗られたみすぼらしい建物で、四、五十メートル四方の敷地には付属の施設もある。

駐車場の真ん中、五台並んだ車の隣に、アーティスの不気味な話に出てきた白いキャデラックがある。

大海で、サメの背びれが立てる波を見ているようだ。あるのは知っていた――けれども、これまでは水面深くひそんでいた。

いま、それがわたしの世界にある。

計画は単純だ。記録からはたどれない別の家を、オヨは持っているのだろう。だれにも知られたくない場所だ。三日後の新月の夜、やつはそこでことを起こす。阻止するには場所を突き止めるしかない。

監視は得意なほうではない——警察さえチームを組んでやっている。オヨをとらえるには、もう少し直接的で危険な手段に訴えるしかないだろう。というわけで、キャデラックの横に一分ぐらい停車し、もどってくる本人に見つからないように祈る。

その手段は非合法でもあるが、気にしてなどいられない。わたしの行動で生死が決まる少年がどこかにいる。

ハンドルを切って車を駐車場へ乗り入れるが、巨大な帆船の方向を変えようとしている気分だ。迫りくるオヨという嵐から目をそむけているほうがずっと楽だろう。

狭いアスファルトの誘導路を進み、オヨのキャデラックの隣に停める。買って数年の車に見え、まだカリフォルニアのナンバープレートがついている。リース契約の車か、あるいは数年ごとに買い替えているのかもしれないが、虚栄心を満たすためではなく、前の犯行時の毛髪や繊維が見つからないようにするためだろう。

テッド・バンディに対する疑惑がいよいよ高まったとき、警官は通りをはさんでまさにバンディの向かい側にすわり、捜査令状が来るのを待っていたが、そのあいだにバンディは愛車のフォルクスワーゲン・ビートルを洗車して、警察が喉から手が出るほどほしがっていた法医学的証拠を洗い流した。

わたしは深呼吸をしてから、カモフラージュ用の地図を引っ張り出す。少し時代遅れのやり方だが、それでももっともらしく見える。必要とあらば、わたしに目を留めた最初の人間に尋ねるべく、いかにも旅行者らしい質問を考えておいた。

ハンドルに地図を乗せてから、小さな装置を取り出してきちんと作動するか確認する。

DIAの業務で使うウエハースみたいに薄いのは手にはいらないので、間に合わせですませ、オヨが車をなでまわして追跡装置を探すほど被害妄想に陥っていないことを願う。用意した道具は、ウォルマートで買った市販のシンプルな携帯電話で、それをUSBバッテリー充電器につないでから、家電チェーン店で手に入れた小型の黒いホビーボックスに詰めてある。ボックスに貼りつけてあるのは、急いで探したなかで一番大きかったネオジム・マグネットだ。

だれも来ないのをたしかめて車のドアをあけ、地面に這いつくばる。

こんな妙な体勢を人に見られたら、片方の手に持っている自分の携帯電話を見せて立ちあがり、いま落としたところだというふりをすればいい。

しゃがんで恐る恐るキャデラックの車台へ追跡装置を装着しにかかり、そのあいだこわがりのチンピラよろしく何度もドアの上へ頭を覗かせながら、自分が現場仕事に向いていないのを痛感する。

マグネットに適した場所がどうしても見つからず、やっとくっつけたと思ったら、ばかでかい金属音を響かせ、教会のなかまで聞こえたのではないかと心配になる。けれども、走り出てくる者はいない。応急装備の追跡装置入りボックスを強く引っ張ってみる。だいじょうぶだ。少なくとも、自然に取れることはないだろう。

運転席へもどるが、アドレナリンがまだ体内を駆けめぐっている。だれにも見られていないのをもう一度確認してから、駐車スペースからバックで出る。

教会を出て、通りの向かい側にある半ブロック先のガソリンスタンドへはいる。

レンタカーの燃料タンクを満たすあいだもオヨの車から目を離さず、オヨが急いでやってきて、変な男が自分の車に何をしていたのかと調べるのを待ち構える。現れない。

給油が終わり、オヨのつぎの行動を見届けるべきか迷うが、自分の技量ではそこまでは無理だと判断する。大事なのは、なんとしてもデータポイントを手に入れることであり、こうした現場仕事ではない。何度も経験してわかっているが、これが一番得意な仕事とは言いがたい。

つぎは、トイ・マンと教会に関係があるとわかっている三番目の場所をたしかめなくてはならない。そこは頭のなかで警戒信号がさかんに発せられる場所だが、敵にしては少し大胆すぎる気もする。警察が簡単に捜査令状を取れるような場所でオヨが犯行に及ぶとは思えない。しかし、どうだろう。オヨはジョン・クリスチャンという人間に完璧になりきっているのかもしれない。

53　保養施設

ジョン・クリスチャン牧師すなわちオヨ・ディアロに関する調査から、この男がアトランタの西にあるスウィートウォーター・クリーク州立公園の近くに小さな地所を所有していることがわかっていた。そこは〈チルドレンズ・クリスチャン・キャンプ〉といい、グーグルアースによれば、およそ百メートル四方の土地に母屋《おもや》が三棟、小さめのプール、荒れたサッカー場、焚火用の炉がある。

ウェブサイトの説明では、恵まれない貧しい子供たちのための保養施設だという。子供殺しの男がよろこびそうな施設だが、キャンプ場自体は映画〈十三日の金曜日〉の舞台とは少しちがう。建物の大部分は多くの近隣住民の目にさらされている。郊外にあるオヨの自宅と同じく、殺人犯が安心して素っ裸で子供を追いまわせる環境ではない。

とはいえ、施設そのものは獲物に目をつけて手なずけるにはうってつけの場所に見える。オヨがいないうちに、少なくとも予定表によれば人が出払っているはずのキャンプ場へ行き、見てまわることにする。

車を停め、建物の周囲を歩く。どれも白く塗られた古い木造建てで、窓ガラスは汚れている。

窓を覗くと、カフェテリア、そして棚にボードゲームが詰まった娯楽室が見える。それ以外にも独立型の宿泊所が四棟あって、それぞれに二段ベッドが十台置かれ、シャワーとトイレが別棟になっているのもふつうのキャンプ場と変わらない。

ウェブサイトの画像からは、子供たちが多くの時間をテントで過ごしながら、野外活動にいそしんでいるのがうかがえる。近くに湖はなく、通常のサマーキャンプに見られる設備もないが、貧困家庭の子供たちにしてみれば、地上で最悪の場所とは思えないだろう……子供殺しが運営しているという事実を別にすれば……

敷地の一番奥は国有林と接している。西側の地所には高い塀がある。インターネットによれば、隣のこの地所は〈マクジェントリー造園店〉のものらしいが、キャンプ場側から看板は見えない。塀越しに見える枝が少し伸びすぎている。

もう一度キャンプ場を歩きまわり、地下シェルターとか地下貯蔵庫のようなものを見落としていないか確認する。その上に立てばかならずわかるものでもないが、トイ・マンの隠れ家が〈チルドレンズ・クリスチャン・キャンプ〉の地下にないのはある程度確実だろう。

ここが殺しの現場だとしても、また、ウィンブルドンの場合は犯行と埋葬の場所が同じだったとしても、オヨほど知能の高い人間が、ぞんざいに隠された遺体集積所の上で活発すぎる子供たちにドッジボールをさせるような危険を冒すとは思えない。そこまで衛生状態に無頓着でもない。しかし、大半の連続殺人犯はちがう。

警察が犯人の家の戸口に現れたとき、被害者がわずか一メートル先にある、音を通さない狭い空間や鍵のかかった隠し部屋で必死に叫んでいたという例は山ほどある。警察はジョン

・ウェイン・ゲイシーの家の地下に埋められた被害者を二十六体発見した。食人鬼ジェフリー・ダーマーの食べ残しは、冷蔵庫のほか、家じゅうのあらゆる場所に置かれていた。

焚火用の炉を丸太でぐるりと囲んだあたりへ歩いていく。あってはならないものが万が一にもないか、靴の先で灰をつついて調べる。

溶けたプラスチックとアルミ箔《はく》はあったが、遺体焼却炉ではなさそうだ。キャンプ場のどれをとっても、通常予想されるとおりのものだ。ひと目見ただけで不安になったウィンブルドンの家とは正反対だ。

ホテルへ帰ろうと思い、車へ引き返す。帰ってからオヨの位置データを見て、ここ数時間にオヨが車で移動した場所の地図を作製すればいい。そのなかにひとつでも秘密の場所があることを願う。いまそれを見つけなければ、まさに人の生死にかかわるだろう。

レンタカーのリモコンキーを探ったとき、電話が鳴って驚く。

「はい?」座席にすわって電話に出る。

「どういうことなの、セオ! いったいどうなってるの!」

「バーケットかい?」彼女のこんなに怒った声は聞いたことがない。

「あなた、何をしたの」

「どういう意味かな」警察のサイレンやヘリコプターでも迫ってくるのかと、わたしはこわごわあたりを見まわす。「ロサンゼルスの件? 例のあれ?」

「例のあれ? まさか。ちがうわよ。あなたの変わった趣味のことはどうでもいい。わたしが言いたいのはこういうこと。あなたが困ったことにならないように、パークとの関係を修復してあげようと思って、ＤＩＡの請負企業の内部問題を担当する友人に相談してたのよ。あなたとパークが、ええと、意見の不一致に陥ったあとのパークの意見を探ってくれないかと頼んだわけ。そうしたら彼女、だれかがあなたのＲＡファイルを引き出したって言うじゃないの」

「わたしの何を？」

「リ《R》スク・ア《A》セスメント・ファイル。あなたがセキュリティ面で障害となるあらゆる可能性について記録してあるファイルのこと。こうしてわたしたちはあなたみたいなろくでなし全員を監視して、みんながスノーデンになってロシアへ洗いざらい話さないようにしてるのよ。あなたにとても興味を持った人がいたってことね」

「パークかな」とわたし。

「ちがう！　頭脳明晰なのにどうしてこんなにばかなのかしら」

「だから毎日大変なんだ」わたしは答える。

「別の情報機関の人間よ」

「どの情報機関？」

「そんなことは言えない。でも、ＤＩＡの文字をひとつ変えたらどうなるか想像して」

ＣＩＡだ。「あの連中がなぜわたしのことを探ってるんだろう」

「あの連中が……というより……」バーケットがわたしの質問を繰り返しそうになり、ことばに詰まる。「なぜ探ってるの？」

「わたしにもわからないと言ったら信じてもらえるかい。それでもきみは訊かなくてはいけないのかな」

「きちんと箝口令《かんこうれい》が敷かれているなら、訊くわけにはいかない。でもそうじゃないから局内の噂になって深刻な事態なのよ、セオ。あなたがレディ・ガガのＣＤに機密文書を焼いていたってわかったらタマを抜いてやる」

「それじゃあスノーデンじゃなくてマニング（機密文書を漏洩した性同一性障碍者の陸軍兵士）だよ」

「どうちがうかぐらい知ってるってば！」バーケットが大きく息を吸い、高ぶった声を少しだけ鎮めようとする。少しだけ。「これはあなただけの問題じゃない――わたしもあぶない。あなたにこの仕事してもらうために、裏からずいぶん手をまわした。多くの約束をした。あなたがカヴァノーにかけ合っても無駄よ――まあ少なくとも、信念をもって不満を述べる男には尊敬の念が示されるでしょうけど。あなたが何かたくらんでいるなら、わたしは終わりよ。そうなったら好きにさせてもらう。自力であなたを追い詰めて一物を切り取るか、あなたが連邦刑務所へ収監された場合は、くそったれどもがそれをするのを見届ける。わかった？」

「ああ……」

「ほんとうにわかったのっ？」

「決まってるよ！　自分の信念がなんであれ、連邦刑務所送りになるとか、ロシアで元ＫＧ

Bのスパイ連中に生活の面倒を見てもらうとか、そんなはめになることにはかかわっていない」

「よろしい。意見が一致してよかった」

「そうだね。信じてくれ。きみを破滅させるようなことはしないから」

「わかった」バーケットがまた深い息をつく。「信じる。でも、あなたってソシオパスじゃないかしら」

「自分でも同じ疑問を感じてる」

「それじゃあ明るい気持ちになれないわね。教えて。目をつけられるようなことをどこかでしなかった？」

うーん、まずいな。「ええと……」

「セオ？」

細菌を使ったちょっとした検査も、そこからわかった事実も、彼女には告げたくない。まさにDHSの門前に遺伝子組み換えのバクテリアを撒いたとなれば、なおさら言うわけにはいかない。

よく思われるはずがない。

しかも、彼女には上司に報告する義務があるうえに、裏で糸を引いている人物はいまのところわたしを好きではないらしい。パークが人を使っていやがらせをしている可能性もあるが、ちがうかもしれないからあまり言いたくない。

「ニュースでわたしの名前が出たのを知ってるよね」わたしは力をこめて言う。「ほかの情報機関のだれかがちょっと興味を持ったんじゃないかな。報道では、〈オープンスカイAI〉のコンサルタントとされているだけだ。その情報機関のだれかが、わたしがそこで何をしているか気になったのかもしれない」

「ふーん、そうねえ」わたしの説明に納得がいかないらしい。「ほかに何かない？」

「それを言うわけには……」

「あなたってほんとうに頭のなかが丸見えね。なんなの」

「これ以上は言えない。ロサンゼルスの恐怖の家のせいかな。それともブラジルで容疑者が容疑者が死んだからか。そいつは主犯じゃないかな。それともブラジルで

「だからアトランタにいるわけ？」

「なぜ知ってる」

「わたしは情報機関で働いてるのよ、ばかね。だいたい、あなたが中国に誘われていないかたしかめなくてはならなかったんだから。あそこへ逃亡したらぜったいにだめよ。まったくもう」

「わかった。だから……言えることは……あのね、これをやったと思われる男は……ええと……ひょっとしたら……情報提供者かもしれない」

「そうなのね」バーケットが辛抱強く言う。「で、だれに提供するの」

「おそらく、国土安全保障省だ」

「イスラム教徒なの？」

「ちがう。もっと面倒だ。しかもアメリカ人の情報提供者ではない」

「嘘でしょ、セオ。あなた、保護された情報提供者を嗅ぎまわりにいったの」

「ほんとうのところはわからない。でもこいつは悪人だ。根っからのワルだ」

「だからわたしたちはそういう輩を情報提供者として利用するんじゃないの。善人は何も知らないもの」

「たしかに」わたしは言う。「だけど、こいつはロサンゼルスで子供を最低十七人は殺した」

「たしかな証拠があったらわたしに送って。こっちからＦＢＩへ持っていくから」

「それをやってるところだよ」

「と言うと？」

「つまり、当局がただちに職務をまっとうできるようにする必要があるんだ。この男はもうじき子供をひとり殺そうとするだろう。わたしがその計画をぶち壊しても、やつは言い逃れをしてはまた何度もくろむだろうね。わたしが妙な質問に答えてるあいだにも」

バーケットが大きなため息をつく。「自分が何をしてるかわかってるんでしょうね」

「もちろんさ」

「それなら背中に気をつけて。チームの全員が同じルールで動いてるわけじゃないのよ」

54 届け物

バーケットの不吉な警告を胸の奥にとどめ、ホテルの廊下を歩いて自分の部屋へ向かう。すでに疑心暗鬼になっていたが、いまは味方であるはずの人たちについても勘ぐっている。ドアに鍵を差しこみ、照明をつけると、見るからに年老いた男が三つ揃えのスーツを着てベッドに横たわり、クライブ・カッスラーの冒険小説を読んでいる。

わたしはもどって部屋番号を確認する。

「この部屋でまちがってないよ、クレイ博士」老人がそう言って本を置く。「椅子にかけてくれたまえ。背中が痛かったので硬いマットレスを使わせてもらった」

わたしは銃などの武器のたぐいを目で探す。老人の両手は腹の上で組まれ、脅そうという気配はまったくない。すっかりくつろいでいる弁護士かビジネスマンに見える。

わたしは男の真向かいに椅子を置き、だれなのか、なぜここにいるのかを見定めようとする。警察を呼ぶべきだが、この男に惹きつけられてしまった。

「落ち着いたかな」男が尋ねる。

「ええ……あなたは？」

「ずいぶん楽になった。長いドライブだった」

「それで、ドライブの目的はなんですか」

「きみを手伝うためだよ、クレイ博士。きみは多くの疑問をかかえているから、答えられる質問に答えるためにわたしがここに来た」

「なるほど」わたしはそう言いながらも、この男は頭がイカレてるのかただの迷惑な変人なのかはかりかねる。

「ビルと呼んでくれ」

「ビルとだけ？」

男がうなずく。「ビルとだけ」

「ええと、ビル。あなたがあまり助けにならないのはわかってます。でも、楽しかったですよ」わたしは立ちあがり、ドアのほうを示す。

ビルは動かない。「クレイ博士、きみは三叉《さんさ》神経痛の適切な治療法を知っているかね」

「いいえ。その方面の博士ではないので」

「そのとおり。わたしもその方面の回答者ではない。きみはふさわしい質問をしなくてはならない。すわりたまえ。きみがするべき質問は、どうやったらわたしに助けてもらえるか、ということだ」

「ジョン・クリスチャンの件で？」

「監獄行きにならずにすむ件でだよ、クレイ博士。セオと呼んでもいいかな。いまのところ、きみにとってはそれが最も切迫した質問のはずだ。どうすれば残りの人生を監獄で過ごさずにすむか」

やっとわかってくる。この男は冷戦時代の遺物となったスパイで、わたしをこわがらせるために、隠居していたところを引っ張り出されたわけだ。

「笑えるな」わたしは言う。「そんなことはもうどうでもいいんです。それより、また人殺しをしそうなくそ野郎の殺人鬼を守っているとわかっていながら、平気でいられる神経がわからない」

「何を言われているのかわからんね」ビルは言い返す。

「十七人の子供の遺体がロサンゼルスの家の裏庭から掘り出され、その家にあなたたちの情報提供者のひとりが住んでいた事実を知らないんですか」

ビルの目つきから、わたしがいま言ったことを実際知らないとわかる。

「冗談だろう」わたしはうめく。「あの連中が人を思い切りこわがらせたいときにあなたは呼びつけられるけれど、理由は教えてもらえないんですか」

「教えてもらった。国土安全保障省の前の廊下でじつに不審なふるまいに及んでいる男を監視カメラの映像で見た。どうやら化学薬品らしきものを吹きつけ、愚かにもなかへはいるために身分証を提示していたがね」

わたしは椅子から立ち、ドアへ向かう。「あなたのせいでたっぷり一分は不安な気持ちにさせられましたよ」

ビルは動かない。「わたしは穏やかに接している」

「そうですね。ご親切にどうも。国土安全保障省《DHS》や疾病対策センター《CDC》にドアを叩かれたら動顚するでしょうから。でも、CIAの化石が自分たちの大失態の規模を想像すらできずに、別の化石を送りこんで脅そうとするなら、こちらは平常心を保つだけです」ドアをあける。「アレクサンドリアなりどこなり、そろそろ自分の町へ帰る頃合いですよ。そして、自分たちが情報をもらっている男をもっと監視するべきだと、仲間に教えてください」

ビルが立ちあがる。楽しげな表情をかすかに浮かべる。ドアの前で立ち止まる。「つぎに起こることをきみは気に入らないだろうね」そう言って、片手をポケットへ入れる。

わたしはその前腕をつかむ。「それに対してわたしがすることを、あなたは気に入らないでしょうね、ビル」

ビルがゆっくりと引き出した手にはあの小さな黒いボックスがある。「見つけるのはむずかしくなかった。二回目もきっと簡単だ」

ビルはそのボックスをわたしの手のなかへ落としてから、廊下を歩きはじめる。エレベーターの近くまで行ったとき、わたしは意を決して追いかける。

「待ってください！」後ろから呼びかける。

ビルが振り向く。「なんだね」

「やつについて何を知ってるんです」

「わたしはきわめて単純な仕事を与えられただけなんだよ、クレイ博士。つまりメッセンジャーだ。メッセージは届けられた」そして背を向ける。

わたしはビルの肘《ひじ》をつかむ。「スパイ小説の真似事はたくさんだ。メッセージなど知るか。

どうせなら、そこに登場する理想家と話したい。フルシチョフが靴を鳴らしてアメリカを沈めると脅しているときにスパイ活動に身を投じた男と会いたい。善悪の判断ができる男と……。ジョン・クリスチャンはいったい何者なんです」

ビルの表情はうつろだ。体制に押さえつけられて何事にも無関心になった男の顔だ。電話が鳴ればピザを配達する。中身は何か、実際だれが食べるかはどうでもいい。わかっているのは、オーダーがはいったらそのいまいましいピザを届けたほうが身のためだということだけ。

わたしはビルの腕を放す。ビルはエレベーターへ体を向け、下降ボタンを押す。つややかな金属扉に映るビルが冷たい目でわたしを見る。うつろな表情が一瞬消える。

わたしは部屋へもどりながら考える。真夜中に目を覚ましたらビルにピアノ線で絞殺されそうになっているのか、それとも、年配者の扱いについて人事部からきつい苦情が来るのか。

自作の追跡装置を見つめる。あの年寄りは、装置を返す前に携帯電話の電源を切りさえしなかった。この電話からオヨの移動先と、はずしたあとのビルの位置が完璧にわかるということすら知らないのだろうか。

やれやれ。

55 猟場

ジョー・ヴィクを追っていたとき、頭を悩ます唯一の足かせは、学期がはじまる前に大学へ帰らなくてはいけないことで——結局間に合わなかった。知人が殺され、ほかにも犠牲者がいるとわかって動揺したものの、それでもジョー・ヴィクを過去の存在としてとらえていた。その犯行を暴くのは、発掘現場で土を払い落として新石器時代の種族が儀式殺人をおこなったと認めるのに似ている。衝撃的であっても、それは過去の出来事だった。骸骨が土のなかから跳ね起きて残忍な所業をつづけるはずがない。現代人の安全がおびやかされるはずがない。ジョー・ヴィクに関しては、やつがまだ犯行を重ねていると知っていたが、尻に火がつくほどの制限時間は課せられなかった。二日かかろうが二週間かかろうが、仕事を失う以外の損失はないと思われた。

オヨの場合はちがう。太陽がのぼり、沈むまでに、オヨはつぎの獲物をつかまえる。ふたたび太陽がのぼるころには、少年がひとり死んでいるだろう。

いても立ってもいられないのは、ここ数日のあいだにもっとしようと思えばできたことがあるからだ。情報を流せば、だれかが記事にしたはずだ。いっときでも世間の関心をオヨへ向けさせれば、ひとつの命を救えただろう。

たぶん。

しかし、そのあとは？　やつは逃亡し、どこか別の場所に現れるときは、わたしに見つかったことでより慎重になっているだろう。合衆国を離れ、犯行がはるかに発覚しづらいよその国に出没するかもしれない。とすると、仲間のオルダボ・シムズはブラジルで何をしていたのだろう。ただの手下ではなかったのか。オヨはわたしが考える以上に何か大きなものの一部なのか。

本人のことさえわからないのだから、何の一部かなどわかるはずもない。あの男は紛争から生み出された単なるソシオパスではない。ジョー・ヴィクのように、隠れて殺すことに特異な才能を持っている。狩りの世界にいる生まれながらの捕食者だ。

隠れる側の守りが鉄壁なので、わたしは早くもオヨを見失っている。携帯電話の追跡データによれば、オヨは教会を出て自宅へ帰ったあと、アトランタ郊外の高級住宅街にある裕福な弁護士の家を訪ねている。その後帰宅してから、〝冷戦ビル〟のおかげで追跡装置は真っ直ぐここへもどってきた。町はずれの怪しげな倉庫へ謎のドライブはしなかった。

オヨが郊外に訪ねた弁護士はグレイソン・ハントといい、国際的に活動する多種多様の法人顧客をかかえていて、まさにオヨのような人間が近づきたがる相手だ。それ以外にたいしたつながりはないだろう。

もう打つ手がない。最後の頼みの綱として、わたしはオヨの自宅前の通りに車を停め、私道のキャデラックを見張っていた。駐車されたままだ。家にいるとはとても思えない。

逃げられた。

午前九時まで待ち、教会へ電話をかける。こうなったらやけくそだ。

「救いの友教会です」ほがらかな女性の声だ。

「こんにちは、クリスチャン牧師はいらっしゃるでしょうか」

「申しわけありませんが、デンバーの宗教会議に出席中です」彼女が答える。

「そうなんですか。いつ出発されたんですか」

「昨夜だと思います。一週間以内にもどるはずです。スピリチュアルなことですか」

「そんなところです。どうもありがとう」

宗教会議。うまい口実だ。まわりの者には一日早く行くと告げて殺しにいき、それから直行する。

だれかに訊かれても関係者の記憶は曖昧で、そのとき本人がどこにいたのか正確に思い出すのはむずかしい。思い出してもらえるかどうかは捜査する者の腕しだいだ。別の場所にいるはずのオヨが、キャデラックが私道に停めたままというのも、これで説明がつく。アトランタは大都市だが、それでも小さな町と同じことが起こるものだ。噂は広まる。

おそらくオヨにはもう一台車があり、もうひとつの正体がある――隠れ家につながる、わたしに見つけられない正体。

一番大事なものは目と鼻の先にある。

ジョン・ウェイン・ゲイシーのことで家族は警察へ百回以上電話をかけた。ジェフリー・ダーマーのアパートメントから逃げたラオスの少年が、泣き叫んでいたのに結局警官に連れもどされたのは、恋人同士の痴話げんかと思われたからだ。

ロニー・フランクリンの被害者は、あと少しでフランクリンの自宅の玄関先へ警官を連れていくところだったが、まちがえて隣の家へ案内した。

テッド・バンディへの警戒信号はいたるところで発せられた。警察の手が及びそうになるたびに、バンディは別の管轄区へ引っ越した。犯行の最盛期にバンディの正体を知っていた警官は何人もいたが、できることは限られていた。

だれかが何かを知っている。そして、このあたりでほかの人間より物事をよく知っていそうなのはロバートだ。

ロバートがオヨの共犯者であるはずはないが、あの男に近づかないようにしてただ傍観しているという可能性もある。

ほかにできることもないので、わたしはロバートの携帯電話にかける。

留守電の声が返る。

二、三分後にもう一度かける。留守電。

非常時なので、ミズ・バイオレットの家まで車を走らせる。

ロバートはポーチにいて、膝に黒いプードルをすわらせた年配の白人女性と話している。バイオレット宅の門前にＢＭＷが停めてあり、この年配女性の車らしい。

わたしが車を停めるやいなや、ロバートがこちらをちらりと見て表情を変える。その女性が中で運勢をでっちあげてもらう順番待ちのあいだ、笑わせながら相手をしていたらしい。

ロバートは芝生を突っ切り、車をおりたわたしと向き合う。

「ミスター・セオ、きょうは予約がはいってませんが」

もはやわたしはミスター・クレイグではない。やはり、わたしの財布を覗いたとみえる。

「ミズ・バイオレットに相談があって来たんじゃない。きみやモス・マンが近寄らない例の男について知りたい」

ロバートが、わたしの後ろのポーチにいる女性をすばやく見て、彼女がこの食ってかかるようなやりとりに無関心であるのを確認する。その様子から、彼女が狙われやすい客であるのがわかる。

「なんのことかわかりませんね」

「非常にたちの悪い魔術にたずさわる者のことだ。人間のいけにえを必要とするたぐいの」

ロバートが返答のことばを探す。「わたしはかかわっていません」

「それでも、それをする人間のことは知っている」

ロバートの顔が仮面になる。

「オヨだ。このあたりではジョン・クリスチャンとして知られている」

ロバートがその名前にまばたきをし、やがて首を横に振る。「だれのことを言ってるのかわかりません」わたしの車のドアハンドルへ手を伸ばす。「どうか日をあらためて来てください」

わたしは女性のほうへ顔を向ける。「大事な客なのかい。未亡人か。子供を亡くしたのか。

きみたちにとってどれくらいの値打ちがあるんだ」

「ミセス・……」ロバートが名前を言いそうになってやめる。「あのかたはミズ・バイオレットの昔からの親友です。お願いですから、話はまたにしましょう」

「彼女と話そうか。いたいけな子供たちを殺す人間がきみの知り合いにいるという話をしたら、彼女や彼女の裕福なお友達はどう思うだろう。どんなことになるかな」

ロバートがわたしの腕をつかむ。「ミスター・セオ、やめてください」

「じゃあ教えてくれ。きみがかばっているその男は、またひとり子供を殺そうとしているんだぞ」

ロバートがかぶりを振る。「そいつは大変な力を持っている。だれとかかわっているのかあなたは知らないんです」

「教えてくれ、ロバート。そうすれば、神と目を合わせたときに自分が善人だと心から思えるはずだ」

これを聞いたロバートが苦悩している。

「こんなふうに言ってもいい。まもなくミスター・クリスチャンのことは世界中に知れ渡る。きみはこの事件のどちら側にいたいんだ」

ロバートが首の後ろを掻いて、どうしようかと葛藤《かっとう》している。「わかりました。わたしに言えるのは、自分の子供たちを送りこんではいけない場所があって、それをみんな知っているってことだけです」

「サマーキャンプの施設かい。見てきたよ。あそこには何もなかった」

「わたしに言えるのはそれだけです」ロバートが言う。「観察不足だったのかもしれませんね。さあ、帰らないなら警察を呼びますよ」

「それは皮肉な結末だな」

ロバートが手を振り、肩を落として立ち去る。明らかにまいっている。

わたしはこれ以上の追及をやめることにする。いまのロバートにとって、わたしがどれほど客に迷惑をかけるかはどうでもいい。自分自身の安全のほうが心配なのだ。

56　権力の内側

木立にひそんで暗い広場を見渡し、オヨが現れるのを待つ。日も月も隠れ、暗視ゴーグルで見える明かりは星の光だけだ。

オヨの青少年キャンプ場に人気《ひとけ》はなく、人間たちが贈り物を持ってもどってきていないかと、時折フクロネズミが敷地をうろつきまわる。

四百メートルほど手前に車を停め、並木に身を寄せるようにして歩いてきたので、道路から姿は見えなかったはずだ。一時間で車は四台しか通っていない。一台もこの施設へははいらなかった。

勘違いしそうなヒントをロバートがわざと出したのか、わたしが勝手に勘違いしたのか、それはわからない。目下途方に暮れ、これからどうしようか思案しているところだ。何を見つけるつもりだったのだろう。オヨがやってきて、秘密の倉庫の扉をあけるところか。キャンプ場の建物へ子供を引きずりこむところか。

キャンプ場の裏手の森を歩く。木々の間隔はかなりあり、小道がはっきり見える。こわいおとぎ話に出てくる不吉な森ではない。ここに何かを隠すのはむずかしいだろう。このあたりがあまり開けていないころ、密造酒の製造所や不法占拠者の掘立小屋でもあったのかもしれない。いまは日帰りのハイカーたちがしょっちゅう通るような場所だ。

しかも、捕食者が安心して過ごせる雰囲気ではない。人間は安全な場所を美的感覚で認識するが――木に囲まれた小さな水場、遠くまで見渡せる景色――捕食者にも自分が落ち着ける環境というものがある。

連続殺人犯の場合、たいがいそれは自分の家や車だ。ゲイシーにとっては自宅の床下だった。バンディには車があった。

オヨには何があるだろう。二重生活をこなしていることか。世間に対しては神のしもべ、私生活では悪魔のしもべとなる能力か。

このふたつの世界を結びつける技はたいしたものだ。オヨは過去の残虐行為によって権力の座にすわり、その高い立場が、大局的な問題を見る――と自分たちは思っている――情報機関の役に立った。

冷戦ビルに会ってから、オヨがただの情報提供者ではないかもしれないとわたしは思っている。あの男が牧師でいるのは、合衆国政府内の闇の組織が手がける得体の知れない活動のひとつであり、その活動によって、アメリカがひそかに戦っている世界各地へ武器や金が送りこまれているのかもしれない。

つまり、密命を帯びた人々がまさに前線で戦っているということだ。わたしの介入は反逆行為と見なされる――法的にではなく、精神的な意味で。

オヨがたくらむ犯行を政府当局が実際知っているとは信じがたいが、だれもそこまで深く詮索したくはないのだろう。当局から見れば、これはより偉大な戦いにおける巻き添え被害だ。

わたしは腕時計を見る。遅い時刻だ。まだ真夜中ではないが、オヨはいけにえの子供に眠たくなるジュースをそろそろ飲ませただろう。

どこでかはわからないが。

オヨの自宅へは一時間で行けるが、きっとそこにはいない。

それにしても、あの教会を調べなかったのが悔やまれる。まさかあそこに子供が連れこまれはしないだろうが、それでも、やつの所在についてなんらかの手がかりを得られたかもしれない。

オヨが現れないと判断し、ひそんでいた場所から出る。取り逃がした。一番望ましいシナリオはこうだ。オヨが心配になって今夜はやめることに決めたのに、わたしはひたすら気を揉んでいる。

オヨが今夜殺す予定でいたかどうか、ほんとうのところは知らない。ただそんな気がしただけだ。しかし、物事がどう見えるかに頼るのは、科学にふさわしい手法ではない。論理と事実に基づいて進めなくてはならない。

事実――オヨは今夜この施設に現れなかった。

キャンプ場内を歩き、暗視ゴーグルで窓のなかを覗く。空っぽの建物が、帰ってきた子供たちの声でいっぱいになるのを待っている。

いまはコオロギとカエルの鳴き声だけ……

目を閉じ、もっと耳を澄ます。別の音も聞こえる。まるで水がしたたるような。

正体を探ろうと、音のするほうへ近づく。

不規則な音だ。

〝チャポン〟というような音。

よく耳にするもの。

自然の音ではなく――それを模した音。

頭を横に傾け、体の前方に音が来るようにする。

目を閉じたまま、音のするほうへ歩く。

金属の何かが体にぶつかって音を立てる。

目をあけると、そこにあったのは枝葉に覆われた金網のフェンス――キャンプ場とさびれて木が伸び放題の造園店を隔てる塀だ。

これ以上うるさい音を立てないように気をつけながら、よじのぼり、塀のふちから覗く。苗木や小さな樹木が育ちすぎた荒れ地が見える。奥のほうに小さな家があり、ガラス戸があいている。大きなテレビの画面が室内を照らしている。アニメーションのカエルが睡蓮《すいれん》の葉から葉へジャンプしている。

子供の笑い声が夜の空気に響き、わたしの体を冷気が貫く。フェンスをよじ登って鬱蒼《うっそう》とした地所へ侵入する前に、気づいたことがある。ウィンブルドンのほかの家々をもっとていねいに調べるべきだった……

57　隠れ家

足が湿った土にふれると、そこは別世界だ。闇に茂る野生のシダと若木の葉が、薄墨色の空を黒く切り抜いている。千のにおいを発する小ジャングルだ。朽《く》ちた植物、ほったらかしで咲いた花々、その下から立ちのぼる、甘く饐《す》えた腐肉のにおい。ショクダイオオコンニャクを思い起こす。死体花とも言われ、ひっくり返した釣り鐘から巨大なフランスパンが突き出したような形をしている。しかし、このにおいの原因はその花ではない。

植物相が密集しすぎて造園店の広さがつかめず、グーグルアースの映像を思い出すしかない。少なくとも奥行きはキャンプ場と同じはずだが、横幅は非常に長く、草木がびっしりと生えていてまるでアマゾンだ。

見晴らしのいい新しい場所からは、屋内のテレビが発する光がかろうじて見えるが、足にふれるのは小さな敷石で、それが曲がりくねりながら家の正面へとつづいているらしい。自分の好奇心が引き返せと言っているが、ゲームをしている子供がまだ無事か、行ってたしかめなくてはならない。

枝や密集したシダのあいだを縫うように進みながら、音を立てたり、小道沿いにあるたくさんのひび割れた彫像や噴水用品を壊さないように気をつける。

近づくにつれ、ゲームの〝チャポン、チャポン〟という音が大きくなる。その子の意識がまだあるのだと思いたい。

茂みがしだいにまばらになり、いつの間にかコンクリートのパティオにいる。家は目の前だ。右側に通路があり、トレリスがあしらわれている。営業していたころは、ここが客用の入り口だったのかもしれない。

ガラスのスライドドアがあいていて、小さな茶色の頭がソファにもたれてテレビと向き合っているのが見える。その子の体はカエルのレベルが変わるたびに跳ねあがったり沈んだりする。

わたしは動きを止めたまま、自分の獲物を探す。

ゲームが中断し、少年の頭が前へ動く。わたしは一歩踏み出し、その子がブドウ色の液体がはいったコップに手を伸ばすのを見る。

いまにも居間へ駆けこんで手からそれを叩き落とそうとしたとき、太くて低い声が聞こえる。ことばは聞き取れないが、家のなかのどこかで大人が話している。

銃は持っている。そこへ踏みこんで……

やつでなければどうする。

やつならどうする。

オヨを平然と撃つ覚悟がないのなら、もっと必要なものがある。警官を呼んだときにこれだと指し示せるものが。裏庭を掘るべきだと直感で知ったと言うわけにはいかない。

わたしは侵入者だ。

テッド・バンディが自分の車から証拠を洗い落とすのを見ながら、刑事たちが何を感じたか、ふいにわかる。法の内側にいることとの無力感だ。

この子がされることはアーティスとだいたい同じはずだ、と自分に言い聞かせる。殺しの部屋へ連れていかれるまでは安全だ。

殺しの部屋は背後のどこかにある。入り組んだ庭のどこかに。

はびこる草木のなかへ引き返し、もっと暗いほうへ小道を進む。暗視ゴーグルの視野は狭い――狭くて息が詰まりそうなので、どうしても手探りだけで進みたくなる。

ゴーグル越しに小さな敷石を見つめ、少しでもつまずきそうな物に注意する。一度でも下手な動き方をすれば、ここにいると気づかれるかもしれない。

小道は左右へ曲がりながら延びているが、もとの場所へは向かわない。以前ここを所有していた造園師が、置いてあるものすべてを客にゆっくり見てもらうつもりで敷いたのだろう――逃げようとする者を欺《あざむ》くための、狂気を誘う迷路ではない。

オヨはつごうしだいで手を変える狡猾《こうかつ》な男だが造園家ではない、と自分を励ます。

樹木と藪を抜け、また開けた一画へ出る。狭い場所の中央に壊れた噴水がある。傾きながらも噴水口が鋭くそびえている。枯れ葉と小枝が水盤を満たし、ツタがコンクリートを覆って先端部を締めつける。

片側に小屋があり、木の壁が空よりずっと暗い。横の窓に新聞紙が貼られ、中が見えないようにしてある。

引き戸に取り付けられた南京錠だけが光を反射してかすかにきらめく。

錠ははずれている。

噴水をまわりこみ、一瞬耳をそばだてる。遠くでゲームの音がまだ聞こえる。

頭のなかを占めているのは、ウィンブルドンの小屋についてアーティスから聞いた話、そして、その後LAPDが小屋から採取した法医学的証拠のこと。

腐敗臭はさっきよりかなりひどく、そのうえ、何かはわからないが酸性物質のにおいがする。洗浄剤か。これは解せない。トイ・マンの殺害現場は洗浄できるものではない。

引き戸の取っ手をつかみ、なるべくそっとあける。建付けが悪いらしく、木部がかすかにきしむ。

即刻何かの動きがあるかとためらいつつ待ち構えるが、何も起こらない。

さらに戸を引くと、そのあとはすんなりあいていく。

最初に目に留まったのは床に敷かれた黒い防水シートだ。視線を上げると、奥の壁に何段も木の棚がある。

ガラス瓶や金属缶がずらりと並んでいるが、小屋の内部は造園店として場違いなものではない。ここは種や肥料や殺虫剤の保管場所なのだろう。

よく見ようと足を踏み出す。暗視装置を通したきめの粗い視界が暗闇で細部の像を結びはじめる。

種ではない。いくつもの瓶が濁った液体で満たされている。ほとんどは見通せないが、人間の耳や眼球がはいっている瓶があるのはまちがいない。そのほかの瓶にも、わたしがおよそ知りたくもない体の部分が詰められているのだろう。

どうにもならない吐き気が突然こみあげ、どうにか抑えこむ。

死体のにおいは何十回も嗅いだことがあり、遺体解剖に立ち会ったこともあるが、この反応は別物だ。邪悪さに体が反応している。

ポケットから携帯電話を出して写真を撮る。フラッシュが光ったので動顛し、家から見えなかったかと不安になる。

おそらくだいじょうぶだろうが、それでも全身に震えが走る。

ゆっくりと小屋から出て、戸をもとどおりにする。錠をかけそうになってから、見つけたときはかかっていなかったのを思い出す。

錠から手を放したとき、ビデオゲームの音がしなくなっているのに気づく。

銃を抜いて戸から離れる。風が木の葉をざわめかせている。

噴水をまわり、造園店の別のへりへ向かう脇道へはいる。

一歩一歩慎重に進み、家へたどり着こうとする。ときどき枝のあいだからテレビの明かりが見えるので、方角はわかる。服に棘《とげ》が引っかかり、ツタに足を取られそうになる。かがんで足首のツタを除く。立ちあがると、テレビはもう見えない。

スイッチを切ったところか。隅々まで見通したくて暗闇に目を凝らす。三十メートルほど前方にかすかな光が見えるのに、どうも何かにさえぎられて……

月食が通り過ぎたかのように、テレビのまたたきが再開する。

だれかが外に出て、この低い茂みのなかにいる。

58　迷　路

自分の動きにますます気を配り、風が立てる葉擦れの音と、もうひとりの男が藪を抜ける音を懸命に聞き分ける。

なるべく目立ちたくないので、銃を腰の位置に持ってあたりを探るように動かしながらつぎの敷石へと移る。

足の下で何かが砕ける。目を下へ向けると、暗視ゴーグルを通して子供の顎の骨が見える。関節がはずれていない指の骨が地面から突き出て恨めしそうに空を指している。

自分の鼻がとっくに知らせていたことがこれで確実となる。ここは死の庭だ。そうとしか言いようがない。戦利品は小屋のなかで確認ずみだ。

コンクリートに何かがこすれる音に、耳がぴくりと動く。いま、敵がわたしの背後へ移動し、後ろから横にまわりこむところだ。

やつにとっては勝手知ったる場所だろう。わたしは相手の罠のなかでやみくもに動いているだけだ。

危険を承知で撃つだけ撃ってみようかとも思うが、愚かな考えはすぐに捨てる。だれかに当たる確率はゼロに近いが、そのだれかはあの少年かもしれない。

あの子を忘れるな、と自分に言い聞かせる。失敗は許されない。すべてはあの子を救うためだ。

明かりのほうへ移動をつづける。だんだん近づいてくる音が聞こえる。

膝をついて、いつでも撃てるように待ち伏せてもいいが……

それでも脚は前へ進みつづける。テレビの音が大きく聞こえてきて、スクリーンに映るスコアが見える。

足音。

後ろの足音がはっきりと聞こえる。

わたしは前へ走り、藪を突き抜け、パティオへ出る。

もはやソファに子供の姿はないが、肘掛けから白い靴下の足が見える。

背後の音がいっそう大きくなり――野生動物が藪を駆け抜けるときと似ている。

家に飛びこみ、ゴーグルをむしり取り、ガラスのスライドドアを閉める。はじめに目にはいったのは、ガラスに明るく映りこんだ自分自身の姿だ。

顔をガラスに押しつけ、外に立っている人影を見る。長身でたくましい。パティオの右端だ。

ガラス戸を施錠し、ソファの向こうへ走り寄る。十二歳ぐらいの少年だ。頭を枕に載せ、意識がない。

紫色の液体がなくなっている。

まだ銃を握り、気ぜわしく後ろのガラス戸へ目をやりながら、少年の目蓋《まぶた》を開く。黄色い瞳の目がわたしを見あげる。

瞳孔が拡張している。

少年の頬を叩く。「目を覚ませ」とささやく。

「こんどは砦《とりで》へ行くの?」少年が夢心地で尋ねる。

「いいかい、そこへ行こうと思っちゃいけないよ」

少年の体を起こしてすわらせ、電話を取り出す。警察へかけ、住所を早口で告げてから、切らずに置く。

もっとくわしく事情を教えてくれと言う通信指令係を無視し、ガラス戸へ全神経を集中させる。

やつはあそこだ……

さあ、どうする、オヨ。わたしは子供を取りもどし、ここを発見したぞ。

ジョー・ヴィクのように怒り狂った怪物になるか。それとも夜陰にまぎれて立ち去るか。

答をもらったのは少しあと、彫像がガラスを突き破ったときだ。

破片が降りかかる。身を低くして少年をかばう。石像がガラスのコーヒーテーブルを砕いて床に転がる。

わたしはソファのへりに銃を固定し、闇へ向かって撃つ。

バン！

バン！

バン！

開けた場所をじっと見るが、夜空を背景に伸びすぎた木のこずえが見えるだけだ。

相手がジョー・ヴィクだったら、玄関口からの突入を心配するところだ。

しかし、やつはちがう。

まったくの別物だ。

トイ・マンは逃げるべきときを知っている。

遠くでサイレンの音が聞こえる。警察がすぐそこまで来るのを待ち、それから銃をホルスターへおさめる。

今夜はもう使わないだろう。

59 代理人

待機房に四時間留め置かれているが、そのあいだだれひとり話を聞きにこない。

現場の保安官補は自分たちの仕事をした。適度な疑惑をもってわたしに対処し、少年を病院へ送ったあと、骨だらけの庭とホラー小屋へ案内させた。小屋は一回目に見たときよりかなり荒れていた。

錯乱したオヨが壁から棚を引きはがそうとしたにちがいない。

体の各部と不快な液体が小屋じゅうに散らばっていた。

ひとりの保安官補が嘔吐《おうと》した。わたしは賢明にも戸口から離れていた。

保安官事務所に着いたとき、手錠はされていなかった。けれども、外で主任保安官補が待ち構えていた。

わたしを連れてきた保安官補に主任が何か言い、あっという間にわたしは手錠をはめられ、この待機房へ案内された。

だれかがだれかに話した。

いま頭を占めているのは、つぎはだれがこのドアからはいってくるかという問題だ。

サイレンサーつき拳銃を持ったビルか。

〝たまたま〟この房で待機させられる粗暴な前科者か。

それとも、わたしが極端な被害妄想に陥っているだけなのか。

わかっているのは、オヨすなわちトイ・マンは逃亡し、つぎなる殺しの場所へ向かっているということ。そこはアメリカ合衆国ではないような気がする。やつをどこまで追っていけるかはわからない。ここまで追うのもやっとだった。

鍵の音がしてドアが開く。スカートスーツを着た背の低い三十代の女性がはいってきて、わたしの真向かいにすわる。濃い色の髪に猛禽《もうきん》を思わせる顔立ち。目つきから知能の高さがうかがえる。

ドアが閉まると、彼女がわたしの前のテーブルにフォルダーを置く。

「クレイ博士、あなたの話を検討しましょう」

「供述を取るんですね」

「ちがいます。わたしがあなたに話を教えます。警察に供述するべき話を。どうやってあの家を見つけたかを」

「どういうことですか。その話ならもうしたと思いますが」

彼女が爪で金属のテーブルを軽く叩きながら、一瞬でわたしを査定する。

「事実がふた通りあるんですよ、クレイ博士。あなたが立証できる事実とできない事実。あなたが何を思うかは関係ありません」そしてフォルダーを開き、じっくりと見る。「あなたはアトランタにいるだれかから匿名の情報を得て、ミスター・バスクの家へ行った」

「バスク？　だれですか」

彼女がフォルダーから写真を抜いてわたしに見せる。黒人だという以外に、オヨとは似ても似つかない男だ。「これがミスター・バスクです。スウィートウォーター・ロード四三七番地で殺害されているのが発見されました」

「ちがう、こいつじゃない。この男は何者なんです。あなたがたが飼っている身代わり用のカモですか」

「家賃受領書にその名前がありました。自分をさらったのはこの男だと、あの少年はもう認めました」

「あの子はオヨに飲まされた薬入りジュースでまだハイになっている。サンタクロースにさらわれたとも言うだろう。あなたがたはなぜこの怪物を守ってるんだ」

「そんなことはしていません。ほかにも関係者がいるのなら、しかるべき措置をとります」

信じられるわけがない。「あんたたちがばかなことをするのは知ってるが、子供を殺す人間をかばうとは耳を疑うよ。それともわたしの聞きまちがいかな」ふとひらめく。「自分たちのためか。ちくしょう。わかったぞ。手がかりがさっぱりつかめなかったので、無視していたんだろう。こうして隠蔽《いんぺい》工作をするのは、自分たちが殺人狂で小児性愛者の犯行を幇助《ほうじょ》していたとわかったからだ」

ようやく全体像が垣間見えて、深い息を吐く。「これはとてつもない大ごとだ。政府機関の幹部のクビを切ってすむ話じゃない。何カ月もニュースになったり、議会による調査がおこなわれたりする。予算のカットとかもあるだろう。そういうことじゃないか」

彼女はまったく反応しない。「では、匿名の電話があったということでいいですね」

わたしは首を横に振る。「ちがう。よくない。嘘で失敗は直せない」

「クレイ博士、機密情報の暴露に対する罰則を完全に理解しているとする、あなたのサイン入りの書面のコピーがここにあります」

「たしかに。その規約についてはそこに一部書かれている。ところが、内部告発者を保護する法律もありますからね。そう思いどおりにはいきませんよ」

「それでは、あなたの行動を合衆国の国益を害するものと見なすしかありませんね」

わたしは両手をあげようとするが、両方ともテーブルに固定されているのでそれがかなわない。「おっと。愛国旗を振るようになってはいけないな。それは中国政府が臓器調達用のバンに人民を収容する前に言うせりふだ。悪徳警官も同じことを言う」

謎の面会者は腕時計を見てもう一度爪でテーブルを叩き、それから言う。「これで終わりです」

そして席を立ってドアをノックし、立ち去る。

わたしは開いたドアの向こう側へ叫ぶ。「電話をさせてもらえるかな」

返答はなく、ドアが勢いよく閉まる。

半時間後、ふたりの保安官補が現れる。わたしはいつになったら面会が許されるのかと尋ねるが、無視される。

わたしたちは混み合ういくつもの房の前を過ぎ、無人の房がひとつある別の区域へ着く。保安官補たちが慣れた動作でわたしを房の奥へ押しつけ、片方の手錠をはずすが、結局それは格子を通して後ろ手に手錠をかけるためだとわかる。

わたしは名札へ目を走らせる。「ヘンリー保安官補、これは少し異例だと思わないか」

「言われたことをするだけでしてね、ええ」南部流に上品な口を利く。

ここでとんでもないことが起ころうとしている。この気のよさそうな保安官補が何かに気づいているかどうかはわからない。

「電話をかけられるはずなんだ」

「電話ならかかってきましたよ。あした判事と話せます」

「でも、けっして罪を犯して逮捕されたわけでは……」

彼ともうひとりの保安官補が房を出て扉を閉める。

ほかの房が混んでいるのに、わたしだけが広い空間を占有しているのが気になってしかたがない。

ほんとうにとんでもないことがここで起ころうとしている。

60　私　刑

目を閉じない。房の入り口から注意をそらさない。冷戦ビルがディケンズの『クリスマス・キャロル』に登場する〝過去のクリスマスの亡霊〟で、あの謎の女が〝現在のクリスマスの亡霊〟なら、つぎの訪問者は〝いまだ来ざるクリスマスの亡霊〟ということになり、そいつがもたらすものを好きになれそうな気がしない。

こんな失敗をやらかした部局がどこであれ、倫理面が壊れている意思決定プロセスにより、はた迷惑なおしゃべり教授ひとりの命など自分たちの仕事や自由と同等の価値はない、という判断がくだされた。

近づくなと言ったら近づいてきた。交渉しようとしたらことわられた。もはや連中には選択の余地も時間もない。

バーケットは電話でかなりあせっていたから、これにはかかわっていないのだろう。スパイ小説『コンドルの六日間』の世界にはいりこんだわけではない——と思いたい。数人の悪徳警官とかかわってしまっただけだ。たまたま情報機関の手先だった連中と。

もしこれが正式な許可を得た措置なら、いまごろ黒いヘリコプターに乗せられて秘密の移送場所へ向かっているところだ。

しかし、そう考えても気が休まるわけではない——よけいこわくなるだけだ。

房の扉があいたとき、肌が粟立《あわだ》つと同時に、アドレナリンが体内でアマゾン川の濁流さながら押し寄せてくる。

保安官補たちが客をもうふたり収容するところだ。まずいことに、ひとり目は首にタトゥーを入れたスキンヘッドで、片腕に彫られているのはどう見ても鉤十字《かぎ》だ。体重は七十キロ台といったところだが、早くも憎しみのこもった目でわたしをにらみつけている。わたしは一見しただけでは感じのいい男だから、だれかに何かを吹きこまれたのだろう。

ふたり目のほうはもっと筋肉質でタトゥーは入れていない。頭頂部だけ髪を残したフラッドヘッドという髪形で、完全なスキンヘッドではない。

スキンヘッドが手錠をはずされ、わたしをにらみ倒せるように真向かいにすわる。

フラットヘッドがわたしから一メートル半ほど離れた右端へ行く。腕を組んで後ろへ寄りかかり、われ関せずを装っている。

このショーがどのようにはじまるのか、わたしは様子をうかがう。

明らかにスキンヘッドはわたしを目のかたきにしているが、フラットヘッドはなぜここにいるのだろう。ふたりはチームなのか。

保安官補たちが立ち去るやいなや、スキンヘッドは腰をあげてわたしの正面に立つ。わたしは自分のスペースを確保するために、はじめから両足を伸ばしておいた。

「おまえ、ガキにちょっかいを出すのが好きなホモ野郎なんだってな」スキンヘッドがつばを飛ばしながら言う。「おまえの家からはガキどもの死体が出たって聞いたぞ。そうなのか、ホモ野郎」

「いくらだ」わたしは言う。

「いくら？　なんだと？　おれがあそこをしゃぶらせるようなホモだと思ってんのか」

「これをしたらいくら払うと言われたんだ。弁護士もつけてもらう約束か」

「いったいなんの話だ」

「わたしはセオ・クレイという。連続殺人犯を追っている。ひとりはモンタナで見つけた。ロサンゼルスでも見つけたのでニュースになったばかりだ。そいつの名前はジョン・クリスチャンといい、ＣＩＡの情報提供者で、そいつをかばう何者かがわたしの死を望んでいる」

スキンヘッドがかぶりを振る。「おいおい。いったいどうなってんだよ」隅の男――いまは三十センチほどわたしに近づいている――のほうへ振り返る。「あんた、このいかれたホモ野郎について聞いてるのか」

フラッドヘッドが答える。「おまえの言うことを本気にしてないみたいだな」

スキンヘッドが間近に迫る。「本気にしてないだと？　そうなのか、ホモ野郎。おれの一物をしゃぶらせてやろうか、え？」

「どっちもそんなことはしたくないんじゃないかな。そう願いたいね」

スキンヘッドが自分の股間をつかむ。「なに、おれのじゃ不満だってのか。ガキのやつじゃないとだめか」

「くだらんことを言わずに」フラットヘッドがスキンヘッドに言う。「このホモ野郎におまえの本気を見せてやれよ」

スキンヘッドがしだいに興奮してくるが、おそらくこの男をこわがる必要はないだろう。ここであなどれないのはフラットヘッドだ。スキンヘッドを怒らせてわたしを攻撃させようとしている。それでも、殺し屋はフラッドヘッドだ。こいつは軍人だ。特殊部隊か海《D》軍特殊《E》戦《V》開発《G》グル《R》ープ《U》で暗殺を担当していたのかもしれない。ここはジョージアだ——そうした人間を見つけるのはむずかしくなかっただろう。

セオ教授としては、フラッドヘッドへ向き直って作戦が丸見えだと言ってやりたいところだ。何者かがスキンヘッドをつかまえてこいと言った。フラットヘッドがわたしの頭蓋骨を床にめりこませたあと、だれかに罪を着せることになるが、スキンヘッドはそのときのカモだ。

別の男がかかわったと、スキンヘッドは言いたければ言えるが、わたしの血にまみれているところを発見されれば、説得力はないだろう。

スキンヘッドが指をバキバキと鳴らし、強力なパンチを見舞う準備をしている。

わたしはなるべく落ち着いた声で話しかける。「何があったか訊かれたときは、オヨ・ディアロという名を思い出すだけでいい。連中がかばっているのはその男だ。ロサンゼルスとスウィートウォーターで子供たちを殺したのはその男だ。ここではジョン・クリスチャンと呼ばれている。それだけ覚えていろ。連中はきみに取引を持ちかけるかもしれない——わたしみたいに殺すつもりがないならね」

これがスキンヘッドの集中力を乱す。フラットヘッドにも揺さぶりをかける。口封じのために送りこまれたスキンヘッドにわたしが伝えているのは、封じこめるべき情報だ。なんの話かスキンヘッドにはまったくわからないだろう。

フラットヘッドがわたしのほうへじりじりと近づくのをいっときやめて考えをめぐらす。

そして、ふいにまたフラットヘッドの集中力がもどる。再起動したてのターミネーターに似ている。つぎの一分でスキンヘッドが行動しないのなら、自分で攻撃をしかけるつもりだ。

まさにその一刻を待つしかない。ここにいるのは、いかれた監獄のネオナチと、わたしの喉元に襲いかかろうとしている熟練の殺し屋……しかもわたしの両手は格子を通して後ろ手に手錠をかけられている。総合格闘技のチャンピオンだった学生から教わったことが役に立つかもしれないが、それはあくまでも理屈の上だ。

もっとも、使える技がひとつだけあるが、失敗すれば死ぬ。

「変なこと言いやがって」スキンヘッドがあとずさる。

いまが攻撃のときだとフラットヘッドが判断する。

61　狂　乱

フラットヘッドがすわっている位置からなら、重いブーツで頭を蹴るのが最も効果的だろう。一回の動きでわたしをノックアウトし、嚙みつかれたり殴られたりする心配もない。手錠で格子につながれているのだから、これ以上無防備な体勢はない。

敵の肩が一方へ傾くと同時に右足に体重がかかって左足が浮く。

まずい。武術の心得があるらしい。すわったまま いまにも頭へ蹴りを入れようとしている。スキンヘッドが後ろへさがったので、わたしは両脚をベンチの下へやる。すばやく動ける体勢をとらなくてはならない。

こちらの動きをフラットヘッドに気づかれたら取り返しがつかない。

フラットヘッドが深く息を吸い、片手でベンチの右端をつかむ。わたしは相手を直接見るのを避ける——油断させたいからだ。

意地を通すことに決めたスキンヘッドがまた前へ出ようとする。

右側で一瞬の動きがあり、フラットヘッドの強力な足蹴りがわたしの頭に向かって繰り出される。

でもわたしがひょいと頭を引っこめたので、ブーツが空《くう》を切って格子へ激突する。

自分がどれほどの危機に瀕しているか、フラットヘッドは知らない。

一瞬でわたしの両腕が前へ出て体が突進し、左手が、開いた手錠の先端を相手の眼窩へ沈め、フラットヘッドがよろめく。

フラットヘッドが絶叫し、両手でわたしを叩く。わたしはもう一発見舞う——こんどは右目を狙い、目の上が深く切れる。

床に倒れたので頭に蹴りを入れる。絶叫がやむ。

後ろでスキンヘッドがうろたえている。

わたしは右腕を振りまわし、手錠を相手の側頭部に当てる。

「やめろ。やめてくれ！」スキンヘッドが叫び、両手をあげて慈悲を請う。

手錠をメリケンサック代わりにしてすばやく三度こめかみを殴ると、相手は床に倒れる。体をボールのように丸めて動きが止まり、頭部の外傷で意識が朦朧《もうろう》としているようだ。

急いでフラットヘッドのほうへもどり、本人のシャツで手錠の血をぬぐう。

呼吸が苦しそうで、意識がない。助かるにせよ死ぬにせよ、つぶれた片目が二度と使いものにならないのはたしかだ。

わたしは格子の近くへもどり、手錠をもとどおりにはめる。ジョー・ヴィクに殺されそうになって以来、手錠の鍵をつねに持ち歩いている。

十分経って保安官補たちが来る。計画的なのか、ただの管理不行き届きなのかはわからない。

床から頭をもたげたスキンヘッドが、房の向こう端のベンチに寄りかかっている。

保安官補が扉を解錠し、フラットヘッドへ駆け寄る。

ひとりがわたしへ顔を向ける。「何があった」

「そいつがもうひとりを攻撃した。本人は否定するだろうけど」

スーツ姿の年嵩の男が、集まってきた保安官補たちを押しのけてやってくる。わたしに注目する。「きみはだれだ」

「セオ・クレイ」わたしは答える。

「殺人の家を見つけた男か」

「そうです」

「いったいここで何をしている」

わたしはただ首を横に振る。

「不手際がありまして」ひとりの保安官補が言う。「この男に逮捕状が出ているとばかり思っていましたが、出ていなかったんです」

「だからこのけだものどもと同じ房に閉じこめたのか」

「すみません」その保安官補が言う。

スーツの男がわたしの後ろへ手を伸ばし、手錠をはずす。手をもどしたとき、指先に血がついているが、黒いズボンでぬぐうだけだ。

「こちらへどうぞ、クレイ博士」と言う。「血に気をつけて」

ふたりの救急隊員が作業中で、フラットヘッドの目の出血を止めようとしている。

多少は良心の呵責を感じるべきだとは思う。でもわたしは、これがオヨだったらどんなにいいか、としか考えられない。

スーツの男はそっとわたしの腕をつかむ。「クレイ博士、こんな目に遭わせてほんとうに申しわけない。おわびします。いつもこうではないんですよ」

わたしは後ろのスキンヘッドをちらりと見る。救急隊員が血まみれのこめかみにガーゼを当てている。心配は要らない。

当てにならない目撃者は、どちら側にもつごうのいい証言をするものだ。

目下の優先事項は、裏で糸を引く者に再度つかまる前に、確実につぎの攻撃をおこなうこと。

62 供　述

ホテルの部屋へ帰ると、時刻は午前四時になっている。数時間かけて洗いざらい話してきたところだ。国土安全保障省《DHS》のドアノブにオヨの指紋を見つけた手法については曖昧にしておいたが、捜査機関の面々はこだわっていないようだった。話を聞いてもらったのは、ダグラス郡保安官事務所の刑事二名、ＦＢＩアトランタ支局とジョージア州捜査局の捜査官各一名で、内容はすべて録音装置に記録された。

一同は質問をしたが、スウィートウォーターの家でいったい何が起こったのかをまだ探っているところだった。わたしたちのやりとりの合間に保安官補たちがやってきてはメモを渡した。

ある時点でわたしは尋ねた。「いまのところ遺体はいくつですか」

実際の法医学的捜査はまだはじまっていないが、彼らは事態の深刻さを早く把握しようとつとめていた。

アート・デュアン保安官——房からわたしを連れだしたスーツ姿の男——が答えた。「十四体です。それも、地面に露出しているものだけで」

刑事のひとりがわたしに、こんな話をいまだかつて聞いたことがあるかと尋ねた。つまり、公正な政府が目を光らせているのに、これほど多くの殺人を犯してどうしてオヨはつかまらなかったのだろう、と。

最初は聞いたことがないと答えたが、そのあとでアンドレイ・チカチーロ、通称〝ロストフの殺し屋〟のことを思い出した。彼がソビエト連邦で二十年以上にわたって殺人をつづけられたのは、共産党が事件の存在を信じなかったからだ。連続殺人鬼の出没はアメリカ合衆国のような退廃した社会の兆候と見なされ、しかも、自国の共産党員にその疑いをかけるなど考えも及ばなかったのだろう。

オヨの場合は、怪物にレイプや殺人をしたい放題させたという事実を担当者が受け入れられなかった。それを必死で隠そうとするあまり、こんどはわたしを殺させようとした——少なくとも口を封じようとした。フラットヘッドがわたしを殺すためにあそこにいたのかどうかはわからない。一種の警告として病院送りにするのが目的だった可能性もある。叩きのめすにしても、わたしが負わせたような悲惨な大怪我はさせなかったかもしれない。

いまごろになってそう考えるが、あのときわかっていなくてよかったと思う。知っていれば迷いが生まれ、気がついたときには顎を針金で固定されて、したがわないからこうなるのだ、とあの謎の女に部屋の隅で言われるはめになっただろう。

くそったれめ。あの女も、あの連中も、フラットヘッドも。

わたしにはあの男の頭蓋骨をへこませる権利ぐらいある。

はらわたを煮えくり返らせるのは、目を覚ましておくのに役立つ。わたしはホテルの部屋で、壁を背にドアを見てすわっている。

冷戦ビルが忍びこんでわたしを撃たないともかぎらないので、一応シーツの下に枕を入れてふくらませるという策も講じる。もうそうならないのは九十九パーセント確実だ。地元当局に知らせるべきことはすべて知らせてある。いまごろわたしを尾行しても、わたしの話に信憑性が加わるだけだろう。それにわたしは自分の話に冷戦ビルも、謎の女も、フラットヘッドも入れなかった。除外したのは、そんな話をすれば頭がおかしいと思われるからだ。

一番重要なことになるべく焦点を絞る。怒りを掻き立てているのは、情報機関のわたしへの仕打ち、そして、オヨがまだつかまっていないという事実。

オヨは逃亡中だが、当局が助けているとは考えにくい。救いの手を出しているのなら、それはたぶん罠だ。しかし、オヨはそれに引っかかるほどばかではない。

失敗したときのためにオヨは次善の策を用意しているはずだ。国外逃亡もその一部にちがいない。いますぐ実行に移すだろうか。

わたしはスウィートウォーターの家に出動した警官にオヨの人相風体を伝えた。その情報は数時間のうちにすべての州警察へ行き渡っただろう。

逃亡中の人間はなるべく遠くへ行こうとするか、潜伏場所を見つけようとするかのどちらかだ。

あの造園店がアトランタ地区でオヨのただひとつの隠れ家だったとして、運にまかせるしかない場合、やつはどこへ行くだろう。モーテルへチェックインすれば逮捕までまっしぐらだ。

あのあたりに転がりこめるような協力者がいるだろうか。ミズ・バイオレットの助手ロバートはオヨを恐れているし、オヨが自分の教会へ逃げこむとも思えない。

では、ほかにどこがある。

たぶん、もう答は出ている……

追跡データから作った地図を取り出す。殺しの場所の候補に入れなかった家がひとつあったが、二、三日潜伏するにはいいかもしれない。

法人相手の弁護士が所有する郊外の高級住宅地の家。オヨがよろこんで避難するとは思えないが、指名手配中のアフリカの戦争犯罪人が身をひそめるのに、金持ちの白人が住む高級住宅街の家よりうってつけの場所があるだろうか。

63 訪問

家の正面にレンタカーを停めてから、さりげなく車からおりて小包をしっかりかかえ、配達に来たふりをする。

車があちらこちらの家の私道から出ていくのは、住人たちが仕事へ向かうためだ。郵便受けのそばの通りにメルセデスが駐車してある。二階建ての家の前に駐車スペースがたっぷりあるのだから、妙な光景だ。

灰色の石造りで、小高い緑の丘の頂上に建てられたこの家は、建築業者が近隣の物件の販売促進用に建てたモデルハウスだったのかもしれない。

階段をあがってドアをノックする。横のガラス越しに敷物と階段が見え、家の反対側のガラス戸から明かりが差しこんでいる。

だれも出てこない。

なんとなくいやな予感がするが、それを振り払って警察に家を調べてもらう――はじめからそうするべきだったのだろうが――という気分になれず、自分のなかのハンターが目を覚ます。

階段をおり、ガレージの扉の上にあるガラス窓から覗く。

中にあるのはボルボのステーションワゴンと、窓が汚れたダークブルーのトヨタ・カローラだ。明らかに一台がこの家の車ではない。

ほかにも気になるものが目に留まる。ドッグフードの大袋だ。

車が三台あるが、仕事へ行ったのはワンコだけってことか？

玄関のドアへ引き返し、呼び鈴を鳴らす。

オヨが出てこないのは充分承知の上だ。中に人がいるのを確認するために警官が来たと思っているのだろう。

ふたたび横の窓から覗くと、階段に血のようなものが見える。というより――この汚れひとつない家のなかで、あれは血に決まっている。

大量の血ではない。オヨは弁護士がドアをあけたときに脳みそを吹き飛ばしたわけではないらしい。

弁護士夫妻を寝室のクローゼットで縛りあげ、人質として使えるかどうか検討する。わたしならそうする。

ドアを蹴破るのは論外なので、別の策が必要だ。

消防署に通報して、隣家に消防車がやってきたらどう出るか見てやろうかとも思う。しかしそのあと、オヨが退散するときにかならず人質を撃つような人間だと察する。

車へもどる。乗りこむとき、二階の窓で何かの動きが目にはいったのはたしかだ。あそこか。カーテンがまた揺れる。やつはあそこだ。まちがいない。

車を出すとき、フェンスの隙間から裏庭のものがちらりと見える――子供用のプレイハウスだ。

ちくしょう。

すぐそこで車を停める。バックミラーを見てわかったが、やってくる車はこの家から丸見えだ。通りを進んでも家を一周するだけだ。

オヨは二階の主寝室に陣取り、近づいてくる者を監視している。

警察を呼ぶべきだが、交渉に応じるような男ではなく、もしわたしが驚かせたら、たちどころに逃げるかもしれない――この家の住人を殺して。

家の裏手の住宅地を走りまわり、いままでいた場所の反対側に出る。裏庭のフェンス越しに、木の踏み段がついたウッドデッキが見える。玄関ドアから見えたのがこれだ。

左上のほうに小さなバルコニーがあり、その奥が主寝室になっている。カーテンがしっかり閉められているが、最上部だけ小さな隙間がある。ピンで留められているらしい。こうして家の裏側の道も見張っているのだろう。

警察を呼ぶんだ、セオ。

警察はパトロールカーを出動させる。おそらく道路を封鎖するが、はじめに本人の動きを封じようと考える。やつには警官が来るのがわかる。

わたしは寝室からは見えないフェンスの脇へ移動する。

デッキまでたどり着きたいが、裏庭を見張られているあいだは動けない。

サイレンを鳴らさず、人質を死なせず、敵の気をそらす手段が必要だ。

なんだ。あるじゃないか。そのためのアプリまである。

64 ウーバー

携帯電話を出してウーバーを呼び、家の向こう側の通りに場所を指定する。ドライバーを巻きこむのははなはだしく倫理に反するが、もしこの緊急事態について話し合う機会があったなら、同意してもらえると思いたい。

到着までの八分間が八十分に感じられる。アプリ内のアイコンが角を曲がると、坂をあがるタイヤの音が聞こえる。

オヨも見ているにちがいない。

車が家の反対側にさしかかるのを待つ。それから裏のフェンスを乗り越える。

車が家の正面、オヨがいる向こうの窓の真正面に停まるのを待つ。

運転手にメールを送る。まだ出られない。五分で行く。

返事が来る。わかりました。

こみあげるやましさを抑え、家へ忍び寄ってそっとデッキの踏み段をあがると、背中をなるべく壁に密着させる。

ついにガラスのスライドドアまで行き着き、頭を覗かせて、オヨがキッチンでオレンジジュースなど飲んでいないのを確認する。

室内にはだれもいない——いや、ちがった。玄関に立つ人影があり、ガラス窓から通りをうかがっている。

オヨだ。

くそっ。

予定が狂った。

後ろへさがってガラスのドア越しに銃を構え、オヨへ狙いをつける。

自分がこうしようと意識する少し前に脳が決定していた行動を、神経科学者は予測できるという。ヒトの意識の働きは物事の決定ではなく、起こった物事を正当化することだと彼らは主張する。なぜそうしたかを、脳は意識を働かせて説明する。ヒトの脳は無意識の衝動《イド》を合理的な行為者に変える広報局のようなものであり、恐怖によって動くトカゲやサルとはそこがちがう。

でも、わたしならこう主張する。自分の行動は合理的な計算に基づいていた。いくつかの危険を天秤《てんびん》にかけたうえで、最良の解決法を選んだ、と。

おまえは人殺しかと一分前に訊かれていたら、はっきり答えられなかっただろう。フラットヘッドとスキンヘッドにしたことがある程度の兆候と見るべきだが、それでも、ジョー・ヴィクに立ち向かったときでさえ、わたしは積極的な自己防衛以外の道をあくまでも探していた。

名前を叫ぶ。「オヨ！」

オヨが振り向く。

引き金を二度引く。一発目がガラス戸を砕き、物理学的現象として、銃口から相手の額まで直線となるべき弾道がわずかにそれる。

真っ直ぐ飛んだのは二発目だ。真っ直ぐ頭へ。

オヨが首を激しくのけぞらせて床に倒れると同時に、ガラス片の雨がわたしの手前に落ちる。

中へ足を踏み入れて銃を構え、倒れた体に近づく。オヨの腰のベルトに銃がある。手を伸ばしてそれを取り、自分のベルトにはさむ。

警官を納得させるには、はじめから相手が銃を手にしていたのをあとから取りあげたことにしたほうがずっと簡単だろう――警官が気にするとは思えないが。

脈を取り、銃弾が実際に脳を破壊していて、ただのひどい引っかき傷ではなかったことを確認する。

死んでいる。

銃を抜いたまま階段をあがっていく。過去には共犯者がいた。

主寝室のドアがあいている。中では、ベッドに死体がふたつ。弁護士とその妻が寝具に包まれている。

弁護士の首は掻き切られ、妻の首は濃い紫色だ。

クローゼットを調べる――いない。

廊下を歩いていくと、小さな人形がカーペットの真ん中に落ちている。

最初のドアの向こうに小さな女の子の部屋がある。中を一巡してからクローゼットをあける。服だけだ。

廊下を進んでつぎのドアへ行く。これもまた小さな女の子の部屋だ。一巡する。ここにもいない。

さらに進み、二階奥のバスルームのドアへ着く。ドアを押し開けると、バスタブにふたつの人影が横たわっているのが半透明のカーテン越しに見える。

動いていない。

足が鉛のように重いが、調べるしかない。フリルつきのピンクのラグを踏み、カーテンの真正面に立つ。

左手でカーテンの端をつかんで勢いよくあける。

おびえたふた組の目がわたしを見あげる。

涙ぐんだ目。生きている。

65　幕引き

デュアン保安官がわたしの隣の縁石にすわり、そばでは法執行機関の捜査員たちが家の周囲にテープを張りめぐらせ、数センチ刻みで現場検証をしている。

保安官がわたしに付き添っているのは、警察が到着するまでのあいだ、わたしが心の傷を負った少女たちの相手をしていたのとちょうど同じだ。

少女たちの名前はコニーとベッカ。ミスター・クリスチャンがなぜあんなに怒っているのかわからなくておびえていた。あんな様子を見たのははじめてだった。

ふたりは両親の死をまだ知らなかった。神よ、それを告げなくてはならない者を助けたまえ。

ようやくふたりのそばを離れたのは、女性警官が穏やかな声をかけながらバスルームへはいってきたときだった。そのあとわたしは保安官補に付き添われて家の前庭へ出て、持っていた銃をそこで押収され、適切な配慮のもとで手から付着物を採取された。

デュアン保安官は二十分足らずで到着した。屋内の惨状を検分したあと、わたしの隣にすわって事情を聞き取った。

さいわい、わたしに手錠をかける者はいなかった。

「では、やつがここにいそうな予感がしたんですね」デュアンが訊く。

「まあそんなところです。あの弁護士とかかわっているのは知っていました。もしかしたらここかと」

「そのとき、通報しようとは思わなかったんですか」声に非難の色がかすかに混じる。

「保安官、あなたのようなかたはわたしの勘を本気で信じたりしないでしょう」

「知らせてくれればこうはならないはずですがね」保安官が言う。「しかし、言いたいことはわかります」

「実際、だれを信じていいのかもわからない。なぜわたしが昨夜ふたりのけだものといっしょに拘束されるはめになったのか、明らかになりましたか」

「いいえ。それに、理由は知らないが、連邦保安官たちがでかいほうの男をけさ病院から運び出して、別の地区の救急車に乗せた。じつは、その男の逮捕記録すら見つからないんですよ」

「謎ですね」わたしは言う。

「そう。あなたの手錠の内側にあんなに血が付着していたこともね」保安官がすばやくわたしへ視線を送る。

「もっとクリーンな留置場にしたほうがいいですよ」

「まあ、それもそうですね」保安官が親指で後ろの家を示す。「この事件現場はどうですか。どれくらいクリーンになるんでしょう」

「オヨの銃に本人の指紋があります」そのはずだ。さもなければ、だれかが本人のベルトに銃をはさんだことになる。

「なるほど。まあたしかに、銃弾は頭の前方に当たっていました。ですから問題ありません」

「もしそうでなかったら？」

「きっといまごろは、あなたの弁護士に立ち会ってもらっているでしょう」

オヨが銃を持っていなかったらどうしただろう、とわたしは胸の内で問いつづけている。やはり撃っただろうか。そしてその事実を隠そうとしただろうか。

オヨを殺すのをよしとするのは倫理に反しない、と自分を説き伏せる。とはいえ、成り行きで生じた動機のみでこの家に踏みこんだ。そこがまずい。原則、自警主義は恐ろしい考えだ。裁判をおこない、証拠を最優先させるのには理由がある。

これでよかったとあとでわかったとしても、あまり思いあがるなと自戒する。いまは明らかに正しく見えることが、すべての人にとってそうとはかぎらない。

デュアン保安官が通りの先へ目を向けると、ニュースの中継車が集まりはじめている。

「ハゲタカどもの登場だ。スウィートウォーター・ロードではちょっとしたお祭り騒ぎでしたからね」肩をすくめる。「いずれにしても、これで幕引きです」

「そうでしょうか。わたしがどのようにオヨを見つけたか知っているでしょう。まだ幕引きではありませんよ」

「ふつうはこれで終わりなんですよ。あなたが言っているようなことは、ここでは扱いたくない」

「だれかがあえて見て見ぬふりをしなければオヨがここまで犯行を重ねなかったのは、あなたにもわかるでしょう」

「わかります。しかし、これはわたしの手に負えることじゃない」

「そうかもしれません。ところで、わたしの銃はいつ返してもらえるんですか」

保安官が小さく笑って言う。「さすがはテキサス出身だ。代わりの銃を手に入れたくなるかもしれません。しばらく証拠品として預かることになりますから」

わたしは鑑識のバンへ顎を向ける。「でも、ここだけの話、大目に見てもらえますかね」

「まあいいでしょう。FBIからビデオテープを見せられて、そのなかであなたとミスター・オヨが生まれたままの姿で踊りまわり、悪ふざけの計画に大笑いしていなければね。大目に見ますよ」

保安官はわたしを縁石に残して立ち去る。刑事が近づいてきて、保安官事務所で供述してもらいたいので覆面パトロールカーに乗ってくれないかとていねいに頼む。

わたしは助手席に乗ってもいいかと訊く。報道記者たちの前を通るとき、わたしが別の事件現場にいきなり現れたことを悟られないためだ。

刑事は頼みを聞き入れてくれたが、警察に体《てい》よく追い払われるのは二十四時間中これで二度目だ。

それはわたしにとって恐ろしいほど日常化している。あのおびえた少女たち、こんな結果をもたらしたもの、それしか考えることができない。

オヨの件は終わってもこの問題は終わらない。あの連中はいままでも何度かわたしの人生に手出しをしてきたから、今後わたしが報道機関や聞く耳を持つだれかに訴えたとしても、亡霊どもがますます訪ねてきそうだ。そのうち、現状を打破できる人物に相談してもいいかもしれない。

ほんとうにこれを終わらせたいのなら、じつに不本意な妥協をすることになるだろう。

66 反響

最初の二十四時間以内に飛び交う情報をぜったいに信じてはいけない。ソーシャル・メディアの時代ではとくにそうだ。記事の見出しがスクリーン上に現れたとたん、人々はフェイスブックやツイッターに投稿し、記事も読まず、内容がたしかだとわかるまで待ちもしない。トイ・マンの話が展開していく模様は見ていてとても面白い。ホテルの部屋でニュースを見ると、記者たちがスウィートウォーター・ロードへ急行し、二番目に発見された身の毛もよだつ恐怖の家について報道している。

これほど短期間に連続殺人犯がふたりも見つかる確率はどれくらいだろう、と記者たちは頭を悩ませる。超連続殺人の新時代に突入したのか？　まあ、わたしならこれを新時代とは言わない。それから、心のなかでつぶやく。誤解だとわかるまで待とう。

部屋にもどって携帯電話の電源を入れるや、数十件もの連絡があったとわかる。チェン刑事が六回電話を寄こしている――アトランタで何が起こっているか知りたくてたまらないらしい。地元の当局者は実態を探るのに大わらわで、よその法執行機関へ伝える暇などないと見える。

LAPDは進退窮《きわ》まるだろう。オルダボ・シムズを第一容疑者と見なし、ウィンブルドンの家の捜査を事実上打ち切ったからだ。その説にしがみつくつもりなら連中は最低だ。

ジョン・クリスチャンすなわちオヨ・ディアロはカルフォルニア州から来て、車も当州で登録したものを使っていたので、いまはFBIが捜査に乗り出している――ということは、ロサンゼルスのすべての証人を洗い直すことになる。とくにアーティスを。

アーティスに加えられた圧力をFBIが知ったらどうなるのか、じつに興味深い。

それに、ウィンブルドンの家には実際別の指紋が残されていた。おそらくオヨのものだろう。

チェンとその仲間は犯人を見逃していたことで面目丸つぶれだ。

これが職場の駆け引きなら笑ってながめているところだ。しかし、いくつもの命が失われた。たぶん、あの造園店にいた子供はあまりひどい心的外傷は負わないのではないか。バスタブの少女たちのことはなんとも言えない。

恐怖におびえたあのふたりの顔は忘れられそうもない。

わたしは死後硬直した顔に浮かぶ恐怖の表情を見たことがあり、自分でも恐怖を感じたものだが、そのときのことが――まさにその場にいたことが――自分の別の部分に影響を及ぼしている。

ジョー・ヴィクやオヨのような人間の頭の働きについては、以前よりずっとよく理解している。目の前のだれかに共感したり、その人の苦しみをやわらげてあげたいと思う、健全な人間の部分を彼らは持ち合わせていない。それどころか、その苦しむ姿に胸をときめかせる。

ほかにも気づいたのは、オヨの殺しの部屋やジョー・ヴィクの犠牲者から発せられた、強烈な死のにおいだ。オキシトシン——共感力を高める化学物質——を調整する脳の部分は嗅覚と関係がある。

連続殺人と特殊な嗅覚機能のあいだには関連性があるとも聞くが、それ以上はよくわからない。

個人的には、殺人鬼に共通する遺伝子に名前をつけはじめるのは危険だと感じている。そこから恐るべき新種のプロファイリングが急開発され、外れ値が検出されても捜査当局が無視する可能性がある。けれども、どんな変異がそうした行動に結びつくかという研究ならしてみてもいいかもしれない。〝ここが壊れたら人殺しになる〟という単純な結論にはならないだろう。むしろ、突然変異が交差した場合にそうした行動をもたらしうる、可能性の図表のようなものになりそうだ。

ドアをノックする音が聞こえる。唐辛子スプレーを握り、すばやく戸口へ向かうが、覗き穴から見る前に床の封筒に気づく。

ホテルの請求書ではないとわかるころには、届けただれかは廊下にいない。

封筒をあけ、一枚の写真のコピーと逮捕記録に思わず目を剝く。

そこに載っているのは、未成年者への殺人未遂と性的いたずらの容疑で逮捕された黒人の男だ。

名前はスコット・F・クィンランとあるが、これはオヨの顔だ。

なんだこれは。逮捕記録は二〇〇五年のもので、ボルチモア市警察で作成された。

二分後には電話をかけ、全ファイルの閲覧を要請する。

一時間後、そのような事件は記録されていないことがわかる。

どういうことなんだ。

だれがこれをドアへ差しこんだのか。

インターネットでスコット・F・クィンランを検索するが、何も出てこない。オヨを捜すのに使ったふたつのポータルサイトを試すが、やはり空振りだ。

最後に、逮捕した警官の名前と電話番号を調べる。

「もしもし?」ぶっきらぼうなボルチモア訛りの男が出る。

「キンバリー巡査ですか」

「キンバリー巡査部長だ。あんたがだれなのか訊いてもいいかな」

「わたしはセオ・クレイといいます。ある事件についてお尋ねしたいことがあるんです」

「警官なのか」

「いいえ……独自に捜査をしている者です」

「いったいなんの質問だ」じっくり聞く気はないらしい。

「死体がいくつも発見されたロサンゼルスの家のニュースは見ましたよね」

「見たがね。あんたは事件の関係者か」

「ええ、まあ、わたしが発見したんですよ。いまはアトランタにいます。こっちの事件も聞いてるでしょう」

「まあな。何を訊きたい」

「どこかのウェブサイトで容疑者の写真を見てもらえませんか」

「おいおい、おれはいま食事中なんだ。あとにしてくれないか」

「だまされたと思って。とにかくやってみてください」

「ちょっと待ってろ……」一分後、「ちくしょう。あのくそったれじゃないか」

「その男がだれか知ってるんですね」

「あったりまえだ。子供の母親がパトロールカーへ走ってきたあとで、おれはこのくそ野郎をしょっ引いた。やつは二ブロック先で何食わぬ顔をして自分のバンを洗車してやがった。生意気面《づら》で外交特権だかなんだかを持ってると抜かした。そんなものは持っちゃいなかったさ。だが、それに相当するものは持ってたらしい。

おれたちはやつを逮捕した。その子供から供述を取って、レイプ用証拠採取キットまで使った。ところが二時間後に、国務省のケツの穴が何人かやってきて、こっちで預かるという。うちの警部は聞き入れようとしなかった。そうしたら向こうは弁護士やら何やらを送りこんできた。それでまあ、そっちで面倒見てくれってことになったんだ。

その後どうなったか調べようとしたんだが、訴訟事件の一覧には載っていなかった。どこにもない。連中がやつを連れ去り、検事どもは起訴を取りさげた。小狡《こずる》いイタチどもだ。

おれはほかの件で証人台に立ったついでに、裁判所でそいつらのひとりの女検事をとっちめた。いったいなぜほっとくんだと。

その女がなんて言ったかわかるか。〝身内の揉め事には介入しません〟だと。何が身内の揉め事だ。あの怪物に小さな少年がレイプされ、口封じのためにあばら骨の隙間にナイフを突き立てられるところだったんだぞ。どういうわけか、検察側は事件をなかったことにした。腰抜けどもめ」

そこで大きく息をつく。「へええ、なんとまあ。あのくそったれが撃たれたみたいだな。せいせいしたぜ。だれがやったか知らないが、礼を言いたいくらいだ」

「いま礼を言ってもらいましたよ」わたしは言う。

「まさか、そうなのか？」

「そうです」

「そいつは何よりだ。くだらんことを吐くやつもいるだろうが、あんたはじつにいいことをしてくれたよ。おれに何かできることはあるか」

「じつはあるんです。オヨは釈放後に大勢の子供を殺しました。やつを野放しにした連中がそれを予測していたとは思いませんが、その問題についてはあまり深く考えなかったようです」

「そうだろうな」

「そのときの連邦政府の役人の名前を知りたいんです。あなたがだれかを覚えているんじゃないかと」

「まいったな。ずいぶん前のことだ。いま言ったように、国務省の人間だった。だが、やつの正体を知ってたかどうかはわからないな。あいつらはただの使いだった」

「そうでしょうけど、その容疑者は自分を自由の身にしてくれとだれかに頼んだはずです」

「うん。そりゃあそうだ。かけ直してもいいか。ちょっと思いついたことがある」

わたしは電話をそばに置き、かかってくるのを待つ。半時間後に折り返しの電話が来る。

「よし、いいか。おれにできるのはこれだけだ。警察では電話の送受信記録を保管している。内容を聞くことはできないが、だれがかけたかを調べるのは違法じゃない。刑事のひとりがデータベースを持ってるんだが、あれの二年前から記録をとりはじめたんだ。電話をかけた者の名前は載ってないが、あのくそったれがいつかけたかは知っている。だから、これがかけた番号だ」キンバリーが読みあげる。

わたしはそれをサーチエンジンへ入力する。

番号がまちがっていないか二度確認する。ＣＩＡか国務省の電話番号だろうと思っていた。だがそうではなく……これは決定的な証拠だ。

「この番号を調べてみましたか」

「ああ。あんたに電話する前にな。すごい相手じゃないか。しかも直通電話だ」

「驚いたな」

「がんばれよ」

当たり前だ。

67　仕上げ

ホテルのベッドに深く腰かけ、整った身だしなみで腕時計を見て、ジリアンに電話する時間ぐらいありそうだと判断する。

「人目を避けてるセオ・クレイ博士かしら？」ジリアンが電話に出て言う。

「相変わらずそうなんだ。こちらの近況を伝える前に、きみのほうはどうなってるか教えてくれないか……」

「ふん、いいわよ。ニュースを見たけど、正直言ってあれにくらべれば刺激のない毎日ね。キャロルとデニスからダイナーを買ってくれる人が現れたの」

キャロルとデニスは彼女の亡夫の両親だ。ジリアンは除隊後にモンタナのダイナーの経営を夫の両親からまかされた。彼女の心はダイナーにはなく、いつでも引っ越すつもりなのが会ったときにわかったが、本人はふたりのことをとても好きなので言い出せないでいた。

「ふたりはその申し出を受けるのかな」少し自分勝手な興味で訊く。

「たぶんね。キャロルとわたしはパイを山ほど売ってきたでしょ。だからわたしは彼女が新しい店で好きなようにパイを売るのを手伝うことになりそうよ」

「へぇえ……面白そうだね」わたしは言う。

「そうね……」

言えよ、セオ。言えったら。「あのさ……ふつうはテキサスのほうがパイの消費量が多いんじゃないかな……」

「あら、そうなの？」

「もしきみが来るなら、試作品作りに協力するよ」

「考えてみる」ジリアンが言う。ぬくもりのある声だ。

「そうしてくれよ。ただひとつだけ問題が……」

「また連続殺人犯なの？」

「あ、いや……。そういうわけじゃない。ただ、残りの人生を連邦刑務所で過ごすかもしれない——いや、もっとまずいことになるかも」

「もっとまずいことって？」ジリアンが訊く。

「ある人物にすごい揺さぶりをかけた。そいつはいま責任逃れに奔走中《ほんそうちゅう》で、もしかしたらわたしを、秘密のベールに包まれた最果ての地の監獄へ送りこむ算段をしているところかもしれない」

「冗談じゃないわ、セオ。どうすればいいか教えて。わたしがそんなことさせやしないから」

いつでも敵陣に忍びこんで救出する、と愛する女から言われるほど心あたたまることはない。

「いまはまだGIジェーンにならなくていいよ。解決に向けて進んでいるところだから。ある筋から聞いた話では、諜報機関の秘密の法廷のようなところに呼ばれるかもしれない。実際そこではあらゆることに箝口令を敷き、それが破られる前から人を拘束するらしい」

「じゃあどうすればいいの」

鍵が差しこまれる音が聞こえる。

「逃げるしかない。もし消息が途絶えたら……」ふいにことばが出る。「愛してる」ジリアンの返事は間に合わない。

ポケットへ電話をおさめると同時に、赤毛が後退気味の年配の男が部屋へはいってくる。ジム用のウエアにまだ汗をにじませ、鍵を見たあとわたしへ目を移して混乱している。

「わたしの部屋のはずだが」男がようやく言う。

「オヨのことはいつ知ったんですか」

上院議員のハンク・サロット。一筆のサインで億単位の秘密工作予算を通すことができる、上院情報特別委員会の長がわたしをにらみつける。やがて事情が呑みこめたらしい。「あのろくでもない教授だな。このくたばりぞこないめ。おまえが穴に埋められてその穴が跡形もなくなるようにしてやろう」

「オヨのことはいつ知ったんですか」わたしは繰り返す。「あの男の真《しん》の姿がわかったのはいつですか」

オヨがボルチモアで子供を襲ったとき、サロットが当人の本性を充分知ったうえで問題視していなかったのは確実だろう。現に証拠がある。個人的に働きかけてオヨを情報提供者に押しあげたサロットが、あらゆる手を講じて本人をかばったのは、オヨの悪事が暴かれれば自分の評判に傷がつくからだ。

サロットは部屋のあちこちを油断なく見まわし、カメラや録音装置を探す。

「いったいなんの話かわからないね」そう言うと、踵《きびす》を返してドアへ向かう。

これくらいは予想するべきだった。この男がいかなる関与もぜったいに認めるわけがない。けれども、たいした問題ではない。いままでサロットに権力を持たせていた人々、つまりそういった財政支援の受益者たち――政治家あがりのロビイストや請負業者――がこの男は邪魔だと悟った。

わたしは取引をした。気分のいいものではない。カヴァノーはわたしにテロリスト・プロファイリングのための研究所を持たせ、わたしはサロットを手に入れる。これは悪魔の契約だ。いいことに役立てられるのだから、と心の内で自分を正当化してみるが、だれもがそう思ったあとであぶない坂をくだり、やがて夜眠るために〝巻き添え被害〟のようなことばを使いはじめるのではないか。

サロットが昏倒し、その手はドアに届かない。

わたしは少量で意識を失わせる接触毒を外側のドアノブに塗布しておいた。ホテルのジムで汗を流して毛穴の開ききったサロット上院議員には効果絶大だった。

サロットがまどろむそばで、わたしは消毒剤のボトルを出し、あらゆる場所にスプレーを吹きかけて自分の痕跡が残らないようにする。

その作業を終えるころ、待っていたノックの音が聞こえる。ラテックスの手袋をはめた手でドアをあけ、外のドアノブをぬぐうあいだ、ふたりの男が車椅子の横で待つ。

わたしが親指をあげると、ふたりはぐったりしたサロットを車椅子に乗せ、ベルトで真っ直ぐに固定する。

ふたりは業務用エレベーターへ、わたしは階段へと向かう。後ろをちらりと見ると、ウィリアム・ボストロムと目が合う。ウィリアムはマティスとともにサロットの車椅子を押してエレベーターへ乗りこむところだ。

わたしたちはうなずきを交わす。これで苦しみが終わるわけではなく、怪物退治で気がすむはずもないのは互いにわかっている。ただ、正体を知った以上は退治するしかない。

三ブロック先に停めたレンタカーへもどると、見覚えのある人物が車に寄りかかって紙コップのコーヒーを飲んでいる。

「当ててみましょうか。仕事の仕上げに来たんでしょう」わたしは冷戦ビルに言うと、ほんの冗談交じりに左手で小型容器を持ち、右手を脇へやって後ろのベルトへはさんだ拳銃を抜く体勢をとる。

ビルが天を仰いで不満げな声をあげる。「そういうものじゃないんだよ。だれかを囲いこむほうが簡単で面倒がない。わたしたちはそっちの方法でやったんじゃないのかね」

声にわずかに混じるものがわたしへの非難なのか、それとも漠然とした厭世観《えんせいかん》なのか、どちらとも言えない。

さらにビルは言う。「ここに来たのはすべてとどこおりなく終わったことを確認するためだ。味方を信用するかね」

「これっぽっちも」とわたし。「味方の私利私欲なら信用します」

「正解だな。勝手な興味でもうひとつ訊きたい。なぜこうした」

わたしは振り向いてホテルを見る。「オヨを出現させるベクトルを根絶するには、これが最も効果的な方法に思われたからです」

ビルは顎をなでてうなずく。「わかったよ、教授。では、きみにとってはすべてが生物学なのか」

「数学でもある。数学を忘れないでください」

ビルはぶつぶつ言う。「まったく。オヨより恐ろしい男だ」

「物事をたどって合理的な結論へ達するだけですよ」

「それが恐ろしいのだよ。きみが人類を厄介者と判断し、殺人バクテリアをこしらえて全世界へばらまくまでどれくらいかかるかな」

「それをするなら、バクテリアは効率的な方法じゃありません」わたしは手に握った小型容器に目を走らせる。「いまはデザイナー・プリオンのほうが……」

ビルはわたしの手もとへ目を向けてから、いっときわたしを見つめ、冗談かどうかを見きわめようとする。「やれやれ。この取引で、どちらがより戦々恐々とすべきかわからなくなったよ。きみか、それとも彼らか」

彼らにはまさにそう思ってもらいたい。

冷戦ビルが飲みかけのコーヒーをゴミ箱へ投げ入れ、重い足取りで去っていく。実際のクレイ教授は大量虐殺で人類滅亡をもくろむ精神錯乱者かもしれない、と上司にどう告げるべきか考えているところなのだろう。

容器をポケットへしまって車に乗りこむと、サロット、ビル、ビルの上司たち、そんな連中のことは気にせず、ハイウェイへと向かう。

わたしには築くべき研究所がある。

訳者あとがき

連続殺人事件を解決して一躍有名になった生物情報工学者セオのもとへ、ひとりの父親が訪ねてくる。小学生の息子が下校途中で何者かに連れ去られ、九年間行方知れずだという。事件が起こった地域を探るうちに、セオは姿を消す子供たちの多さと、その不気味なパターンに気づくのだが……

〈生物学探偵セオ・クレイ〉シリーズ第二弾をお届けしよう。

一作目ではモンタナの森林で犯人を追っていたセオが、今回はロサンゼルス近郊、そしてジョージア州のアトランタへと活躍の場を移す。治安の悪い貧困地域では、長年にわたって一定数の子供たちが行方不明になっているが、未解決事件として放置されるばかりか、通報すらされないことがある。そのほとんどが崩壊家庭か不法移民の子供たちだ。

セオはそうした顧《かえり》みられない子供たちを狙う怪物の正体を嗅ぎ取り、徐々にその正体に迫っていくうちに、なんと魔術や呪術信仰の世界とかかわっていく。徹底した合理的精神の持ち主であるセオが怪しげなスピリチュアルの領域へ首を突っこみ、七転八倒のすえに手がかりをつかみ取るくだりは、スリルとサスペンスとウィットが満載だが、児童誘拐の目的が明らかになったとき、物語はおどろおどろしさをきわめる。

とはいえ、本作はオカルトでもホラーでもない。最先端の科学と冷徹な論理で事件を解決するミステリーだ。セオは遺伝子工学や生物学を駆使して真相を探るのだが、作中人物に「あなたは歩くディスカバリー・チャンネルみたいな人だ」と言わせるほど、さまざまな分野の知識をわかりやすく語って、わたしたちを未知の世界へといざなってくれる。仮想空間を犯人追跡のツールにしたかと思えば、DNAデータから事件の突破口を見つけ、野生動物の習性を利用して証拠集めもする。あげくのはて、犯人を特定するために、遺伝子工学を利用してあるとんでもない策に出るのである。一作目でも、越えてはいけない線を正義のためにやむにやまれず踏み越えていたセオだが、今回もまさかそこまでと思うことをやらかし——というわけで、未読のかたはどうぞお楽しみに。

さて、内気で変わり者の科学者セオが見せるド根性ぶりが本シリーズの魅力のひとつなのだが、一作目の修羅場をくぐり抜けて、主人公はワンランクたくましくなった感がある。ときには「どうしてこんなにばかなのかしら」とあきれられながらも、悪漢の襲撃をダーティハリーばりのアクションで切り抜ける場面もあり、以前のような気弱さや要領の悪さは確実に減っている。それでも、筋を通す頑固さと女性に対する不器用さは相変わらずだ。

しかし、世間に知れ渡ったがゆえの深刻な悩みをセオはかかえることになる。自身が開発する犯人追跡の道具が、テロ対策として軍事利用されるかもしれないからだ。それは両刃の剣であり、使い方を誤れば罪のない人々の運命まで大きく変えかねない恐ろしい技術だ。そんなセオの懸念をよそに、国の防衛機関はセオの研究成果をわがものにしようと躍起になっている。

さらにもうひとつ、セオは自分が連続殺人鬼と似た遺伝子を持つ異端の存在、じつは数少ない〝狩る〟側の人間であることにも気づいていく。セオ自身も敵と同じく、何かを狩る宿命にあるのだろうか。

このようなジレンマとほの暗い予感をかかえたヒーローがどこへ向かうのか、今後の展開がおおいに気になるところだ。

著者のアンドリュー・メインは一作目でも紹介したとおり、マジシャン、イリュージョン・デザイナーとして活躍するかたわら執筆をつづける、異色のベストセラー作家である。さぞかし過密スケジュールに追われていることと思われるが、小説を書く時間をいったいどのように捻出しているのだろうか。本人が言うには、アイディアが浮かんだらかならずメモを取り、必要に迫られればいつでもどこでも執筆するらしい。ほかの仕事の合間はもちろん、カジノでも、ディズニーランドの行列でも書いたことがあるというからすごい。そして、マジックでも小説でも、大事なのはストーリーテリングであり、虚構だと知りながら観客や読者がはいりこめるようなリアルな世界を創ることだという。鬼気迫る物語の世界を一流のエンターティナーの技で心ゆくまで堪能していただけたら幸いだ。

ただひとつ。冒頭で登場する少年チコのような話が実際に起こっているのはまぎれもない事実である。じつは、作中にあるとおり、いまでもアフリカの一部の地域では、色素欠乏症《アルビニズム》の人たちが根強い迷信のために襲われて残虐な仕打ちを受けている。国連が警鐘を鳴らしているが、襲撃事件はあとを絶たないらしい。一、二作目ともに、著者はこうした弱い立場の人々が狙われ、消えていくという現実に目を向けている。

〈生物学探偵セオ・クレイ〉シリーズは本国で四作目まで刊行されている。本作から読んでもかまわないが、作中で前作の内容に一部ふれているので、白紙の状態でスリルを味わいたいのなら、まず一作目から読み進めることをお勧めする。ただ、本作を読んでから一作目にもどっても、それはそれで二作目とはちがう冒険の醍醐味を存分に楽しめるはずだ。

さて、つぎはどんな趣向で来るのか、あぶない科学者セオの活躍にどうぞご期待ください。

〈生物学探偵セオ・クレイ〉シリーズ

『生物学探偵セオ・クレイ　森の捕食者』（*The Naturalist* 二〇一七年）

『生物学探偵セオ・クレイ　街の狩人』（*Looking Glass* 二〇一八年）

Murder Theory（二〇一九年二月）

Dark Pattern（二〇一九年一〇月）

二〇一九年十二月

生物学探偵セオ・クレイ

——森の捕食者

The Naturalist

アンドリュー・メイン

唐木田みゆき訳

モンタナの山中で調査をしていた生物学者セオ・クレイ。すると、近隣で自身の教え子が死体となって発見される。検死の結果、犯人は熊とされるが、結論に納得がいかないセオは独自の調査に乗り出す……。〝カオスの中に秩序を見出す〟生物情報工学を駆使して事件を解決する天才教授の活躍を描く、シリーズ第一弾！

幻の女〔新訳版〕

Phantom Lady

ウイリアム・アイリッシュ
黒原敏行訳

妻と喧嘩し、街をさまよっていた男は、奇妙な帽子をかぶった見ず知らずの女に出会う。彼はその女を誘って食事をし、ショーを観てから別れた。帰宅後、男を待っていたのは、絞殺された妻の死体と刑事たちだった！ 唯一の目撃者〝幻の女〟はいったいどこに？ 新訳で贈るサスペンスの不朽の名作。解説／池上冬樹

熊と踊れ（上・下）

Björndansen

アンデシュ・ルースルンド&ステファン・トゥンベリ
ヘレンハルメ美穂&羽根由訳

壮絶な環境で生まれ育ったレオたち三人の兄弟。友人らと手を組み、軍の倉庫から大量の銃を盗み出した彼らは、前代未聞の連続強盗計画を決行する。市警のブロンクス警部は事件解決に執念を燃やすが……。はたして勝つのは兄弟か、警察か。北欧を舞台に〝家族〟と〝暴力〟を描き切った迫真の傑作。解説／深緑野分

制裁

ODJURET

アンデシュ・ルースルンド＆
ベリエ・ヘルストレム
ヘレンハルメ美穂訳

〔「ガラスの鍵」賞受賞作〕凶悪な少女連続殺人犯が護送中に脱走。その報道を目にした作家のフレドリックは驚愕する。この男は今朝、愛娘の通う保育園にいた！　彼は祈るように我が子のもとへ急ぐが……。悲劇は繰り返されてしまうのか？　北欧最高の「ガラスの鍵」賞を受賞した〈グレーンス警部〉シリーズ第一作

特捜部Q
―檻の中の女―

Kvinden i buret

ユッシ・エーズラ・オールスン
吉田奈保子訳

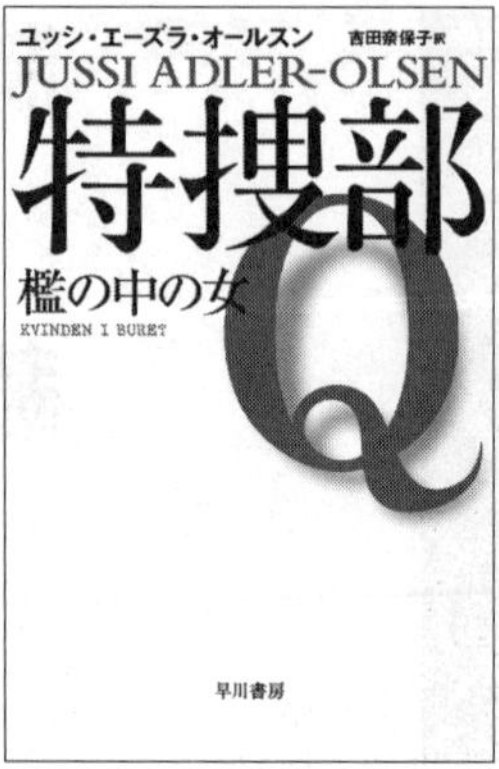

〔映画化原作〕コペンハーゲン警察のはみ出し刑事カールは新設部署の統率を命じられた。そこは窓もない地下室、部下はシリア系の変人アサドだけ。未解決事件専門部署特捜部Qは、こうして誕生した。まずは自殺とされていた議員失踪事件の再調査に着手するが……人気沸騰の警察小説シリーズ第一弾。　解説／池上冬樹

くじ

The Lottery: Or, The Adventures of James Harris

シャーリイ・ジャクスン
深町眞理子訳

毎年恒例のくじ引きのために村の皆々が広場へと集まった。子供たちは笑い、大人たちは静かにほほえむ。この行事の目的を知りながら……。発表当時から絶大な反響を呼び、今なお読者に衝撃を与える表題作をふくむ二十二篇を収録。日々の営みに隠された黒い感情を、鬼才ジャクスンが容赦なく描いた珠玉の短篇集。

ハヤカワ文庫

コールド・コールド・グラウンド

The Cold Cold Ground

エイドリアン・マッキンティ

武藤陽生訳

紛争が日常と化していた80年代北アイルランドで奇怪な事件が発生。死体の右手は切断され、なぜか体内からオペラの楽譜が発見された。刑事ショーンはテロ組織の粛清に偽装した殺人ではないかと疑う。そんな彼のもとに届いた謎の手紙。それは犯人からの挑戦状だった！ 刑事〈ショーン・ダフィ〉シリーズ第一弾。

ハヤカワ文庫

シンパサイザー（上・下）

The Sympathizer

ヴィエト・タン・ウェン

上岡伸雄訳

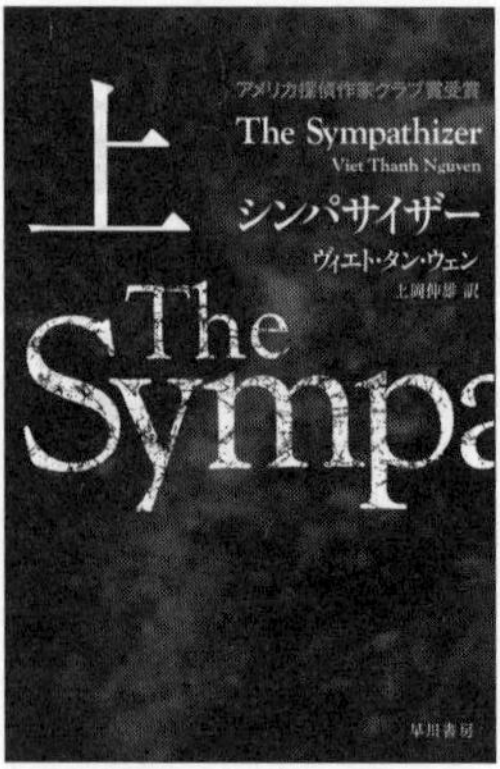

〔ピュリッツァー賞、アメリカ探偵作家クラブ賞受賞作〕ヴェトナム戦争が終わり、敗れた南の大尉は将軍とともに米西海岸に渡った。難民としての暮らしに苦労しながらも、将軍たちは再起をもくろむ。しかし、将軍の命で暗躍する大尉はじつは北ヴェトナムのスパイだったのだ！　世界を圧倒したスパイ・サスペンス

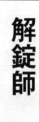

二流小説家

The Serialist

デイヴィッド・ゴードン

青木千鶴訳

〈**映画化原作**〉筆名でポルノや安っぽいSF、ヴァンパイア小説を書き続ける日日……そんな冴えない作家が、服役中の連続殺人鬼から告白本の執筆を依頼される。ベストセラー間違いなしのおいしい話に勇躍刑務所へと面会に向かうが、その裏には思いもよらないことが……三大ベストテンの第一位を制覇した超話題作

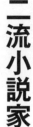

訳者略歴　上智大学文学部卒，英米文学翻訳家　訳書『冷たい家』ディレイニー，『ビューティフル・デイ』エイムズ，『訴訟王エジソンの標的』ムーア（以上早川書房刊）

HM=Hayakawa Mystery
SF=Science Fiction
JA=Japanese Author
NV=Novel
NF=Nonfiction
FT=Fantasy

生物学探偵《せいぶつがくたんてい》セオ・クレイ
街の狩人

〈HM㊼-2〉

二〇二〇年一月二十日　印刷
二〇二〇年一月二十五日　発行
（定価はカバーに表示してあります）

著者　アンドリュー・メイン
訳者　唐木田《からきだ》みゆき
発行者　早川浩
発行所　株式会社早川書房
郵便番号　一〇一 - 〇〇四六
東京都千代田区神田多町二ノ二
電話　〇三 - 三二五二 - 三一一一
振替　〇〇一六〇 - 三 - 四七七九九
https://www.hayakawa-online.co.jp
乱丁・落丁本は小社制作部宛お送り下さい。
送料小社負担にてお取りかえいたします。

印刷・精文堂印刷株式会社　製本・株式会社フォーネット社
Printed and bound in Japan
ISBN978-4-15-183752-4 C0197

本書は活字が大きく読みやすい〈トールサイズ〉です。